横濱つんてんらいら《ヨコハマツンテンライラ》

橘沙羅《タチバナサラ》

Yokohama
Tunten
raira

横濱つんてんらいら

Yokohama
Tunten
raira

橘沙羅

挿画　大宮トゥ
装幀　かがやひろし

目次
Contens

004 登場人物紹介
006 横濱地図
007 序章
011 一章 南京町の男
083 二章 わんたんの恋
139 間章
147 三章 疑惑の星
219 四章 混沌の波
293 終章
300 選評

劉鴻志
リュウ・コウシ。浦島屋と取引のある貿易商『海和堂』の清国人。
モーリス
アメリカ人。モーリス写真館の三男坊。
恒次
つねじ。横濱警察の刑事巡査。才蔵の子分。
すず
海産物問屋『浦島屋』の四女。数えで十七歳。
才蔵
さいぞう。人力車夫。すずの幼馴染み。

登場人物紹介

緑綺

リュウチィ。劉さんの祖父の妾。七年前に上海から来た。

黄

ホワン。海和堂の従業員。

喜代

きよ。薬種問屋『茅原屋』の一人娘。すずの幼馴染み。

渥美

あつみ。カーティス商会の番頭。喜代の想い人。

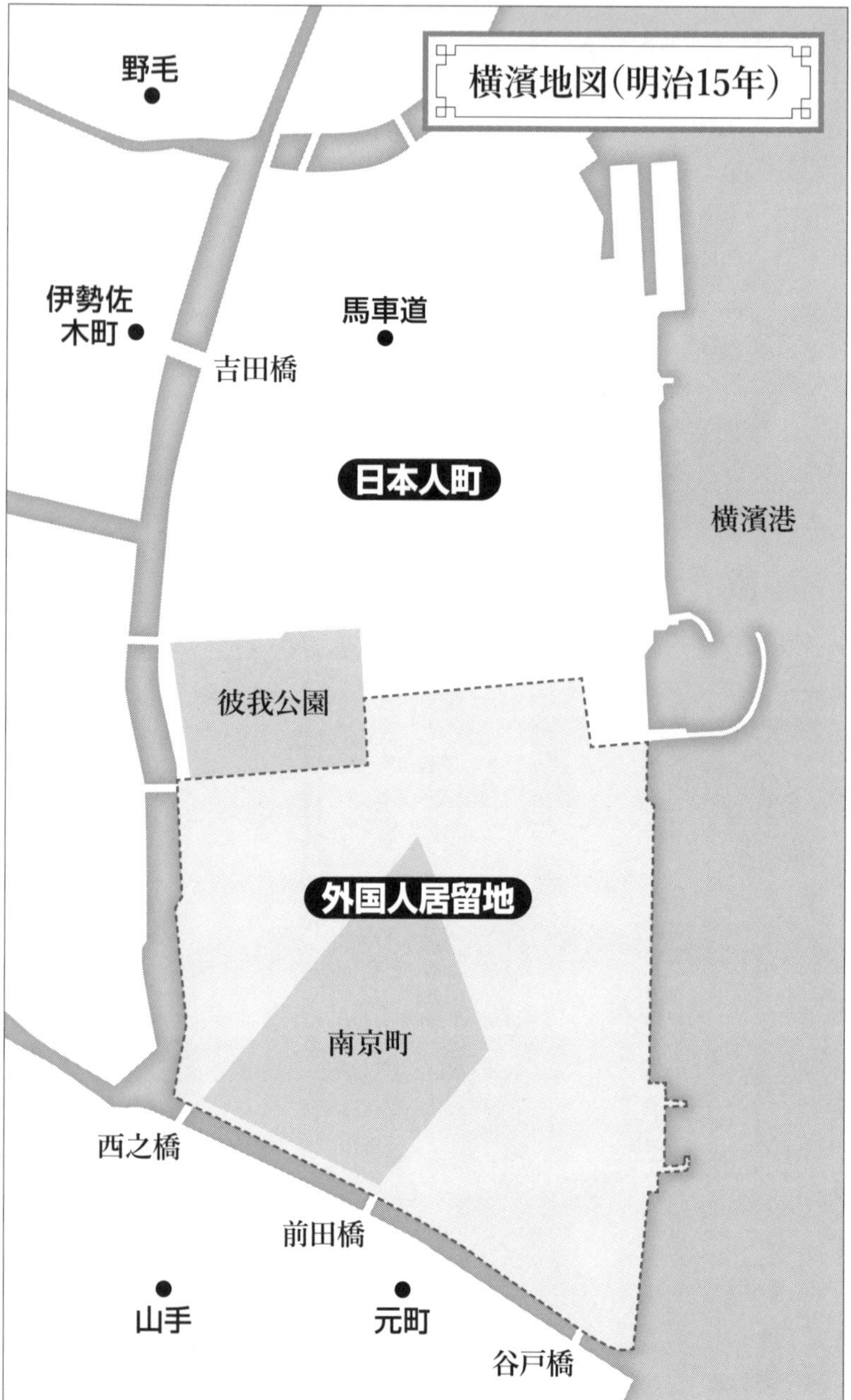

横濱地図（明治15年）
野毛
伊勢佐木町
馬車道
吉田橋
日本人町
横濱港
彼我公園
外国人居留地
南京町
西之橋
前田橋
山手
元町
谷戸橋

序章

Prologue

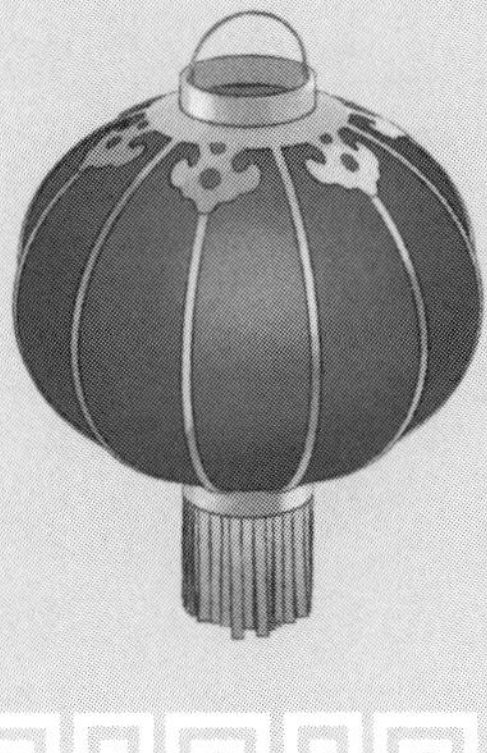

「波にあてられたんですよ」

ゆらゆら揺《ゆ》れる赤い提灯《ちょうちん》の間を歩きながら、女を抱《かか》えて男は云《い》った。

女は二本の腕と広い胸に身をゆだね、そんなはずはないと心の内で応《こた》えながらも、心地《ここち》よい歩調にまたちょっと放心する。

船から下りたのは、もう幾日《いくにち》も前だった。波にあてられるほど柔《やわ》ならば、生まれ落ちた時から寄《よ》る辺《べ》ない身は、とっくの昔に海の藻屑《もくず》となって消えている。ただこの港町のあまりに陳腐《ちんぷ》な景色に絶望して、軽い立ちくらみを覚えただけなのだと女は思った。

異国でも故郷《ふるさと》でも、違いはなかった。どちらも同じ。どことも同じ。汽笛《きてき》にも夜霧《よぎり》にも、ほとほと飽《あ》いていた。屋根越しに浮かぶ今夜の月が、暗い水面《みなも》に細かな光の道を描《えが》いたのは、一体いつの夜《よ》の海だったのか。朝日に消え行く残月が、切り取られた四角い窓枠《まどわく》の中へ夜の匂《にお》いを置き去りにしたのは、一体どの街の空だったのか。そんな自問に答えられない女自身もまた、もはや何者でもなくなった身体《からだ》をもてあまし、地面に落ちた赤いぼんぼりの影《かげ》に合わせて、ゆらゆらと浮き沈みを繰り返す。

間断ない喧噪《けんそう》の一粒一粒が、波紋《はもん》となって女の額の裏をざわつかせた。

男は一人素知らぬ顔で、無遠慮《ぶえんりょ》に二人を舐《な》め回すように見る酔漢《すいかん》たちのただ中を、確かな足取りで進み続ける。青い月下に長々とした黒衣の裾《すそ》を翻《ひるがえ》し、見飽きた月よりなお皎《しろ》い横顔を前方に向けて、何物にも汚《けが》されず、何物にも乱されず、男は軽々と女一人を抱えたまま、ぬかるんだ赤い闇《やみ》をすいすい泳いでいく。

ふと、その澄《す》み切った男の眼差《まなざ》しが、幾千幾万の欲に馴染《なじ》んだ女をひどく不安にさせた。見栄《みえ》でも偽善《ぎぜん》でもない、下心でも無知ゆえの無垢《むく》でもない、もし本当に一点のしみもない玉《ぎょく》のような魂《たましい》があるなら、濁《にご》りきった己《おのれ》を惨《みじ》めにさせるこの男をどうしてくれようか。そのきれいな顔が、果たして凡庸《ぼんよう》な憎しみや邪《よこしま》な欲望に歪《ゆが》むことはあるのか――。

女は半ば目を開け、半ば目を閉じ、赤く靄《もや》のかかった町を漫然と眺《なが》めた。

開門大吉、好事後来。薄汚れた扉《とびら》や壁《かべ》には、いつも幸せを願う文言をしたためた紅紙《べにがみ》が、だらしなく貼《は》りついている。密集した家々の煤《すす》けた路地裏には、生活の残滓《ざんし》と甘く気怠《けだる》いにおいとが混じり合い、対《つい》に掛かった柱聯《ちゅうれん》の文字が、流れるように崩《くず》れていく。

籠《かご》の鳥は眠りについて、後には皺《しわ》だらけの盲《めし》いた老人が、店の軒先《のきさき》で胡弓《こきゅう》を弾《ひ》いている。かすれた声が紡《つむ》ぐのは、遠い昔の恋の歌。

〝来ておくれ、笑っておくれ、愛《いと》しいあなた〟

酔《よ》っ払《ぱら》いの千鳥足が、別の酔っ払いにぶつかって喧嘩《けんか》が始まった。暗い路地に反響《はんきょう》する甲高《かんだか》い罵《ののし》り合いは、夢を見るにはあまりに騒《さわ》がしい、この町の不調和そのものだ。

潮騒《しおさい》に似た耳鳴りがし、女の現《うつつ》がまた少し波の向こうへ遠ざかる。

老人の歌が、すがるように追いかけてきた。

〝来ておくれ、笑っておくれ、愛しいあなた。千尋《ちひろ》の冬を飛び越えて、誰《だれ》も知らない名もなき村の、花咲く頃《ころ》に愛しておくれ。木菟《みみずく》さえも凍《こご》える寒夜、その胸ばかりが温かい〟

その時女は自分の纏《まと》う白い服の上で、刺繍《ししゅう》の胡蝶《こちょう》がありもしない恋の華《はな》を求めて地獄の縁《ふち》を彷徨《さまよ》うのを見た。一匹、二匹、しきりに舞い飛んでは妖《あや》しく蠢《うごめ》き、それもいつしか闇の奥へ揺蕩《たゆた》いながら消えていく。

どこへ行くの、と女は幻《まぼろし》の胡蝶に尋《たず》ね、当然のように男が答えた。

「家ですよ」

それは予感だった。いつの日か、幾冬も越えた歳月の重みに耐《た》えかねて、同じ屋根の下に住まう
己か男のどちらかが、春を待たずに消えるのだと。

果たしてその時を迎えた男は、どんな醜《みにく》い顔をしていることか。

ぼんぼりが揺れ、赤い光も揺れる。その波間の奥底に、男の白皙《はくせき》が浮かぶ。

――何としても、見てみたいものね。

御廟《ごびょう》から漂《ただよ》う線香の煙が沁《し》みて、女は少しだけ泣いた。

一章
Chapter One
南京町の男

1

すずが裏木戸を出ようとした時、三毛猫《みけねこ》のヘボンと目が合った。

四つ足を投げ出して大儀《たいぎ》そうに寝そべったまま、まるまる太った顔だけを持ち上げてこちらを見ている。餌《えさ》をくれる人間か否《いな》か品定めをし、後者だと判断したらしい。ふいと目をそらし、当てつけのようにあくびをした。

「なあに、ちょっと態度が悪いわよ」

嫌《いや》がらせのつもりで、猫じゃらし片手にしばしヘボンをかまう。横濱《よこはま》きっての名医の名をつけてもらったというのに、どてっと膨《ふく》れたお腹《なか》のせいで動きが鈍《のろ》い。庭を見下ろす二階の物干し台から、

「出かけるんじゃないの?」と祖母のきんが声をかけて、すずはようやく急ぎの用事を思い出した。

「裾《すそ》、裾」降って来る祖母の声に従って着物の裾を直したら、今度は「簪《かんざし》!」の一言に慌《あわ》てて平打ち簪を整える。

「やだねえ、この娘《こ》は十七にもなって。色が白いのは七難隠すっていうけど、ぽやっとしてたら隠せるものも隠せませんよ。気をつけていってらっしゃい」

「はい、いってきまあす」

小走りで表通りに出れば、思った通り、西洋人の若者と同年代の車夫とが、人力車をはさんで店の軒先《のきさき》に座り込んでいた。野ざらしの椅子《いす》に腰かけていた西洋人の方がまず先にすずを見つけ、頬《ほお》をバラ色に輝かせて手を振った。

「コニチワ、すずサン。今日も、カワイイ」

「ありがとうモーリスさん」

「やい米国人。モリスケだかモリゾーだか知らねえが、調子に乗るんじゃねえ」

人力車の反対側から拳《こぶし》を振り回してわめく車夫の才蔵《さいぞう》は、十数年来の幼馴染《おさななじ》みだ。紺無地《こんむじ》の法被《はっぴ》に股引《ももひき》、饅頭笠《まんじゅうがさ》を斜《なな》めにかぶったがさつな風体は、いかにも悪名高い横濱車夫らしく、口と拳は往々にして同時に動く。身丈《みたけ》こそ低いものの、仕事で鍛《きた》え上げた屈強な体格を生かして、殴《なぐ》り倒した客は数知れず、浅黒い左頬にはご立派な切り傷まである。

一方、才蔵にモリスケ呼ばわりされ、傍目《はため》にもしょぼんと肩を落としたモーリスさんはアメリカ人。外国人居留地に店を構える、モーリス寫眞館《しゃしんかん》の三男坊だ。金髪をかっちり七三に分け、チェック柄《がら》のサックコートとズボンを几帳面《きちょうめん》に着こなしているのだが、そばかすまじりの顔に張りついた長い垂れ目と平べったい口のせいで、人の良さも心なしか間延びして見える。

この、国も職業も性格もまったく異なった二人が、すずの家の軒先まで毎日せっせと一緒にやって来る辺りが、明治も十五年を過ぎた港町の雑駁《ざっぱく》さだ。

椅子に座りなおしたモーリスさんの横で、すずはさっそく才蔵に切り出した。

「ねえねえ、お喜代《きよ》ちゃんちまで乗せてって」

「あ？　俺《おれ》の車は安くねえぞ。雲助《くもすけ》が無料《タダ》で峠《とうげ》を越えるかってんだ」

「お願い、火急の密談なの」

「何が〝密談〟でぇ。くだらねえのは顔だけにしな」

「あ、モーリスさんにお茶を出さなきゃ」

やいのやいの言う才蔵を背後に店へ入ると、帳場でそろばんを弾《はじ》いていた番頭の佐助《さすけ》が、若ハゲに張りついた幾《いく》ばくかの髪をそよがせて皮肉を言った。

「うちは茶屋じゃないんですけどねえ」

「でも、ひょんな所から商《あきな》いにつながるかもしれないでしょう? モーリスさんのお家《うち》は寫眞館なんですって」

「アメリカの御方《おかた》がナマコを召し上がるとは思えませんがねえ」

すずの父・児島治兵衛《こじまじへえ》が営む『浦島屋《うらしまや》』は、おもに清国《しんこく》へ海参《いりこ》を輸出する海産物の売込問屋《うりこみといや》だ。海鼠《なまこ》を茹《ゆ》でて乾燥《かんそう》させた海参は、清国では高級食材の一つであり、江戸の頃《ころ》より主要な輸出品になっている。中でも、横濱の目と鼻の先にある金沢の海鼠は、浅草海苔《のり》や江戸前鰻《えどまえうなぎ》に並ぶ名物で、浦島屋でも自慢の逸品《いっぴん》なのだった。

横濱居留地の日本人町、海岸からほど近い元濱町《もとはままちょう》にあって、目印は大亀《おおがめ》を象《かたど》った緑の看板。店舗《てんぽ》兼住居の隣《となり》には、荷の搬出入口を挟んで、道路に側面を向けて建つ堅牢《けんろう》な蔵《くら》が一つ。

広い間口《まぐち》に合わせた横長の帳場と土間のある店構えは、通り沿いのどこの店とも大して変わらぬ造りだというのに、浦島屋にはなぜか人が集まる。それも商いには無関係のご近所さんばかり、世間話をしたり休憩《きゅうけい》したり待ち合わせに使ったりと、まるで寄り合い所のごとき求心力で座布団は冷める間がない。佐助はそのたびに頭から湯気を出し、残り少ない貴重な毛をあたら無駄《むだ》に散らしていく。

今も古道具屋の猪野市《いのいち》さんと小説家の栗毛東海《くりげとうかい》さんが、定位置となった佐助の隣で将棋《しょうぎ》を指している。猪野市さんは店番をおかみさんと娘さんに任せきり、一方の栗毛東海さんは連載小説の原稿を東京の新聞社へ郵送してしまえば仕事は終わりで、ほとんど毎日のように浦島屋へやって来る。どうせ小売店《こうりてん》じゃないんだから、商いの邪魔《じゃま》はしていないというのが彼らの言い分だ。

「まあまあ佐助さん、いいじゃないの、いつものことなんだし。モーリスさんも才蔵も、すずちゃんに会いたくて来てるんだもんねえ。――それにしたって栗毛さんよ、どういう具合であれが日課になっちゃったわけ」

「半年前ね、上陸したばっかりのモーリスさんを、才蔵が法外な値段で引っかけたんですってよ。それを偶然すずちゃんが見てて、罪滅《つみほろ》ぼしに車で横濱を案内させることにしたんですって。そうしたらいつの間にか散歩の途中にここへ立ち寄るのが癖《くせ》になってって」

「なんだ、我々と同じか」

ぷはは、と猪野市さんは前歯のない口から息を漏《も》らして笑い、栗毛東海さんは小指を立てて白湯《さゆ》を飲み、佐助は少ない髪ながら怒髪天《どはってん》を衝《つ》く勢い。

ふと入り口を振り返ると、戸口に妹の吉乃《よしの》が隠《かく》れて外を覗《のぞ》いていた。黒目がちの真剣な眼差《まなざ》しは、三つ上のすずなどよりよほど大人びて見える。

「またモーリスさん気にしてるの？　別に、顔が合ったらこんにちはって挨拶《あいさつ》すればいいだけじゃない」

「やだ」

吉乃は昔から外国人が苦手だ。体も声も態度も大きいかららしいのだが、よりによってモーリスさんを捕まえてその理由はないだろうと思う。そのくせ日本語を英文字《アルファベット》で表記した〝ローマ字〟の辞書を作ったことに感銘を受けて、大胆にもヘボン先生の名を飼い猫につけてしまうのだから、

「苦手」の裏に隠された好奇心の大きさは推《お》して知るべしだ。

小僧《こぞう》の留松《とめまつ》からお茶を受け取り、これ以上佐助に皮肉を言われないうちにそそくさと店を出た。

店の者は昔から、すずが悪たれと一緒になって遊びこけるのを快く思っていない。そのくせ適当に放《ほう》っておいたのは、老若男女《ろうにゃくなんにょ》がたむろする店の環境に加えて、すずが五人姉妹の四番目という微妙《びみょう》な立場だったからこそだろう。だがさすがに、十七にもなると厳しくなってきた。

「はいお茶。モーリスさんはゆっくりしてってね」

「えッ、ワタシも帰る。番頭《バント》サン怖《こわ》い」

「コラすず、勝手に乗り込むな」

猪鹿蝶《いのしかちょう》を描《えが》いたド派手な人力車が、悪態をまき散らしながら通りを駆《か》けていくいつもの光景に、ご近所さんらが店先で笑う。「おう、その意気だ才蔵!」「ミスタ・モリス、いつの間に車夫の助手になったんだい!」「すずちゃんは相変わらず呑気《のんき》だねえ」

海岸に背を向けてしばらく走り、買い物客で大いに賑《にぎ》わう本町通りに出た。銀行や貿易商社、外国人相手の生糸商《きいとしょう》や骨董商《こっとうしょう》、土産物店《みやげものてん》が整然と建ち並ぶ商いの中心地だ。

通りの先には、誇《ほこ》らしげにそびえ立つ町会所の時計台。この石造りの町会所は、横濱駅を設計した西洋人が造ったもので、本町通りの目印《ランドマーク》だ。道はそこから日本人街と外国人居留区の境である日本大通りと垂直に交わり、さらに外国人居留区の〝メイン・ストリート〟へ繋《つな》がっていく。

もし鳥にでもなって居留地を上から眺《なが》めたら、きっと牡蠣《かき》の貝殻のような形だろうとすずは思う。海、堀川、大岡川と派大岡川に四方を囲まれており、開港したばかりの頃《ころ》は橋に関所があったため、別名〝関内《かんない》〟とも言う。その牡蠣殻の半分が、日本人商人がひしめく一帯なのだ。

点々と並ぶ瓦斯《ガス》灯。排水のために敷設《ふせつ》された、道路脇《わき》の〝ブラフ溝《こう》〟。横濱郵便局と電信局の洋館。塀沿《へいぞ》いに待機する人力車の列――。

初めて横濱を訪れた者は、まるで西洋そのもののようだと仰天《ぎょうてん》する。すずの生まれた年に起こった火事の後、再建されてこうなったらしい。

横濱が開港して間もない慶応《けいおう》二年（一八六六年）、港崎遊郭《みよざきゆうかく》の近くで出火した通称「豚屋《ぶたや》火事」と呼ばれる大火は、日本人町を含む居留地の多くを焼き尽くしてしまった。当時、日本風の大店《おおだな》がひしめく大通りを、まだ赤ん坊だったすずを抱《かか》えて必死に逃げたのだと、父親からつねづね聞かされている。

そもそも治兵衛がこの地に店を構えるようになったのは、そこからさらに遡《さかのぼ》ること四年の文久《ぶんきゅう》二年（一八六二年）。半農半漁の貧しい横濱村が突如《とつじょ》世界に開かれた港町になって数年、商いの好機を見込んで各地からやってきた商人の一人が治兵衛だった。

――西洋の商人には、清国人の買弁《ばいべん》（貿易仲介人）がついている。居留地には、彼らも住んでいるらしい。

そう祖父が聞きつけ、当時幕末の混乱で経営が傾《かたむ》いていた浦島屋を横濱に移し、娘婿《むすめむこ》の治兵衛に後を任せたのだ。その頃はまだ清国人は西洋人の「使用人」という扱《あつか》いで居留していたものの、本国との商いは問題がない。さらに数年経《た》つと、それまでは幕府が一手に握《にぎ》っていた「俵物《たわらもの》」である海鼠の売買も自由になり、浦島屋は細々とだが軌道《きどう》に乗り始めたのだった。

ところがそこへ、壊滅的な豚屋火事。店をたたもうかと悩《なや》みながら商いを続け、ようやく明治四年（一八七一年）に日清修好条規が締結《ていけつ》されるや否や、清国人が住む一帯は瞬《また》く間に「南京町《なんきんまち》」になって、後から後から日本へやって来る清国の貿易商に、落ち目だった浦島屋は再び活路を見出《みいだ》したのだった。

数多《あまた》の艱難辛苦《かんなんしんく》を乗り越え、浦島屋が今日まで続いているのはとんだ幸運だと、治兵衛は折に触《ふ》れてしみじみ言うのだったが、すずは「今」の横濱しか知らない。埋め立て地に造られた陸蒸気《おかじょうき》の停車場がかつては水の底だったことも、居留地の周囲が水田や沼だらけだったことも、その湿地の間に伸びた一本道を辿《たど》った先にある港崎遊郭の賑わいも知らない。あの大火から十六年。焼失した土壌《どじょう》から新たに芽吹いた街の活気と風景こそが、すずの記憶のすべてであり現実なのだった。

「才蔵、もっと急いで。一時間で東京に着くくらいの速さでお願い」

「俺は陸蒸気じゃねえ！」

才蔵の不機嫌《ふきげん》を動力にした人力車は本町通りを爆走し、やがて一軒の店の前で止まった。

澄み渡った高い空の下、屋号を白く染め抜いた海老茶《えびちゃ》色ののれんが誇らしげに輝いている。看板には大きく「鶴鳴丹《かくめいたん》」の文字。鶴《つる》は深い谷底で鳴こうとも、その声は天まで届く。広く万人に効く薬であるようにとの願いをこめて名付けられた、家伝の胃腸薬だ。

製造から販売まで行う大店《おおだな》の店先は、荷車や取引客でたいそう賑わっている。

ぜえぜえ息を切らしたモーリスさんが、「大きいの店」と感心して呟《つぶや》いた。

薬種問屋『茅原屋《ちはらや》』。

こここそが、すずのもう一人の幼馴染み、喜代の家なのだった。

障子《しょうじ》を開け放した六畳間に、透明な秋の日差しが穏《おだ》やかに降りそそいでいる。

茅原屋の二階、中庭に面した一部屋――。

唐草文《からくさもん》の長皿に載《の》ったきつね色の焼き菓子を前にして、すずはごくりと喉《のど》を鳴らした。常とは異なる喜代の落ち着かなさを感じていながらも、つい西洋菓子の物珍《ものめずら》しさが先立ってしまう。

「いいなあ、お喜代ちゃん。毎日こんなおやつが食べられるなんて」

何より、黙《だま》っていてもおやつの出てくる生活が、すずにとっては憧《あこが》れだった。妹の吉乃を産んで母が死んで以来、父は後妻ももらわず一人で店を続けている。女中を雇《やと》うほどの余裕はないから、奥向きの仕事は祖母のきんとすずと吉乃がやっており、おやつのお芋《いも》をふかすのも、豆を煎《い》るのも、すべて家事の延長だった。

炊事、洗濯、掃除、買い物などの日常の仕事から、家族の衣類や調度の手入れといった季節のあれこれまで。その合間を縫《ぬ》い、新しい菓子屋やお気に入りの甘味処《かんみどころ》を経巡《へめぐ》るのが、すずの一番の楽しみなのだった。

いいないいな、としきりに羨《うらや》ましがるすずに、喜代がどことなく上擦《うわず》った調子で答えた。

「わたしだって初めてなのよ。お父《と》さんが取引してるイギリス人の奥様が、お裾分《すそわ》けしてくださったの」

「うわあ、おしゃれー」

すずの手放しの称賛に、喜代はうっすらと微笑《ほほえ》む。切れ長の一重瞼《ひとえまぶた》は長い睫毛《まつげ》に縁取《ふちど》られ、黒繻子《くろじゅす》の衿《えり》に黄八丈《きはちじょう》といういかにも娘らしい出《い》で立《た》ちが、「本町小町《ほんちょうこまち》」との呼び声高い楚々《そそ》とした面立《おもだ》ちに映《は》えている。

「さっ、遠慮《えんりょ》しないで」

そう言われては、食べないわけにはいかない。すずは恐る恐る、ちょっと気取って異国の菓子に手を伸ばした。

「これがクッキーなのねえ」

バターと卵の香ばしい匂いを満喫《まんきつ》し、もったいぶって小さな前歯でかじってみれば、それはサクッと小気味良い音を立てて崩《くず》れていく。二口目に口の中へぽい。それからは人慣れした小動物のような動作で、すずはひたすら小刻みに咀嚼《そしやく》し続けた。丸い小粒《こつぶ》の眼《め》をぱちぱちさせ、緑茶でようやく一息つく。

「ああ幸せ。揚げ出し豆腐くらい美味《おい》しい」

「比べるの、おかしいわ」

「そう?」

自覚はないのだが、すずはどうも物事を区別する境界が人より大ざっぱらしい。普通なら「お菜」「汁物」「菓子」などと分ける所を、すずは「たべもの」で一括《ひとくく》りにする。「猫」や「犬」は「どうぶつ」。ついでに言えば、日本人や欧米人や清国人といった区別もあまり意識したことがない。「小太り」「短足」「せっかち」「ケチ」などと同じような、人間の持って生まれた性質や特徴の違いくらいにしか感じられないのだ。

勧《すす》められた二枚目のクッキーを味わいながら、すずはぼんやりした口調でぼやいた。

「わたしなんか、この前部屋でこっそりおせんべい食べてたの見つかって、お父《と》さんに叱《しか》られちゃった。年頃《としごろ》の娘がはしたないって。そんなんじゃ嫁《よめ》にいけないって。でもその前に、婿《むこ》さまはどこだって話よねえ」

微《かす》かに喜代の顔つきが変わったので、おや、と思った。「お喜代ちゃん？」

喜代は膝《ひざ》に広げた千鳥《ちどり》の手ぬぐいの端《はし》をいじって何事かをためらい、視線を左右に揺《ゆ》らしている。

本題の輪郭がおぼろげながら見え始め、話に入るなら今だとすずは思った。

「そういえば、何か急ぎのお話があったんでしょう？」

促《うなが》しても、一向に話し出す気配がない。ここでもうひと押し。

「……もしかして、何かご縁があったとか？」

その途端、喜代の白肌《しらはだ》がぱあっと赤くなった。

「誰《だれ》か気になってる方《かた》がいるの？」

「うん……」

思っていた通りの答に興奮して、すずはクッキーを取り落としてしまった。

「水臭《みずくさ》いわ、長い付き合いなのに。ちっとも知らなかった。ね、だあれ？　どんな人？」

「カーティス商会って所の番頭さん……」

「異人さん？」

「まさか！」

尋《たず》ねたすずが決まり悪くなるほど頭《かぶり》を振って、喜代は激しく否定する。

「渥美《あつみ》さんてかたで、おすずちゃんも一度見てると思う。ほら、今年の夏、わたしにハンケルチーフ貸してくださった、洋装の」

「いたかなあ、そんな人」

「伊勢佐木町《いせざきちょう》へ心太《ところてん》食べに行った時よ。わたしの着物に、泥《どろ》がはねて」

「ああ、心太の時ね！」

食べ物からの連想で、カンカン帽《ぼう》と生成《きな》りのズボンを身につけた気障《きざ》な姿をようやく思い出した。確かに今年の夏、暑気払いに心太でも食べに行こうと喜代を連れ出した矢先、猛然《もうぜん》と走っていく馬車の泥が喜代の裾に跳《は》ねて、立ち往生してしまったことがあった。その時、茅原屋の店先から駆け寄ってすかさず絹のハンケルチーフを差し出した若い男がいたのだった。

どうやらそれが渥美なにがしだったらしい。なるほど、喜代はああいう洒落《しゃれ》た伊達男《だておとこ》が好みなのかと、すずは幼馴染みの新たな一面に驚《おどろ》いた。

「それであの後、ハンケルチーフを洗濯してお返ししたんだけど、それがご縁でときどきお話しするようになったの」

喜代は窓際《まどぎわ》の文机《ふづくえ》の方へ体をずらし、硯箱《すずりばこ》の隣にある縮緬《ちりめん》の小箱を取り上げた。桜を散らした文様で、とても可愛《かわい》らしい。姉のお下がりばかり使っているすずとは違い、一人娘の喜代は桐《きり》の箪笥《たんす》も鏡も三味線《しゃみせん》も全部自分だけのものだ。

喜代は小箱から四角い紙を取り出し、上擦った早口で続けた。

「それで、それでね、ついこの間、こんなお手紙をいただいたの。でもこれだってね、誰にも見つからないよう受け取るのが大変だったのよ」

薄黄《うすき》色《いろ》の包み紙は、〝封筒《ふうとう》〟とか言うもの。角に〝A〟とある。曰《いわ》く、「渥美」を英語で書いた時の頭文字なのだそうだが、手紙といい署名といい、本人の姿恰好《かっこう》と同じく万事が西洋風だった。

「手紙にはなんて？」

「〝もっとお話ししたい〟って……」

「ふわあ」友の恥じらいが伝染したのか、すずまでつられて頬が熱くなった。想《おも》われた男

しとやかで優しくて、おまけに同性のすずから見てもこんなに器量よしなのだから、想われた男性は絶対に悪い気はしない。一緒に街を歩いていても、みなはっと瞠目《どうもく》して振り向くほどなのだ。渥美が言い寄るのも当然と言えば当然。なぜかすずまで誇らしくなる。

「じゃあ向こうも同じ気持ちなのね。もうお返事は書いたの？」

「書いたことは書いたんだけど――渡せないの」

恥ずかしくてためらっているのかと思いきや、そうではないようだった。

「お父さんの目が厳しくて、なかなか一人で外に出られないの。この前、根岸で変な事件があったばかりじゃない？」

「ふうん、そうなの？」

「娘さんの死体が、浜辺に打ち上げられてたんですって。どうも首を絞《し》められた痕跡《こんせき》があるらしいんだけど、そのせいでお父さんが大げさに心配しちゃって。場所も離れてるし、同じ年頃ってだけなのに、物騒だ物騒だって、わたしをあんまり外に出したがらないのよ。最近はお稽古《けいこ》にだって誰か必ずついてくるの、知ってるでしょう？」

大島紬《おおしまつむぎ》の羽織《はおり》をひらひらさせて慌《あわ》て回る、小柄な姿が目に浮かんだ。遅くに授《さず》かった一人娘に対する茅原屋店主の溺愛《できあい》ぶりは、通り中に知れ渡っている。子供の頃も、喜代はそのために小学校へ行かなかった。

明治五年（一八七二年）、「人民は等しく学校へ行け」という〝学制〟が頒布《はんぷ》され、その翌年横濱にも早々に小学校ができた。浦島屋の近所だったこともあり、治兵衛は「試し」に四女のすずを行

かせてみたが、喜代の父は代わりに手元で家政をみっちり仕込むことにしたのだ。国からのお達しと言っても、女子に教育は不要だと行かせない親も多い。だが喜代が就学を禁止された理由は、「外で悪いことを覚えたらかなわん」からだった。

実際、月五十銭という安くない授業料のわりに、すずは習字や算術などの基礎的なことをのぞいて、当時学んだ内容をすっかり忘れてしまった。商店の間を通学する行き帰りの道草だけが楽しみと言えば楽しみだったから、これも小父《おじ》さんの言う「悪いこと」には違いない。

「もともと小父さんはお喜代ちゃんのことになると、少しのことでも心配するもんねぇ」

「そうなのよ、お父さんがそんなだから、わたし困ってるの……」

すずはそこで初めて、喜代が店の小僧を遣《つか》わしてまで急いだ「打ち明け話」の真意を悟《さと》った。ならば、言いづらい頼《たの》みを先回りして引き受けるのが、友としての心意気だ。

「だったら任せて。わたしが渥美さんにお返事渡してくる」

「いいの……？」

遠慮がちの囁《ささや》きに、すずは力強く頷《うなず》いた。

「もちろん。お喜代ちゃんとわたしの仲だもの。絶対に力を貸すから、何でも言ってね。何だったら、わたしの所へ遊びに来てるふりをして出かけてもいいから」

「ありがとう。本当にありがとう……！」

潤《うる》んだ黒目をぎゅっとつぶして喜代は礼を言い、先ほどの小箱から細く折りたたんだ返書の和紙を取り出した。その同じ手がそのまま頭上へ上がり、結綿《ゆいわた》に挿《さ》した玉簪をすっと引き抜いたのを目にして、すずは短く息を呑《の》んだ。

「お喜代ちゃん、それって……」

淡《あわ》い黄色の蜻蛉玉《とんぼだま》がお気に入りで、喜代がよく付けている玉簪だ。

喜代は簪に黙々と文《ふみ》を結ぶ。その真摯《しんし》な動作に、前かがみになっていたすずの背筋も自然と伸びた。返書に添えられた簪は、渥美の思いを受け入れた喜代の真心そのものなのだ。

「あんまりお返事を先延ばしすると、わたしの気持ちが誤解されそうで気が気でなかったの。良かったわ、おすずちゃんがいてくれて。どうかお願いします」

腰を折って丁寧《ていねい》に差し出された文付きの簪を、すずもまたかしこまって受け取った。なくさないよう、いつも持ち歩いている赤い貝散らし柄の巾着袋《きんちゃくぶくろ》へ、すぐにしまった。

「変なこと頼んじゃってごめんね」

「大丈夫、大丈夫。わたしはどこでも勝手に出歩けるから。一人娘のお喜代ちゃんと違って放《ほ》ったらかしだもん。昔から才蔵みたいなのと遊んでても、何も言われないし」

「みたいなの、って才蔵が可哀想《かわいそう》」

いつもは控《ひか》えめに微笑むばかりの喜代だが、気持ちが高揚《こうよう》しているのか、話がついて安堵《あんど》したからか、声を震《ふる》わせてころころ笑う。その薄桃色の唇《くちびる》からこぼれ出る可憐《かれん》な音が目の前で眩《まぶ》しく弾《はじ》けて、すずも思わずまなじりを下げた。何にしても、喜代が胸ときめかせているのは、見ているこちらも嬉《うれ》しい。

階下では客を応対するせわしない足取りが続いている。鶴鳴丹一つでも、たいそうな売れ行きらしい。「開港間もない混乱に乗じて売り出した調子者」などという、やっかみ半分ほんとが少々の噂《うわさ》には、この際目をつぶっておく。いつでも歓迎してくれる小父さんは、すずにとっては茅原屋の主《あるじ》ではなく、気のいい喜代のお父さんだ。

「ところで小父さんは、お喜代ちゃんが渥美さんと親しくしてるの知ってるの？」

溺愛している娘が、密《ひそ》かに男性と文のやり取りをしているなどと知ったら、いい気はしないだろう。

「知らないと思う。渥美さんも気を遣ってくれて、店の中では話しかけてこないもの」

「そもそも、どうして渥美さんの所と取引があるの？」

「カーティス商会さんはね、ご自分の所で扱ってるのは主に乳製品なんだけど、貿易代行の業務もやっているから、うちはその関係で数年前からお世話になってるの。渥美さんは、日本人商人との折衝《せっしょう》をしてるんですって。英語もぺらぺらなのよ」

「納得した。外国商館にいるから、あんなに伊達だったのね。乳製品て、牛乳とか？」

「うん。――そうだ、ちょうどいいわ。おすずちゃん、ちょっと待ってて」

喜代はそう言うなり、立ち上がってどこかへ消えたと思うと、茶器を一つ持って戻って来た。中身は白濁《はくだく》した汁。「これ、牛乳？」そう聞いてしまったのは、どことなく色が見知ったものと違う気がしたからだった。

「そう、カーティス商会さんのよ。飲んでみて」

両手で碗《わん》を取り、思いきって口をつける。液体がわずかに舌に触れた瞬間《しゅんかん》、顔をくしゃくしゃにしかめてしまった。

「これ、お祖母《ばあ》ちゃんの飲んでる牛乳と味が違う。とっても苦い」

「食いしん坊のおすずちゃんでも駄目？　やっぱり苦いわよねえ。何でも渥美さんがおっしゃるには、薬用として特別に調整した牛乳なんですって」

「だって、普通の牛乳だってお薬みたいなもんじゃないの？」

「味は悪いけどこっちの牛乳の方がずっといいんだって。だからカーティス商会さんは、うちにこれを扱ってほしいみたいなのよ。きっと鶴鳴丹に次ぐ目玉の品になるからって」

喜代は腕を組み、「だけどねぇ……」と碗の中身を見下ろした。

「お父さんは迷ってるの。ちょうど西洋の医薬品をいくらか輸入しようと考えてたみたいなんだけど、中には粗悪品もあるらしくて、よっぽどのものじゃないと信用できないみたい。この牛乳は苦くて飲みにくいし、まだ効果も分からないから悩んでるのよ」

「だったらなおさら、小父さんには黙っていた方がいいかもねぇ……」

口直しのために緑茶を飲む。いくら体にいいとは言え、あんな苦い牛乳を飲みこまなくてよかったと思った。

それから二時間あまりしゃべって、茅原屋を辞すことにした。いつの間にか陽《ひ》も傾いてきたので、密命は明日朝一番に決める。去り際、喜代はすずの手を握り、嚙《か》みしめるように言った。

「今度はきっと、わたしが力になるからね」

「残念だけど、わたしにはまだご縁がないみたい」

「おすずちゃんはきっと、縁だらけなのに気づいてないんだわ」

「それひどい」

二人して笑い合いながら、この先果たして自分が誰かを好きになったり誰かに好かれたりすることがあるのかと、すずは現実味もなく考えた。

家にいるのは番頭の佐助と手代《てだい》の捨吉《すてきち》と、小僧の留松・磯松《いそまつ》。父はゆくゆく佐助を娘の誰かと一緒にさせようという魂胆《こんたん》だったらしいが、五人いた娘も残りは二人。しがない小間物屋《こまものや》と大恋愛の末一緒になった三番目の姉が、理不尽な婚姻《こんいん》は絶対にやめろとすずに言う。

——いい？　今のご時世は文明開化なの。女だからって、いつまでも因習に囚《とら》われていちゃいけないわ。お父さんの言いなりになって、佐助なんかと一緒になっちゃ駄目よ！

十七が年頃なのは頭では分かっているし、姉三人もそれくらいで嫁に行った。そうして実際に身近な友から「色恋」の二字が飛び出しても、自分の縁となると近くて遠い対岸の話という気がする。

とにかく、まずは喜代のことが先決だ。

「ようし、頑張《がんば》るぞう」

すずは一人意気込み、桜楓《おうふう》文様の帯を目一杯そらせて本町通りを歩き始めた。

颯に乗って、陸蒸気の汽笛《きてき》が届いた。

2

喜代の家から帰って来ると、すずは途端に夕飯の準備に追われた。

ご飯は朝に炊き一汁一菜、昼食にもう一品増やし、夕飯は残り物や茶漬《ちゃづけ》などで軽く済ませるのが浦島屋の常だが、主の治兵衛が遠出した日に限り、夕飯も昼食並みにするのが暗黙の了解事項だった。理由は簡単、一日中動き回り、お腹をぺこぺこに空かせて戻ってくるからだ。

「焼こうかねえ、やめておこうかねえ」

治兵衛の鰯《いわし》をどうするかで、祖母のきんは土間に置いた七輪を前に考えあぐねている。

「やっぱり焼いちゃおうかねえ。取っておいてもヘボンに狙《ねら》われるだけだしねえ」

段取りは決まっていたが、治兵衛は外出先から戻っておらず、浦島屋の面々もまだ全員おもての方に詰《つ》めているため、おのずとすずたちの手順も違ってくる。

海鼠《なまこ》は冬が旬《しゅん》だから、十月も半ばを過ぎると人の出入りはいつにも増して激しくなる。特にこの時季は海参《いりこ》目当ての清国商人が多く、相手に合わせてお茶の種類を変え、二人の小僧は代わりばんこに「行ってらっしゃいませ！」だの「いらっしゃいませ！」だのを繰り返し、一日中コマ鼠《ねずみ》のようにくるくるとよく働く。現地で直接仕入れてくる品も多いから、父の治兵衛も番頭の佐助もあちらへこちらへ、日替わりで交渉《こうしょう》に足を運ぶのだった。

商いに小競《こぜ》り合《あ》いはつきもの、加えて横濱ではそこに百戦錬磨の欧米商や清国商人までが混じってくるから、当然業者間のトラブルも多発する。馴《な》れ合《あ》いや妥協《だきょう》は通じず、昨日も治兵衛と佐助は額を突き合わせて話し込んでいた。

今朝も早くから金沢の漁村へ発《た》ったのだが、話し合いが長引いているのか、どこかで寄り道でもしているのか、陽が沈み始めた時分になってもまだ帰って来ない。

金沢はいくつかの村の総称で、横濱から鎌倉《かまくら》へ向かう途中にある浜沿いの集落だ。ここから片道四里（約十六キロ）ほどでじゅうぶん日帰りもできるのだが、場合によっては向こうで一晩泊まってくるかもしれない。江戸深川の廻船問屋《かいせんどんや》から浦島屋へ婿養子に入った治兵衛は、娘の目から見てもまめまめしくよく動く。

「お父《と》さんはどうしてわざわざ金沢まで行ったの？」

奉公人用のお櫃《ひつ》をのぞき、すずはご飯の量を確かめた。家の者とは反対に、店主が商用に出かけた夜は奉公人の仕事が伸びる。よって、夕飯はますます簡素に手早く済ますから、せめてご飯だけでも十分に入れておかねばならない。

火鉢《ひばち》の中の起こった炭を七輪へいくつか移し、うちわ片手にしゃがみ込んだきんの背中が、だいぶ遅れて返事を寄こした。

「文七《ぶんしち》さんのとこ。何でも沼田屋《ぬまたや》さんがね、文七さんの海鼠を全部買い取るって言い出したらしくて。だからうちも、次から買い取りにしてほしいんですって」

「でも沼田屋さんは天下の三珍〝三河《みかわ》の海鼠腸《このわた》〟で一財築いてるんでしょ? 自前の船だって持ってるのに、どうして今さらこっちまで手を伸ばしてくるの?」

「噂じゃ炭の方が不振になったんで、水産の方で挽回《ばんかい》しようって魂胆らしいよ。沼田屋さんは手広くやってるから、海鼠だって一時に仕入れる量も半端《はんぱ》じゃないでしょう。逆に文七さんは付き合いの長い浦島屋に気を遣ってくれてるんだよ」

「ふうん。お父さんもいろいろ大変なのねえ」

「まったく世知辛《せちがら》いったら。ただでさえ海産は浮き沈みが激しいってのにねえ」

すずは味見のつもりで、昼に作っておいた煮豆を蠅張《はえちょう》から取り出してつまんだ。醬油《しょうゆ》と砂糖と昆《こん》布《ぶ》が織りなす秘伝の塩梅《あんばい》に、「ああ美味しい」と自画自賛したら、祖母のきんが眉尻《まゆじり》を下げた。

「ほんとにこの娘《こ》は食いしん坊だこと」

言いつつ、隣からひょいと指を伸ばす。最近できた洋食屋から菓子屋の新作まで、毎回店々をのぞいて歩くすずの情報を心待ちにしているのは、ほかならぬこの祖母だ。実際、五人姉妹の中ですずが一番きんに似ている。

「意中の殿方《とのがた》の心を射止めるには胃袋をつかむに限るって言うけれど、これじゃあすずの方が先につかまれちゃうんじゃないのかねえ」

「牛には胃袋が四つもあるんだって。栗毛東海さんが教えてくれたの」

「それじゃ、つかむのも一苦労だねえ」

土間に接した板の間では、偏食《へんしょく》極まりない妹の吉乃が、人数分の箱膳《はこぜん》を用意しながら、たいそう白けた顔で二人の様子を眺めている。

きんと二人、美味しい煮豆は固めか柔《やわ》らかめかで双方言い張っていたら、「お帰りなさいませ！」と磯松の甲高《かんだか》い声が聞こえた。


浦島屋では、家族は全員奥座敷、奉公人は台所の板の間で食事を取る。と言っても、みんなでがやがやと夕餉《ゆうげ》を食べるのが好きな治兵衛は、家中のふすまを開け放ち、一日の出来事を全員に聞こえるよう話す。

そのため、いい匂いは板の間に流れ放題、寒気は奥座敷に入り放題なのだったが、この奇妙なこだわりは、こうすれば何度も伝える手間がはぶけるという本人の言い分はともかく、店の外も中も奥も賑やかだった生家の気風なのかもしれず、浦島屋に次から次へ人が集まってくる遠因にもなっている。〝正直で開放的な商い〟が父の掲《かか》げる信念であり理想であり、その結果がこの垣根《かきね》なしの食事風景なのだった。

箱膳の上には、ご飯、わかめの味噌汁《みそしる》、焼き鰯、煮豆、沢庵《たくあん》漬け。いつもよりずっと見栄《みば》えのすいても十分美味しい新米を頬張り、咀嚼するたび口中に広がる甘さを文字通り噛みしめた。すずは冷めてる品揃《しなぞろ》えだ。父には悪いが、商用で遠出をすると夕飯のおかずが増えるので嬉しい。

「ああ、でも今日は本当に疲れたな」

猪野市さんから安値で譲《ゆず》り受けた床《とこ》の間《ま》の掛け軸を背に、椀《わん》を置いて治兵衛がしゃべり始めた。

「惜しまないで途中まで車に乗れば良かったよ。最近は才蔵もモーリスさんにつきっきりだから、つかまりゃしない。まったくあいつは昔っから、肝心な所を逃《のが》す奴《やつ》だよ」

面長《おもなが》の輪郭と彫《ほ》りの深い目鼻立ちは一見すると厳しいが、口調は噺家《はなしか》のようにせかせかと小気味良い。羽織が落ちるほどのなで肩も幸いして、人好きのする風格を作り上げている。きんの娘、つまりすずの母が治兵衛に惚《ほ》れたのは、この「誠実な軽さ」だったというから、まず長所と言っていいだろう。

「文七さんの所は早くに終わったんだよ。だけど帰りに杉田《すぎた》村の茂政《しげまさ》さん家《ち》へ挨拶がてら寄ったもんだから」

「それじゃあまあ、いかに健脚《けんきゃく》でも疲れたでしょう」と、きん。

茂政さんは海鼠を扱う漁家で、すずも小さい頃、治兵衛にくっついていったことがある。

「お元気だった？」

「うん、お前がもう十七だって知って驚いてたぞ。海参作りを見て大はしゃぎしてた姿からは想像もつかんてさ」

「〝干し海鼠が値千両とは、小せえ、小せえ。この茂政の目からは、値万両、万々両！〟」

「何だそりゃあ」

「海鼠を大釜《おおがま》で茹でてたから、わたし五右衛門《ごえもん》の釜ゆでみたいって言ったの。そしたら茂政さんが大笑いして、〝絶景かな絶景かな！〟を始めてね……」

今でも俵に詰まった海参が店に到着すると、すずの頭の中ではあの「絶景かな」とともに、大釜で滾《たぎ》る海鼠がごうん、ごうんと音を立てて回る。そうしてまた誇らしげな茂政さんの顔が浮かび、浦島屋は多くの人に支えられていると改めて気づくのだ。

「ねえお父さん、それで前から不思議に思ってたんだけど、ナマコは漢字で書くと〝海〟の〝鼠《ねずみ》〟でしょ？　それを乾燥させたイリコは、どうして〝海〟に〝参〟なの？」

「海参が〝海の人参《にんじん》〟と喩《たと》えられるからだってさ。滋味《じみ》豊かなんだよ」

「清国の人は、海参をどうやって食べるの？」

「お父さんもそこまでは知らん。陳《ちん》の旦那《だんな》さんに聞いてみたらどうだ？」

陳の旦那とは、浦島屋の取引相手の清国人だ。布袋《ほてい》様のような太鼓腹《たいこばら》をしている。

「あの人のお話、どこからどこまでが本当か分からないんだもの。この前だってね、清国の女の人の足は赤ん坊並みに小さいんだとか、羽振りの良い商人はそういう女の人たちを何人もお妾《めかけ》さんにするのがス、ス、ステイタスなんだとか」

「聞いたことがあるよ。いい家柄の女性は、産まれた時から足を縛《しば》って大きくさせないらしい。小さな足が美人の条件なんだな。妾の話もありえないことじゃない。日本のお大尽《だいじん》だって、妾の一人もいないと恰好がつかんし、お父さんだって甲斐性《かいしょう》があれば――」

「うぉッほん！」

わざとらしいきさんの咳払《せきばら》いに、悲しき婿殿がむせる。板の間の方で、くすくす笑いが聞こえた。

「ああそうそう、女の人と言えば……」

治兵衛は主人の威厳を保つためか、しかつめ顔で話題を変えた。

「茂政さんとこで物騒な話を聞いたよ。ちょうどすずの話が出た流れでね、」

再びきんとすずの視線が治兵衛に集まる。

「この間、根岸の浜に十五、六の娘の死体が上がったそうなんだ。水は飲んでないようだし、どうも縊《くび》り殺されてから海に捨てられたらしい」

「まあ不憫《ふびん》な」きんが痛ましげに同情し、すずは煮豆を急いで呑《の》み込んだ。

「わたしも今日、お喜代ちゃんから聞いたわ。小父さんがすごく心配してるんですって。そんなに大事件なの？」

「大事件というか、ちょっと面白いんだ」

人一人が死んで面白いことがあるものかと思ったが、先が気になった。

「娘の帯締《おびじ》めに、紅《あか》い折り鶴が挟《はさ》まってたっていうんだよ」

「何かの拍子《ひょうし》で挟まる場所でもないねえ」

きんが腰に手を当てながら小首をかしげる。帯が解けぬようにきつく結ぶ紐《ひも》だから、折り紙とはいえ故意に差し込まない限りは無理だろう。

「そして鶴の左羽には、こんな文様が——」

治兵衛は箸《はし》を置き、空に図柄を描いた。

菱形《ひしがた》の一端から伸びた短い線は、さながら糸の切れた凧《たこ》か、角ばったおたまじゃくしといったところ。

「どんな意味があるの？」

「分からないから不思議なんだろう。文様は鉛筆《えんぴつ》で描かれていたから、濡《ぬ》れていても判読できたらしい。〝折り鶴事件〟て通り名で、近隣に広まってる」

すずは口をすぼめて考えた。わざわざ文様を描き入れるのだから、理由があるのだろう。だが折り鶴の羽に文様を描きこんで、帯締めに挟む理由とは何なのだろう。

「——異人が関《かか》わってると思う」

今まで一人黙々と煮豆の刻み昆布をより分けていた吉乃が、ついと顔を上げて言った。

「根岸と言えば、西洋人の遊歩道とやらが整備されてる一帯でしょ。若い女が酒類を提供する店もたくさんあるんだって。大方、そうした所の娘が異人に気に入られて、その後男が国元に帰らなきゃいけなくなって、別れ話がこじれたか何かで、異人が殺して海に投げたんでしょ」

「どうして異人さんて決めつけるのよ」

反論したすずに、吉乃は十四にしては大人びた口調で、

「あの辺て、異人関係の施設以外は昔ながらの漁村と田畑ばっかりじゃない。小さい頃から知ってる村の仲間が下手人より、よそ者の仕業《しわざ》っていう方が納得できるでしょ」

「じゃあ折り鶴は？　文様の意味は？」

「思い出の品なんじゃないの？　肌身離さず持っていたかったのよ。文様は恋人同士だった二人だけの秘密の柄かもね」

「お前の話を聞いていると、いつも戯作《げさく》を読んでる気になるよ」

治兵衛は箱膳を前に腕を組んで、しきりに吉乃の筋立《すじだて》に感心する。そんなの勝手な思い込みじゃないの、とすずが憮然《ぶぜん》として沢庵《たくあん》を噛んでいると、「でもなあ、」と治兵衛が続けた。

「折り鶴事件の謎《なぞ》は置いておくとしても、茅原屋さんがお喜代ちゃんを心配するのも分かる。近頃この辺りでも、若い娘がいなくなったって話をよく聞くもんだから。うちは娘ばっかりだから、その手の報《しら》せは昔っから耳に入って来るんだ。用心するに越したことはない。特にすず、お前はふらふら出歩いてばっかりなんだから、くれぐれも気をつけるんだよ」

「はあい」思わぬ飛び火に、すずは肩をすくめて返事した。

それから治兵衛は再び疲労感に襲われて「疲れた疲れた」を連呼し、あとはひたすら目の前の食べ物を平らげることに専念して、にぎやかな夕飯は終わった。


奥座敷の手前にある中の間に、家族が使う階段がある。二階にはすず姉妹と祖母きんの寝起きする二間があり、台所から梯子《はしご》で上る奉公人用の部屋とは壁《かべ》を隔《へだ》てている。

「なんだか周りで怖いことばっかり起こってるわねえ」

自分の布団を敷きながらすずがぼやいたら、ヘボンと一緒にだらしなく寝転がっていた吉乃が見上げてきた。

「何が？」

「お父さんが言ってたこと。娘さんが殺されたり、いなくなったり」

「それ、わたしたちは心配しなくて平気なんじゃないかなあ」

ほの明るい行灯《あんどん》の光と影にゆがんだぶさいくな猫の顔を、吉乃はさらに手で押しつぶしながら呟《つぶや》いた。

「事件に巻き込まれることなんて、普通に生活していたらあんまりないことだと思う」

「そうかしら？」

「つまりね、ものすごく身持ちの悪い女とか、怪しげな所で働かないと暮らしが成り立たないほど貧しい人だとか、事件に巻き込まれやすい状態にいるのって、そういう人たちだと思うの」

乱暴にまとめ過ぎているきらいはあるが、言うことには一理ある。

「お父さんの耳に入ってきてるのも、自分の意志でいなくなったとか、借金が払えなくなってやむをえず連れていかれたとか、そんな類《たぐい》のことじゃないのかな。だから若い女だからって、一緒くたに心配することはないよ」

すると、隣の部屋で繕《つくろ》いものをしていたきんが、開いたままのふすま越しに口をはさんできた。

「それに何かあったら、すずのお友達に相談できるじゃない。目明《めあ》かしの」

「ええ？　そんな知り合いいないわ」

そもそも〝目明かし〟自体が江戸の昔だ。

「いるじゃない、お喜代ちゃんにほの字の」

「ああ」すずはぴしゃりと額を叩《たた》き、軽く睨《にら》んだきんの視線を受けて慌てて居住まいを正した。

「恒次《つねじ》でしょ、横濱警察の刑事巡査の。あの人はね、才蔵の子分なの」

「警察なのに、ごろつきの子分なの？」と吉乃。

「そう。子供の頃、大将の座を巡る決闘で年下の才蔵に負けたの。富士見橋と並行している線路上に立って、横濱駅にやってくる陸蒸気に最後まで立ち向かった方が勝ち。あの〝富士見の決闘〟はね、〝巌流島《がんりゆうじま》〟にも負けない世紀の対決だったのよ」

「……お姉ちゃんの周りって、どうしてろくな人がいないの？」

当時を思い出してまた少し興奮してしまったすずの横で、吉乃が冷ややかに呆《あき》れ返る。どうせ吉乃とは違いますよ、と内心ふくれた。

最近吉乃が仲良くしている女の子は、丘の上の山手居留地にできた女学校に通っているけっこうな才女らしい。らしい、と言うのは一度も一緒にいる所を見たことがないからで、一体何をして遊んでいるのか怪しいものだった。

行灯の火を消して布団にもぐり込み、また少し根岸の浜に上がった娘の末路に思いを馳《は》せた。

異人の仕業だという吉乃の推測が当たっているにしろ外れているにしろ、その娘は一体どんな経《い》緯《きさつ》で殺されるに至ったのか。犯人は、娘の顔見知りだったのか否か。そして犯人は娘を縊り殺した後、なぜ海へ捨てたのか。紅い折り鶴にはどんな意味があるのか。

潮風に翻《ひるがえ》る海鳥の鳴き声と、強い磯の香り。丘を背負った砂浜に、自分や吉乃と年端《としは》の変わらぬ娘が、物言わぬ骸《むくろ》になって打ち上がっている。

怖かったろう。悲しかったろう。

可哀想に――とすずは思った。

父の物騒な土産話に触発されたのか、その夜すずはおかしな夢を見た。

満月に照らされた夜の海。たくさんの白兎《しろうさぎ》が、あちらへぴょん、こちらへぴょん、泡立つ波間に跳ねている。

夜空へ吸い込まれていくのは、無数のサボン玉だ。それがぱちんと弾《はじ》けるたび、白兎が跳《と》び上がる。あちらへぴょん、こちらへぴょん。

こっちの月は甘いぞ、あっちの月は苦いぞ。光の道は右へ左へ。月は東に、も一つ西に。あちらへぴょん、こちらへぴょん、月海上に浮かんでは、兎も波を奔《はし》るか――。

目覚めて思い出せば何のことはない、小さい頃お気に入りだった小袖《こそで》の、〝波兎〟の文様なのだった。

3

すずは貝散らし柄の巾着袋を片手に、外国人居留区を歩いていた。

朝食の準備、食事、片づけ、洗濯、掃除と、次から次へおしよせるその日最初の家事を猛然とこなし、喜代との約束を果たすべく勇んで街へと繰り出したのだ。

目指すはもちろんカーティス商会。大まかな店の場所は、昨日喜代に聞いた。横濱天主堂を越すまではメイン・ストリートを進み、銀行と赤い煙突と印刷所を目印に何度か路地を曲がって、最後に鎧武者《よろいむしゃ》が睨みを利かせる古美術商店が現れたら、左手に〝CURTIS〟の文字を探せばいい。

すずはショーウィンドーの硝子《ガラス》に映った自分の姿を確認してみた。小弁慶格子《こべんけいごうし》の袷《あわせ》に昨日と同じ桜楓の帯。巾着の赤が全体を引きしめているのもまずまずといったところで、喜代の代理としての印象は悪くない。

光に透《す》けた雲の間から、穏やかな青空がのぞく。朝晩は冷えるが、今朝はことのほか日差しが暖かく、成功を後押しされたようで気持ちも軽くなった。

首尾よく事が進んだら、ついでに居留地を抜けた先にある元町まで足をのばし、パンを買いに行くつもりだ。

開港にともない、もとの横濱村の住人を強制移住させて造らせた元町は、堀川を挟んだ居留地の向かいにあり、外国人相手の日用品店、パン屋、家具屋などが軒《のき》を連ねている。細々《こまごま》した雑貨や絵はがきを売る土産物屋もあり、見ているだけで楽しい。

すずは元町の店の一つ一つを思い浮かべながら、踊るような足取りで居留地を進んでいった。

居留地の外国商館は木骨石壁の造りで、たいてい一階が店舗、二階が住居になっており、扱う品も出入りする人種も様々だ。一口に西洋と言っても、イギリス、アメリカ、フランス、ドイツ、ほかにもすずの知らない国がちらほら。ベランダから赤毛の夫人が覗いているかと思えば、ターバンを巻いた印度《インド》人の御者《ぎょしゃ》が、前方を見据えて馬車を走らせていく。玄関先では日本人の荷運びと清国人とが、謎の言語で言い争っている。

ボウラーハットにステッキの老紳士。クリケットもどきで遊ぶ子供。毛むくじゃらの腕をした水夫。こうなるともう、誰かを判断するのに「異人」の意識は極限まで薄まって、後はもう善いか悪いか、好きか嫌いかの単純な選択になってしまうから不思議だ。

そんなことを考えて、辻《つじ》まで来た時だった。

ふと、目の前を横切った日本人にすずの目が吸い寄せられた。半歩遅れて正体を突き止め、あっと声を上げそうになる。

渥美だ。

これからどこかへ行くらしい。突然のことに声をかけそびれ、立ち止まって眺めているうちに、渥美はさっさと通りを曲がって視界から消えた。

どうしよう——。

出直すか、呼び止めるか。一瞬だけ迷ったが、持ち前のいたずら心と娘らしいお節介が芽を出して、そっと後をつけることにした。

渥美は海に背を向けるようにずんずん進んで行く。小走りで距離を詰めた。

懐中時計を取り出しているところを見ると、商談にでも行くのだろう。急いでいるならなおのこと、立ち入った話はできないとすずは判断した。このまま様子を探って、改めて考えればいい。渥美の新たな一面を見つけて喜代に教えたら、きっと喜ぶ。

今日の渥美の洋服は、焦《こ》げ茶《ちゃ》の上下に中折れ帽。まだ若いのだろうが、鼻の下にチョビ髭《ひげ》を生やしているので、ずっと年上に見える。

この若者の髭というやつが、すずはどうも好きになれない。たぶん、祖母の影響だ。曰《いわ》く、明治に入ってこの方、西洋人の真似《まね》をして誰も彼もが髭を生やすようになった。きちんと剃《そ》るのがたしなみだった江戸生まれには、どうも気に入らない——。

泰平《たいへい》の世を突き破って唐突に出現した西洋文化は、江戸の昔から続く多くの習俗や価値観を一転させた。髭のように日本人みずから選び取っていったものもあれば、散髪の断行、帯刀や刺青《いれずみ》の禁止など、国が発令して強制的に変えさせたものもある。ひと息で変転する世の姿に、実質江戸の中身を引きずって生きる庶民は右往左往してしまうのだ。

そこまで考え、すずは思わず頰を緩《ゆる》めた。モーリスさんは髭を生やしていない。なぜかと聞いたら、「死ぬほど似合わないから」というようなことを、顔を赤くしてもごもご言った。以来、才蔵は密かに、すずとモーリスさんを羽根つきで戦わせようとしている。恐らくこてんぱんにされる米国の若者に、墨《すみ》の髭を描き入れるためだ。

今度の正月はモーリスさんのおかげで、いつにも増して楽しくなりそうだとすずは考えた。来年の話をすると鬼が笑うと言うけれど、鬼でも福の神でも年神様でも、笑って新たな年を迎えられるならそれでいい。凧揚げや双六《すごろく》は子供でなくとも楽しめるし、おせちも待ち遠しい。毎年、猪野市さんの奥さんがお裾分けしてくれる焼き豆腐は絶品だ。

新春を迎えた人の心は心機一転、真新しい希望に満ちあふれる。あの真っさらな清々《すがすが》しさが好きで、すずはつい早々と正月のめでたさに思いを巡らせてしまうのだった。

そうこうしているうちに、渥美は南京町に入った。途端に、耳に飛び込む雑音から看板の文字までが一変する。

居留地の道路は大部分が港と平行になっているのだが、南京町だけは正確に東西の方向に造られているため、かえって方向感覚を失う。

西洋人の住まう区域とは一線を画したこの町の成り立ちは、欧米と日本との貿易仲介人である〝買弁《ばいべん》〟の存在なくしては語れない。

安政《あんせい》六年（一八五九年）に開港した横濱へ、商機を見込んだ欧米商社が続々とやって来た時、実質的に日本人商人との折衝や交渉役を担《にな》ったのが、当時「条約未済国」だった清国の商人たちだった。彼らは欧米商社が雇用した〝買弁〟として輸出入や経理のいっさいを取り仕切り、そこで貯《た》めた資金を元手に新たな商いを始めることとなった。

買弁たちの多くは、居留地の一三〇番地から一六〇番地に固まって住んでいた。時代が下るにつれ続々と同国人が押し寄せ、住居と店舗が増え、やがてその台形を成す狭い地域に、みずからの手で強固な共同体を築き上げていく。

これが、今や二千人以上の清国人が闊歩《かっぽ》する「南京町」なのだ。

すずはつかず離れず、懸命に渥美を追った。

極彩色《ごくさいしき》が氾濫《はんらん》する大通りを避けるように、渥美はぬかるんだ狭い裏路地を進んでいく。そのあまりの猥雑《わいざつ》さに、すずは眉をひそめた。

後付けされた外階段から瓶《びん》の水を道路に捨てるすぐそばで、女が表に出した鉄鍋《てつなべ》で臓物か何か分からないものをぐつぐつと煮ている。その煙が建物の間に渡された無数の洗濯物を揺らし、左右の軒先が覆《おお》いかぶさった日陰《ひかげ》の通りに、冷たく湿った悪臭《あくしゅう》を閉じ込めている。壁に背を預けてうずくまった物乞《ものご》いの、饐《す》えた汗と垢《あか》と小便の臭い。塵《ごみ》をむさぼり食う野良犬《のらいぬ》の荒い息づかい。道をふさいだ竹籠《たけかご》や材木の残骸《ざんがい》。豚の鳴き声。

治外法権――。その後ろ暗い意味を、毛穴の一つ一つ、髪の一本一本が理解し、吸い込んだ街の臭気が恐怖に変わって、すずはいたたまれない焦《あせ》りを覚え始めた。

水溜《みずた》まりをよけて再び視線を戻した時には、渥美は一軒の裏口に入って行く所だった。薄汚れた観音開《かんのんびら》きの扉《とびら》が、すずの目の前でぱたりと閉まる。黄色い壁には四文字の吉句を書いた紅紙《べにがみ》と籐椅子《とういす》の広告とが貼《は》ってあり、上がり口の石段には割れた植木鉢が無残に転がっている。

もう尾行どころではない。

と、急ぎ足で路地を抜けようとしたすずの前方から、清国人の若い男たちが三人歩いてきた。横いっぱいに広がって互いを肘《ひじ》で突き合い、一度だけすずを見て何か言い、それから突如けたたましい笑い声を爆発させたかと思うと、いきなり荒い足取りで走りこんできた。

すずは本能的に危険を覚えて身をひねり、壁際に下がった。

男たちのふざけた奇声が路地を貫《つらぬ》く。一人目、二人目、三人目が駆け抜ける。

その瞬間、すずの指から巾着袋がむしり取られた。

反動で壁に背をぶつけ、頭が真っ白になり、次の動きが遅れた。からっぽになった手のひらを目《ま》の当《あ》たりにし、事の次第に愕然《がくぜん》とする。

喜代の簪。喜代の文。喜代の真心。

盗《と》られた。

「返して！」

すずは小さくなる後ろ姿と笑いの残響に向かって叫んだ。

「返して、返して！」

もつれた足で駆け出し、ぬかるみに下駄《げた》が取られた。均衡《きんこう》を失って前のめりになった時、ふわりと空気が動いて、横から伸びてきた黒衣の腕がすずの体を受け止めた。立てかけられた竹竿《たけざお》の裏にたたずんでいた清国人の男だった。すずはひったくりの消えた路地の先を見つめたまま「返して！」と無我夢中でもがき、支えていた男の腕を振りほどいてまたよろめいた。

「すずさん」

先ほどより強く肩をつかまれ、その時になって初めて、すずは男がずっと自分の名を呼び続けていたことに気づいた。

「すずさん。浦島屋のすずさんでしょう」

狼狽《ろうばい》したまま、すずは相手を見返した。

半円型の黒い瓜皮帽《うりかわぼう》と、縄《なわ》のように編んだ腰下までの一本髪。足首まである黒色の長袍《チャンパオ》。軽やかな布靴《ぬのぐつ》。

今、ほのかな匂いを香らせてすずを覗《のぞ》き込んでいるのは、見知った男の秀麗《しゅうれい》な白皙《はくせき》の顔だった。

「劉《りゅう》さん……」

呟いたきり、続く言葉に詰まった。劉さんという名字と、南京町で貿易会社『海和堂《かいわどう》』を営む商人だということと、浦島屋の取引相手だということ以外は、どんな人かあまりよく知らない。

ただこの男を見るといつも、すずは白磁の壺《つぼ》を思い出す。一点の曇《くも》りもない滑《なめ》らかな白面に収まっているのは、凜《りん》とした眉に、すっと切れ上がった杏仁形《きょうにんぎょう》の大きな目。まっすぐな鼻梁《びりょう》。特徴的な黒服を優雅にひるがえし、日本人にとっては少し滑稽《こっけい》に見える弁髪さえ上品な装飾に変えて、口元に浮かんだ微笑はまさに名匠《めいしょう》の刻んだ仏のごとし。

普段は清国人の悪口ばかり言っている番頭の佐助も、豊富な語彙《ごい》を生活の糧《かて》にしている栗毛東海さんも、多くの同国人に顔が利く陳の旦那も、劉さんを称する言葉は同じ。

――まったく、きれいなお人だ。

「いい男」でも「色男」でもない。ただただ洗練された物腰と清潔感を携《たずさ》え、老若男女の別なく人目を惹《ひ》きつけて離さない姿形こそが、「きれい」の一言に集約された劉さんのすべてなのだった。

「怪我《けが》はありませんか？」

ほとんど癖のない日本語だったが、いつもより少し語調が鋭《するど》かった。その崩れた所のない端正な声がかえって絶望を呼び覚まし、すずは揺れる瞳で劉さんを見上げた。

「盗られちゃった……」

口に出したらなおのこと、取り返しのつかない失態に全身が震え始める。すでにこぼれてしまった言葉を押しとどめようと、わななく唇に手を当てたら、体の奥から不快な熱気がせり上がってきた。

「友だちから預かった大事なものが入ってたのに。本当に大事な、友だちの大事なものだったのに」

後から後から苦しい涙が溢《あふ》れ出してくる。

「どうしよう、どうしよう」

途中からは自分でも何を言っているのか分からないまま、すずはしゃくり上げた。喜代に何と詫《わ》びればいいのだろう。喜代がどんな気持ちであの文を綴《つづ》り、どんな真剣な手つきで簪に結び付けたか、そのいっさいの切々とした想いを、一瞬にして無くしてしまった。

ひったくられた恐怖と、喜代に対する申し訳なさと、大事な持ち物をまんまと奪われた自分のふがいなさとが、収拾のつかなくなった頭をさらに混乱させて呼吸を狂わせる。

「ごめんなさい、お喜代ちゃんごめんなさい」

引きつったように泣き続けるすずの背に、その時ふと劉さんの手が置かれた。

「諦《あきら》める前に何とかしてみましょう。ついていらっしゃい」

「……え？」

すずの問いにはあるかなしかの微笑で答え、劉さんは黒衣の裾に風を孕《はら》ませて踵《きびす》を返した。その際渥美の入っていった例の戸口に一瞥《いちべつ》をくれたきり、あとは背中に物差しでも入っているのか、左右対称の安定した足取りで歩き出す。日本人とも西洋人とも異なる体軀《たいく》の、すらりと長い後ろ姿を、すずは慌てて追いかけた。

路地とも呼べない油まみれの壁の隙間《すきま》をいくつか抜け、表通りに出た。裏路地から一変、活気あふれる物売りのかけ声と原色の雑貨とが、往来を賑やかに彩《いろど》っている。

ぴいちくぱあちく囀《さえず》る籠《かご》の鳥を物欲しそうに見上げる野良猫。荷車一杯に積み上がった竹細工。両替商《りょうがえしょう》、貿易商、雑貨屋などの看板が目立ち、西洋人御用達《ごようたし》の仕立屋《テーラー》や塗装屋もちらほら。

ぐすぐすと鼻をすすりながら、すずは小走りで劉さんの横に並んだ。

「あの……、どういうことでしょう。劉さんは、あの人たちを知っているんですか」

「知りません。でも知る手立てはあります」

「どうやって？」

「あの若者たちの身なりは、日雇いや浮浪者のそれではありませんでした。それもかなり身綺麗《みぎれい》だ。ならば、町の仕組みが使えます」

「仕組み？」

劉さんは軒のせり出した一軒の店へ入って行った。「茶」と大書きされた菱形の扁額《へんがく》から察して、茶屋のようなものらしい。背もたれに透かし彫りの入った椅子が、四角い卓を囲んで雑然と並べられており、弁髪姿の男たちが思い思いの場所に固まって茶を啜《すす》っている。細長い勘定台の奥で、茶道具を拭《ふ》いていた店員が手を上げた。

「海和堂さん。ご飯食べたか？」

清国の「こんにちは」はこう尋ねるらしい。「儲《もう》かりまっか」に似ている。

「趙《ちょう》の旦那はいますか」

「いる。いつもの庭ね」

店の奥は芭蕉《ばしょう》の葉が茂《しげ》る中庭になっており、ここには長椅子がいくつか置いてある。その中、肘掛け付きの椅子と茶漆《ちゃうるし》の足置き台に体を投げ出して、磁器の茶碗を悠々《ゆうゆう》と傾けている面長の男に、劉さんはゆったりした足取りで近づいていった。握り拳にもう片方の手を添えて丁寧な拱手《きょうしゅ》の礼をし、二言三言挨拶をしてから切り出した。

「人を探しています。恐らく福建《ふっけん》の若者です。どなたかに顔を繫いでいただけませんか」

「——周《しゅう》の旦那。両替商だが香辛料の売買でうまくやった。店は『吉慶祥《きっけいしょう》』。張《ちょう》の仕立屋の隣だからすぐ分かる」

「ありがとうございます」

「そうそう、おたくの老太爺《ラオタイイエ》が来月の祝いの品に探してた、銀の腕飾りが手に入った。蝙蝠《こうもり》柄の縁《えん》起物《ぎもの》だ」

「後でうかがいます」

「宋《そう》さんの内儀が欲しがってる。もし買うなら、今日の二時までだよ」

劉さんは聞くだけ聞いて早々に茶屋を後にした。今度は周の旦那とやらがいる『吉慶祥』へ行くようだ。

「町の仕組みとは、知り合いを辿るという意味ですか？」

「少し違います。この町では、故郷を同じくする者たちが〝幇《バン》〟という組織を作って互いに助け合っています。繋がりは緊密ですから、ある程度までなら人探しも可能です。あの若者たちは福建訛《なま》りがありましたから、まずは福建幇の周さんに聞いてみましょう」

察するに、劉さんはあの竹竿の陰で、一部始終を目撃していたらしい。どうしてあんな所に立っていたかの疑問はこの際置いておくとして、すずが一番不思議だったのは、劉さんが同国人と日本語で会話を続けていることだった。

「同じ清国の人と話すのに、どうして清国の言葉を使わないいんですか？」

「清国は広いので地方によってまったく言葉が違います。出身地の異なる者同士がそれぞれの方言で話しても通じません。役人が共通語として使う言葉はありますが、この町の人間はほとんどが広《カン》東《トン》か福建の商人です。だからお互い日本語が一番いいんです」

「劉さんのお国はどちらですか」

返答までに少しだけ間があいた。

「わたしの祖父はもともと江蘇《こうそ》の出なので、海和堂は江蘇・江西《こうせい》・安徽《あんき》の同郷人と結束しています。でもわたしが幼年期にいたのは北京《ペキン》の方ですから、じつを言うと江南の方言は得意ではありません。やはり日本語に限ります」

広大な大陸の地名も位置も知らないすずには、ただ同じ清国人の中にあって日本語しか語る言葉を持たない劉さんの漠然《ばくぜん》としたやりにくさを感じるばかりだったが、当の本人はすっきりした黒い輪郭を塵《ちり》一つない天に伸ばし、悠々と雑踏を抜けていく。

それから周の旦那を探すのに、一時間ばかり要した。

『吉慶祥』には不在、福建幇の情報が飛び交う茶屋から行きつけの菓子屋へ回り、ようやく捕まえたのが理髪店。外に座って髪を剃られている周の旦那の横で、劉さんは茶屋にいた趙の旦那の名を出した後、素行のよくない福建の若者たちを探しているのだと言った。

「三人とも上等な絹の上着を着ていました。実際にひったくった男は、鷲鼻《わしばな》の右横に大きな黒子《ほくろ》がありました。どこかの店の息子で、そうした人はいませんか」

「馬鹿息子ならどの家にもたくさんいる。だが心当たりがないわけでもない」

己の面子《メンツ》にかけても「知らない」とは言えない周の旦那は、「王《おう》、朱《しゅ》、許《きょ》」と新たに三人の福建商人を挙げ、その人たちへ問題を丸投げした。すずはだんだん混乱し始め、気が気でない焦燥《しょうそう》を抱えてひたすら劉さんを追いかける恰好になった。

十月の日差しが、うっすらした二人の影をじわじわと引き伸ばしていく。

数時間後——。
劉さんは顔色一つ変えぬまま、当事者のすずより熱心に南京町から西洋人の居留地まで歩き回り、「王、朱、許」の三商人を順に訪ねて、とうとう許の旦那の営む一五一番地の荒物屋《あらものや》『秦天《たいてん》』で望む情報に辿り着いた。劉さんはすずを「周の旦那の得意先の娘」と涼しい顔で紹介し、頑固そうな一文字の口を開かせたのだ。

「徐《じょ》の旦那の息子。徐信《じょしん》ね。鼻の右に大きいの黒子ある。親の手伝いしないで、悪い仲間と遊びまわってる。金はあるけど、暇《ひま》で退屈してるからね。喧嘩《けんか》、博奕《ばくち》、盗み、とにかく人殺す以外、迷惑のこと何でもやる」

荷車の上に目いっぱい竹籠を積み上げながら、許の旦那は角ばった顔をしかめた。

「徐さんの店は何を？」

「絹を扱う貿易商。うちは広東出の曹《そう》って旦那から筕篖《アンペラ》（熱帯の草で編んだ筵）仕入れて、徐の旦那に流してる。絹の輸出に、梱包材《こんぽうざい》の筕篖は大量に必要だから」

「なるほど。除信の行きつけはありますか」

「一一九の『興珍《こうちん》』かな。ろくでもない奴らがたむろしてる。酒屋の奥で勝手に飲んでるんだ」

教えられた番地は、町の反対側だった。「もうひと踏ん張りですよ」と劉さんに励まされながら、すずは痛む足を引きずるように押し進める。

そうして、黄龍旗《こうりようき》の翻る〝清洋折衷《せっちゅう》〟の清国領事館の前を過ぎた時だった。

法被に股引、鳥打帽《とりうちぼう》をかぶった青黒い顔の短軀の日本人が、吸い寄せられるように劉さんの脇に並んだ。

「関帝廟《かんていびょう》で落ち合うはずだったでしょう。何してたんです」

「すみません、急な用事が入りました」

「まあいいや。聞いて驚け。頼まれてた阿片《あへん》の出所が、ついに分かりそうですよ。こいつが何と——」

「今はちょっと」

流れた劉さんの視線を追って、男が反対の脇にいるすずを見つけた。

「おっと失礼、こいつは野暮《やぼ》なことを」

男は帽子を脱ぎ、芝居《しばい》がかった調子で後ずさる。

「それが用事じゃ邪魔できねえや」

「六時にまたいつもの所で」

「謝礼はたっぷりはずんでくださいよ」

言うが早いか、男はさっと身を反転させてたちまち雑踏に溶けた。

すずは誤解を受けたことより「阿片」の二文字に狼狽し、その不穏《ふおん》な言葉の影響力に気づいたのか、劉さんは取り繕うように言った。

「阿片吸飲の悪弊《あくへい》は、残念ながらこの町にも蔓延《まんえん》しています。水際で止めようとしても、密輸が後を絶ちません。それで最近出回っている阿片の出所を、ああいう目端が利く日本人の力を借りて調べています」

「そんなことまでやらなくてはならないんですか」

「自分たちの町は、自分たちで守らねばなりません」

それきり、劉さんは口をつぐんでしまった。

ようやく辿り着いた一一九番地の『興珍』は、封をしたままの大甕《おおがめ》が軒下に並び、店内からは高粱《こうりゃん》で作った〝白酒《バイジウ》〟という蒸留酒の強い匂いがした。許の旦那の言う通り、柱の間は質素な卓で埋め尽くされ、青や黒の長袍を着崩した若者たちが昼間から酒を飲んでいる。

その集団の真ん中に、徐信はいた。鷲鼻の横に黒子。年齢は二十歳《はたち》前後。片手で金の懐中時計をもてあそび、もう一方で杯を傾けながら、時おり甲高い声で嗤《わら》う。取り巻きの中に残り二人の顔も見つけ、すずはあの時の恐怖をまざまざと思い出してしまった。

その目が、いっせいにこちらへ向けられた。劉さんは粘《ねば》ついた衆目のただ中を空気のようにすり抜けて、音もなく徐信の前に立った。

「誰、お前」徐信が癖のある日本語で言う。卓にそっくり返って肘をつき、劉さんを見上げる形だった。

「わたしは『海和堂』の劉と言います」

「何の用？」

「この人から盗ったものを返していただきたい」

途端に除信は仲間たちを見やって「聞いたか？」と指をさし、「よぅ、盗人《ぬすっと》！」とふざけた冗談《じょうだん》が放たれて、耳障《みみざわ》りな大笑いと拍手が起こる。すずは歯茎《はぐき》まで剝《む》き出した男たちの乾ききった嘲笑《ちょうしょう》を浴びて、あまりのいたたまれなさに身動きができなくなった。

「そんな女は知らない」

椅子の縁に片膝を立て、除信が薄笑いを浮かべた。「なあ？」ほかの二人も同調する。

「知りませんか」

「くどいよ。帰りな兄さん」

徐信が袖を振る。大勢の嗤い声に混じって、劉さんの小さな溜息《ためいき》が聞こえた。

「こちらはうちの大事な取引先のお嬢《じょう》さんです。その人がわたしの目の前で、あなたに持ち物を奪われた。返せと言っても返してもらえない。これではわたしの商いに支障が出ます」

「何の関係がある？」

「わたしは香港《ホンコン》から輸入した笲篖《アンペラ》を許の旦那に卸《おろ》していますが、それがあなたの御父上《おちちうえ》に渡るなら、そちらとの取引も考えざるをえません」

にわかに除信の顔が強張《こわば》った。

「脅《おど》しか」

「掟《おきて》です」

劉さんは淡々とした口調で畳《たた》みかけた。

「この町では信用と面子を何より重んじます。あなたはまずわたしの顔に泥を塗り、結果として次に許の旦那の面子をつぶすことになります。そうなれば、わたしに許の旦那を紹介した周の旦那も黙ってはいない。当然この先御父上の商いもやりにくくなりますが、かまいませんか」

短い罵声《ばせい》を上げて立ちあがった徐信が、劉さんの胸倉をつかんだ。それを合図にしたかのように、若者たちがいっせいに動いて取り囲む。すずは身を縮めたが、当の劉さんは微動だにせず、頭一つ高い位置から除信を見下ろして訊《き》いた。

「返すならこの件は忘れましょう。それとも、長年築き上げてきた御父上の信用と評判を落とす覚悟が、あなたにありますか」

「黙れ！」

「時間の無駄は嫌いです。返すのか、返さないのか」

睨み合いが続いた。敵意と酒のにおいが充満する緊迫した店内で、時間ばかりが流れていく。

突如、徐信は膨らんだ上着の胸元から巾着袋を引きずり出して劉さんに押し付けた。劉さんは相手に目を据えたまま巾着をすずへ渡し、「中を」と短く言う。

袋を開いて確かめると、文を結んだ喜代の簪は、傷一つなくほのかに光っていた。長い長い年月を経て、ようやく手元に戻ってきた気がした。

「無事でよかった……」

「では帰りましょう」

店の出入り口へ体を向けた劉さんに、人の輪が割れる。怒り狂った除信の声と、杯が砕《くだ》け散る激しい物音を背にし、すずも劉さんに付いて必死に店を抜けた。

日の短くなった町は夕暮れに向かってまた一段と光を落とし、紗《しゃ》のかかったざわめきの中、往来の足もどことなく速い。

「劉さん」

しばらく行った所で、すずは震える膝頭を押さえながら、遅まきの感謝を伝えた。

「今日は本当にありがとうございました。劉さんが助けてくださらなかったら、どうなっていたか……」

「それほど大事なものなら、次からは懐に入れるなり、胸に抱えるなりして持つべきです。本当に大切なものは、自分の心臓に近い場所へ隠しておくものですよ」

暗に厳しく叱られた気がして、すずは肩を落とした。「ごめんなさい」

謝った拍子にお腹が鳴り、お昼を抜いたことに気づいた。

肩越しに振り返った劉さんが、そこで初めて目元を和《やわ》らげる。すずはとっさに頬を赤らめたが、鼻は原因を求めてひとりでにすんすん動いた。夕飯の仕度をしているのか、荒物屋の奥からいかにも美味しそうな匂いが漂ってくる。清国人の多くは四時くらいに夕餉を食べるのだと、陳の旦那に聞いたことがある。

口を開きかけたすずを人差し指一本で制し、劉さんはその店にさっさと入って何やら交渉を始めると、戻って来た時には湯気の立つ碗と箸を持っていた。外に出しっぱなしの床几《しょうぎ》へ座り、手招く。

「食べてごらんなさい。これなら日本人の口にも合うと思いますよ」

黄金色《こがね》の汁の中には、白い薄皮の饅頭のようなものが浮いている。

南京町の物をやたらと口にしてはいけないと、周囲からきつく言い含められているにもかかわらず、目新しい食べ物に好奇心が勝った。何より、美味しそうな匂いと湯気がたまらなく空腹を刺激した。

熱いから気をつけて、と心配する劉さんを横目に、思いきって一口。まずは薄皮のするっとした食感が舌に滑り込み、嚙みしめた先から中身が飛び出してきた。刻み生姜《しょうが》の入った熱々の肉団子だ。脳みそから胃の腑《ふ》の底まで、旨味《うまみ》の詰まった熱い肉汁が染み込んでいく。「ふおッ」と鼻から妙な息が漏れた。あまりの美味しさに頰が痛くなる。

ここで湯《スウプ》を一口。鶏《とり》か何かの出汁《だし》に、おろし生姜や葱《ねぎ》や干し海老が複雑に溶け入り、それぞれの味と食感が代わりばんこに舌を刺激してくる。

大好きな揚げ出し豆腐も茶碗蒸しもクッキーも、この瞬間にあえなく霞《かす》んで消え去った。お腹の中で眩《まばゆ》い光が踊り、旨味の奔流《ほんりゅう》に押し出された熱さが下瞼《しもまぶた》に溢れ、筋になって頰にこぼれた。

「どうしました、今度はなぜ泣くんです?」

「これはずるいです」

「うん?」

「美味しすぎて涙が出ます。こんなものがこの世にあるなんて、ずるいです」

泣きながら夢中で食べるすずを、劉さんは絶句したまま眺めていたかと思うと、ふいに真っ白な歯を見せて笑い出した。あまりに屈託なく腹を抱えて笑うので、通行人が次々に振り向く。こんなに切れ長の眼をしているのに、思いきり笑うと一本線になってしまうのだな、とすずは惚《ほう》けて考えた。この方がずっと人間らしくて暖かみがある。

「これは餛飩《フントウン》といいます。広東の人間は、雲呑《ワンタン》と呼んでいます」

「わんたん」

からになった碗を覗き込み、すずは繰り返した。わんたん。

「北京《ペキン》ではこれを冬至に食べます。昼が一番短くなる日、すなわちこれから昼がどんどん長くなっていく吉日、〝混沌《こんとん》〟ならぬ〝餛飩〟を食して万物の始終を想うというわけです。あなたは今、すべての終わりと始まりを同時に味わったんですよ」

「すべての、終わりと始まり……」

すずは呟き、わんたんが「終わりと始まり」なら、後に何が続くのだろうと思った。

「清国のかたは、ほかには普段どんなものを食べておられるのですか?」

「言葉と同じで、一口には言えません。主食にしても、米だったり小麦粉だったりしますし、同じ食材でも調理法や味付けが様々で」

「つまり、このわんたんより美味しいものが、まだたくさんあるってことでしょうか」

「試してみたいですか?」

「はい」と即答してしまった自分の口汚さに、すずはがっくりと落ち込んだ。父は食い意地が張っている娘ははしたないと怒るし、きっと劉さんも呆れただろう。お腹の幸せな熱さが、後ろめたい罪悪感に変わっていく。

「やっぱり、いいです」

「どうして?」

「わたしいつも、いじきたないって父に叱られるんです。娘としての節度をわきまえろとも。出歩く時には気をつけろと昨日も言われたばかりなのに、こんな目に遭ってしまって……。だからその、今日のことはどうか、」

「秘密ですか?」

すずを見つめていた劉さんは、そこで少し口の両端を持ち上げて、すっと長い小指を差し出してきた。

「好《ハオ》(いいですよ)、約束しましょう。わんたんは、わたしとあなたの秘密。その代わりあなたも、二度と危ない真似はしないと約束してください。あなたに何かあったら、お父様が悲しみますよ」

すずは目を丸くして劉さんを見上げた。

「清国にも指切りがあるんですか?」

「日本のように針千本飲むわけにはいきませんが、清国の方では一度指切りをしたら、百年経っても心を変えてはいけない決まりです」

すずがおずおずと小指を絡《から》ませると、劉さんは流れるように清国の「ゆびきりげんまん」を唱えて、「さあこれで安心」と穏やかに笑う。小指を左胸に当ててみたら、百年の約束に心臓が応《こた》えたのか、まるで急いで歩いた後のようにどきどきと波うった。

再び劉さんの背中を追いかけて町をいく頃には、疲労はすっかり消えていた。

赤煉瓦《あかれんが》の二階家が並ぶ通りを進むうち、黒々とした楷書《かいしょ》の看板が見えてくる。横書きで『海和堂』。劉さんの店だ。

軒まである細長い観音開きの戸はぴたりと閉まっており、劉さんは一言も触れることなく店の前を過ぎていく。

そう言えば劉さんは、腕飾りを買う二時の約束に間に合わなかった。

大丈夫なのだろうかと思いながら、視線を感じたすずがふと海和堂の二階を振り仰いだ時、肘掛け窓にもたれた美しい清国女性と目が合った。

4

それからしばらくの間、すずは上の空だった。

「劉さん」という名を思い出しただけで「わんたん」が頭に浮かび、はしたなくも口中に唾《つば》がわいた。もう一度食べてみたいが、あの店へ押しかけていくわけにもいかない。内緒のご馳走《ちそう》だから、家の者にもあの美味しさを伝えることができない。

頭の中の区分は「わんたん」と「それ以外のたべもの」の二つになり、いつかまたあのご馳走に巡り会えるようにと、横濱弁天へお参りに行ったりもした。

その御利益《ごりやく》があったのだろうか、機会《チャンス》は意外に早くやって来た。

毎年治兵衛は天長節（天皇誕生日）に得意先を集めて自宅で宴《うたげ》を催《もよお》すのだが、劉さんがそのお礼にと南京町の料理店に招待してくれたのだ。

――清国の料理は、大人数で食べるに限ります。どうぞ皆さんで。

そんなこんなで、薄気味悪がって辞退した吉乃を除き、すずときんまでご相伴《しょうばん》にあずかることとなった。日本人にしてみれば、支那《しな》料理などどこで何を食べたらいいのか分からない領域だ。信頼できる劉さんの勧めならば是非《ぜひ》にということで、すずのみならず父も祖母も数日前から期待でそわそわしていた。

南京町での一件以来、物事はすべて順調だった。

あの日、浦島屋まで送るという劉さんの申し出を断り、すずはその足でカーティス商会を訪ねた。渥美はすでに帰社しており、従業員の出払っている事務所にすずを招き入れての密談とあいなった。渥美は初めひどく驚いて、すずの素性や喜代との関係を根掘り葉掘り尋ねてきたが、幼馴染みでなんでも喋《しゃべ》り合う仲だと知ると、使いの役をたいそう喜んでくれた。それから二、三度橋渡しを務め、今では喜代の言伝《ことづて》を伝えたり、渥美に喜代の嗜好《しこう》や気質を教えたりするまでになっている。

それもこれも、劉さんが巾着袋を取り戻してくれたおかげだ。

会食当日のすずは、流水紅葉《りゅうすいもみじ》の裾模様で気合い十分。五時に劉さんが指定したとある支那料理屋に、家族三人いそいそと出かけていった。

ところが到着してみてまず仰天。二階建てのその店は、「料理屋」というより清国人の労務者ばかりが集う「飯屋」といった趣《おもむき》で、どの顔もみな茶碗に口をつけて忙《せわ》しなくご飯をかき込んでいる。床に散らばった骨を泥だらけの尨犬《むくいぬ》が拾って回り、強い油脂と大蒜《にんにく》臭が通りにまで漂い出ていた。

「こんな所で食べるのかねえ」きんが不安げに呟いた。

「でも劉さんが決めた場所だぞ」

「そうよお祖母ちゃん、劉さんのことだもん。悪いようにはしないはずよ」

「お？　何だお前、顔見知り程度で、劉さんの何を知ってる？」

そうしてすずと治兵衛の予想通り、懸念《けねん》は杞憂《きゆう》に終わった。店の者の案内で階段を上がってみれば、二階は卓と椅子が余裕をもって並べられた小ぎれいな空間だった。半数以上が埋まっており、絹の上着に身を包んだ恰幅《かっぷく》のいい男たちが色とりどりのご馳走を囲んで談笑している。

「どうぞこちらへ」

店員の示す先、丸柱と衝立《ついたて》に遮《さえぎ》られた奥の席で、劉さんは待っていた。我知らずすずの鼓動が速くなる。拱手《きょうしゅ》の礼をした劉さんに、治兵衛は見様見真似で同じ挨拶を返した。

「今日は家の者まで呼んでもらって。義母のきんと、四女のすずを連れてきました。食いしん坊の二人です」

「お招きくださって、どうもありがとうございます」

すずは緊張して辞儀をした。自然に振る舞おうとするのだが、この前のことを思い出してかえってぎこちなくなってしまう。劉さんの微笑が、少し深くなった気がした。

「ご覧の通り清国人だけが利用する小さな店ですが、味は保証します。前もって頼んでおけば、どの地方の料理でも作ってくれるので評判がいい。ここの料理人たちは、会芳楼《かいほうろう》にいたんです」

「会芳楼？　ああ、懐かしいなあ！」

治兵衛が手を叩く。

「お義母《かあ》さん、覚えてるでしょう、猪野市さんたちが同志を募《つの》って会芳楼で芝居したの」

「あれね、あれはひどかった。あんな素人芝居までやるからつぶれちゃったんだよ」

かつて一三五番地にあった会芳楼は、清国人のみならず欧米人や日本人までが群れ集う劇場兼料理屋で、それぞれの国の芝居や曲芸を連日催し、横濱名所の浮世絵にも描かれてたいそうな賑わいを見せていた。数年前になくなってしまったため、すずは一度も行ったことがない。

「この町には清国の料理を楽しめる店がほとんどありません。会芳楼がなくなったのは残念でした。あの土地には、今度清国領事館が移転してくるそうですよ」

「ほう、いい場所を取りましたな」

雑談を交わしている間に、まずは支那酒がやって来る。糯米《もちごめ》を醸造《じょうぞう》した黄色いお酒で、紹興《しょうこう》という場所のものが有名だという。すずは味見に一口もらい、つんとした独特の風味に面くらってやめた。肴《さかな》についてきたそら豆だけ頂戴する。

「堅苦しいのは抜きにしましょう。料理はお口に合いそうなものだけ見繕っておきました。召し上がってみてください。どんどん来ますよ」

その言葉通り、しばらくすると料理が次から次に運ばれてきた。ちょっと多すぎではないかと驚いたら、食べきれないほど出すのが清国流のもてなしかたとのこと。四角い卓は瞬く間に皿で埋め尽くされ、「さあ冷めないうちに」と劉さんが促すより早く、日本のものよりずっと長い箸に誰からともなく手を伸ばした。

まずは、頭までついた殻付きの小海老。思い切って口に入れる。からっと揚がったぱりぱりの殻と弾力ある海老の身を、葱油《ねぎあぶら》と刻み唐辛子のぴりりとした辛みが引き立てる。空腹に火がつき、頬がきゅっと痛くなったそばから口中に涎《よだれ》が溢れた。

「ああこりゃ酒の肴にも最高だ」

治兵衛が唸《うな》った。遠慮した劉さんをのぞいて一人三尾、山盛りだった海老が無言のうち瞬く間になくなる。その合間に、卵の湯《スウプ》を試した。溶き卵が入っただけの変哲もないお吸い物かと思えば、味わうほどに鶏がらが香る。それが胃の腑の底に落ちた途端、全身にしみ込んでいく。鼻から切ない溜息が出た。

「こっちは炊き込みご飯みたいなものかしらねえ?」

具材をまぶしてあるご飯の山を覗き込み、きんが尋ねた。劉さんが皿の位置を変えてきんに勧《すす》めながら、「これは炒飯《チヤオファン》です。その名の通り、ご飯を炒《いた》めたものです」と説明する。

「あらあ、ご飯を炒めちゃうの!」驚くきんの隣で、匙《さじ》に持ち替えたすずは一足先にほんのり黄色いお米を頬張り、粒だったご飯と卵と葱のぱらぱら零《こぼ》れ落ちるような食感に舌と心を弾ませた。ごま油の香りとさりげなく効かせた塩胡椒《しおこしょう》の味つけで、いくらでも食べられそうな気がする。

炒飯を主食に決め込んだ治兵衛が、大皿にでんと乗っかった魚のあんかけ料理をよそって、せっせと口に運ぶ。

「揚げ物にあんをかけてあるなんて、ずいぶん凝《こ》ってるねえ。これ、清国の魚?」

「鯉《こい》ですよ。清国では魚の王です。黄河の龍門を登り切った鯉だけが龍になれると伝えられているので、〝登龍門〟というわけです。だから日本の鯉のぼりも鯉でしょう」

「へええ、そういうことだったの! あたしは日本の鯉料理は苦手なんだよ、泥くさくて骨が多いから。でもこれは、じつに美味《うま》いよ」

劉さんの豆知識も感心する父もそっちのけ、骨まで揚がった鯉に絡まる甘酸《あまず》っぱいあんのコクに、すずの全身はぎゅうっと縮こまった。同じく甘酢あんを絡めた豚肉料理を食べたきんの体も、美味しさにすぼまって一回り小さくなる。

どれもこれも、赤と黄色と橙《だいだい》の見た目が、さあ食べろもっと食べろと力強く促してくる。それに応えたお腹が、「食べたい」という根源的な欲求を極限まで押し上げて、誘われた心までがどきどきと躍《おど》り出す。

きっとこれが、清国料理の醍醐味《だいごみ》なのだ。

軽い食感かと思えば、食材に弾力が隠れている。薄味かと思えば、徐々に出汁がしみ込んでくる。甘いのか酸っぱいのか、米粒なのか野菜なのか、主食なのか主菜なのか、とろとろなのかぱりぱりなのか、たった一口で端から端へ大きく振れる味と食感の印象に翻弄《ほんろう》される。

店に入った時は気になった強い大蒜《にんにく》のにおいも、食べ進めるうちにいつしか食欲を煽《あお》る味に変わっている。ただの青菜の炒め物でさえ、箸が止まらない。

豊かな五味が口の中で無数に変化し、どれを食べても脳みその一番深い所まで旨味がもぐり込んでくる。

幸せがあふれる。

日本人の舌を知り尽くした劉さんの接待に、すずは夢見心地だった。

「どれも美味しいねえ！」

初めはおっかなびっくりだったきんも夢中で食べており、「浦島屋さん、もう少し飲めるでしょう」と劉さんが酒の追加に手を上げる。

店の者は劉さん相手に「少爺《シャオイエ》」を連発し、あれは一体どういう意味なのかと父に尋ねたら、「若だんなとかご令息とか、どうもそんなことらしい」と言うので、へえぇとなった。

何でも、劉さんは早い内に両親を亡くして、今は隠居同然の祖父の仕事を任されており、清国人の「上等部」に登録されている祖父の店を立派に盛り立てているらしい。

治兵衛曰く、小さい頃から日本で育ったせいか、はたまた日本人との商いが長いせいか、劉さんはまるで日本人のような気の遣い方をする。しいて言えばそつのなさ過ぎる辺りが愛嬌《あいきょう》なしだが、たとえ口約束でも必ず守ってくれるので、口先だけの日本人商人よりよほど信用できる。

そしてその真偽は、ほどなく証明された。

料理の行列も中盤に差しかかった頃、店主みずから満面の笑みで現れて、茶色がかった謎の煮込み料理を差し出してきたのだ。

「これは何かな?」

尋ねた治兵衛に、劉さんは澄まして答えた。

「浦島屋さんの海参《いりこ》です」

この劉さんの粋《いき》な計らいには、治兵衛もまいった。さらにこの料理が、注文を受けてから一週間かけて準備するたいそう手間のかかったものだと知るに及び、柄にもなく感激して泣き出してしまったのだった。

「劉さん、あたしはねえ、自分で言うのもなんだけれど、横濱《こっち》に来て婿の身で浦島屋を引き継いで以来、そりゃあ苦労の連続だった。だけどそれが今日、初めて報われた気がしましたよ。海鼠の漁家と信頼関係を築いてようやくいただいた海参をね、こんな風に清国の、手間も金もかかる料理に仕上げて出してもらえるなんて……」

「いやだお父さん、もう酔ってるの?」

「泣き虫さんは放《ほう》っておいて、わたしたちだけでいただきましょうねえ」

すずはきんと同時に箸を伸ばした。ひときれ取って口に運べば、柔らかい未知の食感が、清国風の濃い醤油だれとともに舌先で蕩《とろ》けていく。

「ああこれも美味しい」感想は、きんに先を越された。

「やっぱり清国風に煮込むだけあって、日本の海鼠料理とは全然違うねえ。きっとほかの魚介も、全然違う料理になって出てくるんだろうねえ」

「清国人は生ものを食べません。必ず火を通します。そこが日本人の食生活との大きな違いですね」

「劉さんはこっちに長いようだけど、日本の食べ物は嫌いなのかしらねえ?」

「機会が少ないだけです。近々、うちでも牡蠣のしぐれ煮を食べようと思っているのですが、作れる者がいなくて大弱りです。全員、清国の人間だから」

「しぐれ煮は美味いがこの海鼠はもっと美味い!」

父は上機嫌で支那料理の偉大さを褒《ほ》め、劉さんはきれいな顔でにこにこ笑いながら、黙って聞いているばかり。かと思うと、浦島屋と海和堂との付き合いは二年ほどだが、じつはもっと前にすずや治兵衛には会っているのだと漏らしてまた一同を驚かせたりした。

「十二年前の、元町薬師の縁日があった夜です。わたしは迷子のすずさんを連れて一緒に浦島屋さんを探したんですよ」

すずは海鼠をつまんでいた箸を止め、治兵衛は大げさに目を剝いた。

「何ッ、あの時の少年が劉さんだったとは！　名乗らないで帰ってしまうから、お礼もできずに困ったんですよ」

「まだ覚えています。すずさんはね、〝大変だ、お父さんが迷子になった〟と。わたしも一人だったから、仲間だと思ったんでしょうね。その夜わたしは祖父に叱られてひどく気落ちしていたはずなんですが、すずさんに付き合っていたらいつの間にか楽しくなっていました」

「まったく、この娘《こ》は昔から……」

覚えがない遠い昔のご縁に、すずはぎこちなく肩をすぼめて見せた。劉さんとはずいぶん年が離れているようだから、半ば青年に片足を突っ込んでいた清国の少年相手に、幼い自分がどんな迷惑をかけたのか見当も付かない。

「じつは浦島屋さんとの取引を思いついたのも、すずさんのことを思い出したからです」

「へぇ、そうだったの？」

「子供は親を見て育ちます。十二年前のすずさんはとてものびのびして見えましたから、これならきっと御父上も信頼に足る方《かた》だと思いました。どうです、わたしの了見は当たっていたでしょう」

「今日は一本取られっぱなしだぁ」

おでこを叩いた治兵衛とすずを交互に見やり、劉さんは感慨深げに言った。

「今や立派なお嬢さんになられて」

「どうだか。寅年女《とらどしおんな》のくせに、ぽやっとしてるもんで」

すると劉さんは切れ長の目を見開いて、「おっと、わたしは大人しい卯年《うどし》生まれですから、食べられないようにしないと」と大真面目《おおまじめ》に曰《のたま》い、「そうだったねえ、十二支は清国から渡ってきたんだねえ」ときんは妙なところで感心する。

「だけどこんな娘でもね、」治兵衛は小さな杯を傾けながら劉さんに続けた。

「こんな抜けている娘だからこそ、せめて嫁にいくまでは見守ってやらにゃならんのですよ。先だっても、若い女が巻き込まれた妙な事件があったでしょう。〝折り鶴事件〟」

「折り鶴？　——紙を折って鶴の形にする、あれですか」

「けっこう取《と》り沙汰《ざた》されたんだが、南京町の方には広まらなかったのかなあ？」

「聞きませんね。どんな事件でしたか」

　こうして話し好きの治兵衛は、聞きかじった〝折り鶴事件〟の説明を始めた。すずにとってはもう三度目の話題に、いくぶん辟易《へきえき》する。

「それで、その娘の帯締めに……ああ、帯締めってのは、すずのを見てもらえば。帯を結んだだけだと解けちゃうから、こうして紐できつく縛るんですがね、そこに折り鶴が挟まってたんですって」

　身を乗り出し、治兵衛は卓に指で図を描く。

「おまけに左の羽にはこういう印が入ってる。清国にだって、こんな文様も文字もないよねえ。菱形の先に、こう——」

その時、治兵衛の手元を覗き込んでいた劉さんの表情が、わずかに硬化した。

少なくとも、すずにはそう見えた。それは、考え込んだ劉さんの口元から微笑が消えたせいだったかもしれないし、店内に吊《つ》るされた清国の提灯《ちょうちん》が投げかける火灯《ひ》り《あか》の角度のせいだったかもしれない。それでも劉さんはほんの一瞬だけ確かに冷え冷えした沈黙の影を落として、今まで食卓を包んでいた和やかな空気を、何かひどく緊迫したものに変えたのだった。

「劉さん、何か分かる?」

「残念ながら、見当もつきません。アラビア数字の〝9〟にも見えますが、それにしては頭の部分が大きいし、角ばっていますからね」

「なるほど、アラビア数字は新説だあ」

「あるいは菱形を描こうとして、勢い余って飛び出してしまっただけかもしれない」

「そいつは無理があるよ劉さん」

「刑事にはむきませんね」

そう治兵衛に応える劉さんは先ほどまでの穏やかさに戻っており、あの異質な雰囲気はやはり自分の勘違いだったのだろうとすずは思った。

哀調を帯びた胡弓《こきゅう》の音《ね》が、どこからともなく流れてくる。

最後に出たのは、わんたんだった。密かにぶつかった劉さんの眼差しがふと優しくなり、すずはとっさに目を伏せてしまったが、懐の奥の奥がぎゅっと縮んだように熱を持った。

誰もが満ち足りた、幸福な夜だった。街路に灯された丸い提灯が宵闇《よいやみ》に赤く浮かんでゆらゆらと揺れ、さながら清国のサボン玉だ、とすずは思う。

帰り際、「どうでしたか？」とさりげなく尋ねられ、家族まで招待してくれた劉さんの意図に、遅まきながらようやく気づいた。

わんたんより美味しいものがあるかどうか。

——試してみたいですか？

劉さんは、約束を破ることなくすずの願いを叶《かな》えてくれたのだ。

なんて気持ちのいい人なのだろうとすずは感嘆し、そうしてその夜改めて、すずにとっての「知り合い」は、「劉さん」と「それ以外の人」にいとも容易《たやす》く区分されたのだった。

5

人力車の車輪がカラカラと回る。

山茶花《さざんか》の赤や白が冬枯《ふゆが》れの通りを点々と彩り始め、いよいよ冬の訪れを肌で感じる時候になったが、吹きっさらしの人力車も何のその。ぬくぬくした厚い膝掛けに両手を入れ、すずは才蔵の車で南京町に向かっていた。

「大体、お前がわざわざ作り方を伝授してやる義理はねえだろ」

梶棒《かじぼう》を握ってずんずん進む才蔵が、不機嫌そうに吐き捨てた。

「義理ならあるわ。お礼よ、お礼。何事も助け合いでしょ。清国のお料理をご馳走になったんだから、今度は日本の牡蠣料理の美味しさを伝えるのが礼儀ってものだと思うの。お国の料理はどれも干し牡蠣を使うものばかりだから、みんな勝手が分からず難儀してるんですって」

劉さんが困っているとあらば、頼まれなくてもやる気満々。すずときんは、あくびをする太猫のヘボンを横目に、しぐれ煮といくつかの覚え書きを書き連ねて、劉さんに教えることにしたのだった。

「でも、しぐれ煮をご所望なんて、本当に日本人みたいよね」

「けッ、あいつら何食ってんだか分かったもんじゃねえや。犬まで食うって話だぜ、胸くそ悪《わり》い」

「そんなこと言うもんじゃないわ。劉さんの選んでくれたお料理全部、もうこの世のものとは思えない美味しさだったもの」

相手の反応などおかまいなしに、すずは宙を見つめてうっとりと呟いた。才蔵がまた「けッ」と短い一声を放つ。一昨日、浦島屋へ商談に来ていた劉さんを紹介して以来、ずっとこの調子だ。

「清国人てのはな、異人の中でも特に信用できねえんだよ。大体、あんな豚の尻尾《しっぽ》みてえな妙ちきりんな髪形しやがって——」

「日本人だって、断髪令までは頭の真ん中剃って月代《さかやき》にしてたじゃない。あの弁髪だってね、由緒《ゆいしょ》があるのよ、きっと」

「ぺちゃくちゃうるせえし、図々《ずうずう》しいし」

「違う国の言葉だから、耳障りに聞こえるだけよ」

「すずお前、あんな奴らの味方すんのか。支那料理食って、魂取られちまったのか。それともまさか、面食《めんく》いか。ツラまで食うのか」

「もういいよ。才蔵は一生分からなくていい」

この文明開化のご時世で、何とも時代錯誤な発言を繰り返す才蔵の異人嫌いは分からないではない。六年前、英国人と清国人の乱闘に巻き込まれて、貸車屋をしていた父親が死んだのだ。

貸車屋は人に車を貸し、その賃料として「歯代」を受け取る。もとは江戸の駕籠かきだった才蔵の父親は、明治も数年を経て普及し始めた人力車に目をつけ、二台の車を元手に車夫兼貸車屋を始めた。みずからの稼ぎと歯代の上がりとで、妻子を食べさせるにはまずまずの実入りと言え、細々とした商いではあったがようやく軌道に乗り始めた、その矢先の痛ましい事件だった。

当時才蔵は十三。知り合いの車宿に奉公していたが、病がちの母と六つの妹を抱えては日々の暮らしもままならない。おまけに父親が死んだ途端、借車夫が貸していた車ごと行方《ゆくえ》をくらまし、才蔵は一家の長として父親の車を引くことになったのだった。

それ以来才蔵は、まさに血を吐くような思いで苦難を乗り越えてきた。当時の才蔵はいつも傷だらけで、相手は縄張りを争う同業者の場合もあったが、ほとんどは才蔵のぼったくりに難癖をつけた外国人との喧嘩だった。ざまあみやがれ、と勝ち誇る才蔵の目には、父親を殺した横柄《おうへい》な異人への怒りとやるせなさが漂っており、すずはそのたび切なくなって黙ってしまうのだったが、そういうひとくくりの恨《うら》みや偏見で世界を狭《せば》めてしまうのはもったいない気もする。だから、ほぼ毎日モーリスさんの相手をするようになったのは、才蔵にとって良い機会だと思っている。

そんなすずの心も知らず、才蔵は苦虫を噛み潰《つぶ》したような渋面で、「気にくわねえ」と呻《うめ》いたきり黙ってしまった。分かりやすく怒りを発した背中が、さすがに哀《あわ》れになる。「ねえ」と声をかけた。

「今度、モーリスさんのお父さんが寫眞撮ってくれるって。才蔵も一緒に行かない?」

「お前は異人の話しかしねえのかッ!」

もっと怒らせてしまったらしい。

車は西洋人の商会が建ち並ぶ街区を抜け、南京町へ入っていく。才蔵は車夫定番の「ゴメンーゴメンー」というかけ声の代わりに、悪態をまき散らして走る。

「鶏を道の真ん中におっ放《ぱな》してんじゃねえ、轢《ひ》くぞコラ!」

「見て見て才蔵、豚の頭が吊るしてある! あっちは鶩《あひる》かしら?」

「どけ、荷車ぁ!」

ペンキを塗った店々の列は、色の洪水《こうずい》だ。飛び交う異国の言葉を聞き、乾物屋や酒の大瓶を覗きながら、すずは車に揺られて賑やかな街の中を進んで行った。目指す劉さんの海和堂は、確か大通りと並行する一本裏手にあったはずだ。

支那料理の一件以来、やはり治兵衛もよく劉さんの名を口にする。

あの人の商いが信用できるのは、しっかりと地に足が着いているからかもしれない、と治兵衛は言った。西洋人に従ってきた買弁《ばいべん》や洋雑貨屋の多くは、どこか南京町は仮住まいだという意識がある。彼らにしてみれば、故郷に錦《にしき》を飾るため異国の地で一時的に働いているにすぎない。いつか帰るという気構えでいるから、それが何となく態度や雰囲気に出る。ところが劉さんは人生のほとんどを横濱で過ごしたせいか、この土地に根付いた安心感がある。こっちも江戸からいっさいを移した身だから、その辺の感覚は分かるのだと治兵衛は力説した。

晴天続きで土埃《つちぼこり》がたつ通りに、二階屋の家並みが続く。看板の漢字を見ればたいてい何屋だか分かったが、兼業の組み合わせが独特で、家具屋と書いてありながら食べ物を売っていたりする。おまけに店の造りが一様なので、大店《おおだな》か小商いなのか今一つ分からない。

「清国人の商いは、外から見ただけじゃ判《わか》らねえっていうからな」

すずの思いを読んだように、才蔵が呟いた。ついでに悪口も一言。

「顔のいい男に善《い》い奴はいねえしな」

海和堂はすずの記憶通り、通りの中ほどにあった。

目の前に車をつけると、店先で荷車の人足と話していた清国人がじろりと睨んできた。質素な白い長衫《ちょうさん》に袖無しの上着を着けた若い男で、顔の左半分に痣《あざ》がある。落《お》ち窪《くぼ》んだ三白眼《さんぱくがん》のせいで、ひどく陰険な面相だった。

すずは車から降り、きんが持たせた風呂敷を抱えて丁寧に辞儀をした。初めてのお店へ行くので、出で立ちは淡い鴇《とき》色の星七宝《ほししっぽう》に、きちんとした藍鼠《あいねず》の丸帯。先ほど浦島屋へ迎えに来た才蔵が、それを見て忌々《いまいま》しそうに舌打ちした理由は知らない。

「浦島屋の者です。いつもお世話になっております。劉さんはおられますか?」

「いない。何か、用か」

日本語が不自由なのか無愛想なのか、叩きつけるような短い物言いにすずはとまどった。

「いつ頃お戻りになられるでしょうか。お渡ししたい品があるのですが……」

「聞いてない。今日、荷もらうの日違う。浦島屋、いつも男だけ。お前誰だ、女中か」

不穏な目つきで才蔵が近寄ってくる。ぎょっとしたすずが二人の間でうろたえた時、

「——姑娘《クーニャン》、どうしたの?」

ふいに頭上から声が降った。見上げれば、通りに面した二階の肘掛け窓にもたれて、清国の女性が煙管《きせる》をふかしている。巾着を取られた日に見かけた人だったが、昼日中に改めて見たその姿にすずは小さく息を呑み、才蔵の喉仏はごくりと上下に動いた。

卵形の白肌に配置されているのは、三日月型の細い眉に切れ長の双眸《そうぼう》。艶《なま》めかしい真っ赤な唇。後頭部で結った清国風の髷《まげ》と、暗紅地に白い梅花をあしらった衿の高い衣が、はっきりした面立ちをいっそう華やかに魅《み》せている。

劉さんの「きれい」が冴《さ》え冴《ざ》えと澄み渡る寒夜の月なら、こちらはさしずめ、その月光を浴びて咲く艶《あで》やかな大輪の花だった。三十前後だろうが、年を重ねてなお衰《おとろ》えない、凄味《すごみ》さえ感じさせる芳潤《ほうじゅん》な香りを放っており、清国の人はみな美しくなる妙薬でも飲んでいるのだろうかと、狐《きつね》につままれたような気分になった。

きっと劉さんの奥さんだ。そう認めた途端、あまりに似合いの一対がすずをひどく気落ちさせた。相手の境界に一歩踏み込んでいくたび、もっと知りたいことと知りたくなかったことが一つずつ増えていく。考えてみれば、お店を任されているきちんとした男の人なのだから、奥さんだっているのが当たり前だろう。

水気を帯びた視線が、しんなりと尾を引くように流れた。

「お約束かしら？　どんな御用？」

気を取り直して、すずは姿勢を正した。

「元濱町の海産物問屋、浦島屋の者です。劉さんが日本風の牡蠣の食べ方でお困りになられていたので、勝手ながら必要な品を持って参りました」

「あらそうだったの、ちょっとそこで待っていて」

言い終わらないうちに、すっと中へ引っ込む。劉さんに輪を掛けた、まったく癖のない日本語だった。「かみさん、めっぽういい女じゃねえか」と才蔵が呟いた。

軒下から薄暗い店内をのぞくと、主人と顧客が話をしたり書類をさばいたりするための、どっしりした楡木《にれき》の机、引き出し付きの椅子、飾りの少ない観音開きの戸棚が見えた。八角形の振り子時計が存在感を放つほか、黒漆の家具でまとめられた室内はいっさいの無駄が省かれ、対称的に壁に架《か》けられた書画の額縁が直線美の世界を形作っている。

やがて奥さんが店先に現れ、微笑みながらも上から下までじっくりとすずを眺めた。

「浦島屋さんのお嬢さん?」

「すずと申します」

「うちの黄《ホワン》が失礼してごめんなさいね。言葉が不自由なの。後できつく言っておきますから、許してちょうだい。――台所まで一緒に来てくれるかしら?」

袖の間から魚の腹のような白い指先をのぞかせて手招いた。細長い首から肩にかけての曲線が、しなやかな物腰とともに女らしさを際立たせている。ただ疲れているのか、近くで見ると目元に暗い翳《かげ》りがあった。

土足のまま案内された室内は、組木格子を上部にあしらった清国風の細長い扉が部屋と部屋とを隔てており、草花紋の文机や金泥花蝶柄《きんでいかちょうがら》の簞笥《たんす》、紅漆《べにうるし》の衝立《ついたて》などが、所狭しと置かれていた。

おもての喧噪《けんそう》を遠ざけるのは、繊細《せんさい》な六角鳥籠の中で囀《さえず》る告天子《ひばり》と、祭壇《さいだん》から漂う仄《ほの》かな香の薫《かお》り。劉さんの匂いだ、と気づいた。

わずかな物音をのぞいて家の中はひっそりと静まりかえり、確かに人の気配はするものの、一体何人で暮らしているのか見当もつかない。窓から薄く斜めに射《さ》し入った冬の日差しに埃の粒がきらっ、きらっと光り、くすんだ室内の艶《つや》やかな家具がどこかわびしげだ。

細長い花瓶には赤い千両の実。真四角の食卓には背もたれのある椅子が四脚置いてあり、その奥の土間が台所だった。鉄釜と鉄鍋の乗った竈《かまど》、調理台代わりの卓、壁や棚には見たこともない食品や香草が並び、鼻の奥まで一気に異国の匂いになる。

「それで、何を持ってきてくださったの？」

振り返った女の真っ赤な唇が左右測ったように持ち上がり、すずは慌てて卓上に風呂敷を広げた。

「料理の覚え書きと、お醤油と味醂《みりん》とお酒です。こちらに日本のものがあるかどうか分からなかったのでお持ちしました」

「それは嬉しいこと。あの人にこんな可愛らしい助っ人がいたとはねえ。誕生日にちゃんとしたしぐれ煮が食べられるか心配していたのだけど、これなら心強いわね」

「あっ……」この人のために牡蠣を用意するのだと知り、またどうにもならない落胆《らくたん》が色濃くなった。別に劉さんが既婚だからどうということはないのだが、家族と他人との間に横たわる絶対的な隔たりが心を寂《さび》しくさせたのだった。

「こ、このたびは、おめでとうございます」

日本人は、生まれた時が一歳で、正月一日みないっせいに年を取る。誕生日を祝うという習慣がないすずは、適当な挨拶が思いつかず、しどろもどろで頭を下げた。

「よしてちょうだいな。この年齢《とし》になるとね、そんなに嬉しいもんじゃありませんよ。清国人は祝い事が好きだから、理由をつけて騒ぐってだけの話」

お辞儀をしたついでにそっと足を盗み見たが、刺繍《ししゅう》をほどこした美しい布靴は日本の女性と変わらない大きさで、赤子の足ほどだという突拍子もない話は、やはり陳の旦那の冗談だったのだと納得した。

子細《しさい》を伝え終わると、奥さんが「せっかくだから」と清国のお茶を振る舞ってくれた。蓋《ふた》つきの茶碗に直接葉を入れて湯を注ぎ、蓋を少しずらしてその間から飲むのだという。

奥さんが優雅な手つきで茶托《ちゃたく》ごと持ち上げて見せ、すずは枇杷《びわ》の描かれた磁器の茶碗をおっかなびっくり手に取った。不器用に啜ってみると、茶葉から直接香って来る香ばしい匂いが鼻孔《びこう》いっぱいに広がった。「ああ美味しい」

奥さんのもの問いたげな視線を受けて、話をつなげる。

「先日、劉さんが料理屋でもてなしてくださったんです。清国のお料理は大人数で食べるものだって、父だけでなくわたしや祖母まで。今日は、そのお礼も兼ねてるんです」

「そうだったの。料理はお口に合ったかしら?」

「もう、全部」すずは肩をすくめて笑い、あの時のご馳走を並べたてた。ついでに初めてわんたんを食べた幸福感もよみがえる。

「わたしがわんたんをあんまり美味しい美味しいって言うものだから、劉さんに大笑いされてしまいました」

「まあ、笑うの? あの人が?」

奥さんは大げさに驚き、「それは見ものだこと」と両手を合わせてくつくつと笑った。

「うちではにこりともしやしない。朝も夕も外に出ていって食事を済ませて、たまにいるかと思えば、部屋にこもって独りで食べるの」

祖父の郷里の言葉は苦手だと言った劉さんの、ちょっと息詰まるような生活の断片がちらついた。

「奥様とはご一緒にお食べにならないんですか？」

「あらいやだ。わたしはあの人の祖父の妾《めかけ》ですよ。七年前、上海《シャンハイ》から来たの」

「劉さんのお祖父《じい》様の……」

ばつが悪い思いと同時に、少し安堵《あんど》してしまった後ろめたさを感じて、すずは急いで話題を変えた。

「日本語がすごくお上手なんですね」

「話せないと暮らせないから、必死で覚えたの。私のことは、リュウチィと呼んでちょうだいね」

「劉……チィさん？」

名字と名前に区切ったすずの発音に、目を見はるような鮮《あざ》やかさで女は再び笑った。

「〝緑〟に綺麗の〝綺〟で緑綺《リュウチイ》。清国人は呼び方にあれこれ決まりがあって面倒だけれど、あなたは日本人だから特別。本当はね、相手を下の名だけで呼ぶのは本当の〝特別〟」

緑綺が台所に立ち、砂糖をからめた山査子《さんざし》の実をお茶うけに持ってきた。

「そう言えばあなた、この間うちの前をあの人と通ったでしょう」

「そうなんです。わたしが失《な》くし物《もの》をしてしまって、劉さんが一日中一緒に探してくださいました。ずいぶんとご迷惑をおかけしてしまって」

「お役に立てたの？」

一口に実を頬張ってしまい、すずは首を縦に振って返事に代えた。最初は甘く、後から山査子の酸っぱさがほどよく混じり合う。すべて飲み込んでから答えた。

「劉さんはいろいろな方とお知り合いだったから、そのつてで取り返していただきました」

「取り返す？　また物騒な。あの人のことだから、とことんやったんでしょう」

はあ、と曖昧《あいまい》に答えた。緑綺《リユウチイ》は山査子《さんざし》の実を親指と人差し指でつまみ上げ、それをためつすがめつ眺め回していたかと思うと、ややあって物憂《ものう》げに口を開いた。

「顔が利くに越したことはないわねえ。でもその分敵も多くなる。港町っていうのは水際でしょう。そこで貿易商なんて仕事をしていると、危ないことに巻き込まれやすいのよ。外で何をしているか分からない人だから、余計に家族は心配でねえ」

ふと、阿片のことが頭を過《よ》ぎった。

あの時は何となく劉さんに納得させられた形になっていたが、よく考えてみれば調べ回るだけでもじゅうぶん危ない気がする。とことんやる人だと言うならばなおさらだ。

清国人は特に一族を大事にすると聞く。同じ屋根の下、常にそばにいる家族なのだから、緑綺には些細《ささい》なことでも報せておいた方がいい。

劉さんが最近町に出回っている阿片の出所を調べていること。町の秩序《ちつじよ》を守るため、住人みずからが目を光らせていなければならないこと。すずが劉さんから聞いた言葉を嚙み砕いて伝えると、緑綺は美しい眉を寄せてたちまち表情を曇らせた。

「厭《いや》ねえ、そんなこと調べ回って。あの人は潔癖《けつぺき》なところがあるから」

膝の上で、すずは小指を握った。指切りの約束の半分は、相手のものだ。ならば劉さんにも危ない真似はしてほしくない。

新たな心配事が芽生えてくるのを感じながら、すずは結局劉さんには会えずじまいでおいとますることにした。

「本人がいなくて生憎《あいにく》でしたねえ」

緑綺は車上で食べろと言って、劉さんの好物だという天津《てんしん》の栗《くり》を持たせてくれた。まだ買ったばかりだったのか、ついこの間出した炬燵《こたつ》に似たじんわりした幸せな温かさが、紙袋越しに伝わってくる。指先が痺《しび》れた。

「またいらっしゃい。いろいろ教えてちょうだいね」

その緑綺の口ぶりからも、身内である劉さんを本当に案じている気配が伝わって、すずは大きく頷《うなず》いた。

その時隣の部屋から、清国の言葉で何かを言うしわがれた声がした。顔を上げたすずは、部屋を仕切る仄暗《ほのぐら》い戸口にたたずむ痩身《そうしん》の老人の、感情のうかがえない細目にぶつかった。

劉さんのお祖父さんだ。

海和堂の名目上の店主にすずが挨拶をする間もなく、緑綺は「はい今行きますよ」と答え、扉の奥へ向かう。立ち去る時機を逸《いっ》し、すずは隣から漏れてくる日本語の会話を、聞くとはなしに聞いてしまった。

「今度の祝いに用意しておいた玉《ぎょく》の首飾りが届いた。今からもらいに行ってくる。お前がかねてから欲しがっていた品ではないが、勘弁してくれ」

「まあ嬉しい。じゅうぶんですよ。楽しみですこと」

「まったく、あいつが先月さっさと趙の旦那から腕飾りを買っていれば、こんな始末にはならなかった」

気まずくなったすずの頬が、不快な熱を持つ。頑迷そうなお祖父さんと暮らす劉さんのやるせなさを、はっきりと見てしまった気がした。

二章 Chapter Two わんたんの恋

1

高さ四尺（約百二十センチ）ほどの三脚に、真四角の〝寫眞機《しゃしんき》〟が載《の》っている。こちらを向いているのは、一つ目小僧《こぞう》のようなまん丸い〝レンズ〟。箱の前方と後部は蛇腹《じゃばら》で繋《つな》がっているのだが、今は黒い布で覆《おお》われている。その天幕のような布から二本の足がにょっきり、徐々に後ずさっていく。

「すずチャン、カワイーカワイー、ソノママー」

察するに、蛇腹の部分を調整して寫眞の位置を決めているようだ。

「スマーイル、ソノママー、カワイーカワイー」

ふいに布から出てきたモーリスさんのお父さんが、レンズに一度黒い蓋《ふた》をして、後方でごそごそやってからまたすぐに蓋をはずした。一つ一つの動作に何の意味があるのかさっぱり分からなかったが、「ソノママー、スマーイル」という指示通り、すずはレンズを見つめた。丸眼鏡を鼻に載せたお父さんが、「プップクプー」と意味不明の擬音《ぎおん》で笑わせるので、満面の笑顔になった。

黄八丈《きはちじょう》でめかし込んだすずと、物言わぬ四角い一つ目小僧との間に、間抜けな空白の時間が流れる。

金の懐中時計を手に、指を突き出す蝶《ちょう》ネクタイのお父さん。

スリー……、ツー……、ワン、オーケーッ！

大声で叫ぶや否《いな》や、寫眞機後部の平たい箱を取り外し、奥の部屋へすっ飛んでいってしまった。

紐《ひも》を引くでなし、煙を吐き出すでなし、ただ〝箱〟を見つめていただけで寫眞になるとはどういうわけか。

「もうできちゃったの？」

硬い椅子《いす》に腰かけたまま、あまりの呆気《あっけ》なさに拍子抜《ひょうしぬ》けしたすずが目を丸くしたら、そばに立っていたモーリスさんがたどたどしく説明してくれた。これから向こうの暗い部屋で「寫眞を作る」のだという。互《たが》いに言葉が不便なのでよく分からないが、撮《と》っただけでは駄目《だめ》らしい。

「すずサンの仕事は、終わりです」

こんなに簡単なら、やっぱり吉乃《よしの》も一緒に連れてくればよかった、とすずは残念に思った。今朝モーリスさんが才蔵《さいぞう》の車で迎えに来た時、例によって吉乃がまた戸口の陰《かげ》からじいっとこちらを見ているので、「よしのサンも、行きますか？」とモーリスさんが親切に誘ってくれたのだが、返事もせずすっ飛んで逃げていってしまった。

「次は、お友達も一緒に、どうぞ。おシャミセン、持って」

モーリスさんが三味線《しゃみせん》を抱《かか》える真似《まね》をしながら言うので、すずは「今度聞いてみるわね」と言い逃《のが》れた。

ここ何年か、すずは喜代《きよ》に誘《さそ》われて三味線の稽古《けいこ》に通っている。と言ってもお師匠《ししょう》さんがいるわけではなく、近所の商家の女の子たちが持ち回りでそれぞれの家に集まり、夕方のほんの一時を使ってつま弾《び》く程度だ。しかし街路に漂《ただよ》い出すその日本的な音調が、散歩中の異人さんから大そう好評を博していると聞く。

だがじつは昨日、モーリス寫眞館へ行こうとみんなを誘ったところ、全員に断られてしまったのだった。魂《たましい》を抜かれるという俗信を信じている子もいれば、大仕事で面倒くさいと言う子、異人さんは苦手だという子もいた。

——モーリスさんはね、おすずちゃんのことがお気に入りなの。浦島屋《うらしまや》さんの軒先《のきさき》に座って、仏頂面《ぶっちょうづら》の才蔵とお茶を飲んでるのが妙《みょう》におかしいのよ。

そうやってさも面白《おもしろ》そうに肩を揺《ゆ》すって笑う喜代を見ながら、すずはろくに弾けもしない三味線を抱えて、モーリスさんはいいのだろうかと密《ひそ》かに首を傾《かし》げたのだった。

まだほかの子が集まって来る前、何の気なく劉《りゅう》さんの話をしたら、喜代は大真面目《おおまじめ》な顔で唐突《とうとつ》に「駄目よ、おすずちゃん」と言ったのだ。

——別の国の人は、わたしたちとは考え方もしきたりも違《ちが》うの。お互いにいくら頑張《がんば》って話しても、どれだけ言葉が分かっても、伝わらないし分かり合えないの。そんな人を好きになっても不幸せになるだけだわ。

——す、好きだなんて。

手を振って否定した。とんでもないことを言われて驚《おどろ》いたせいか、心臓が跳《は》ね上がってひどく苦しくなった。支那《しな》料理をご馳走《ちそう》になったことやその後の顚末《てんまつ》を話しただけなのに、どうしていきなり突拍子もない邪推《じゃすい》をするのか。

——違うの？　ああびっくりした。おすずちゃんたら、その人のことをあんまり嬉《うれ》しそうに話すから、わたしてっきり。

——もう、考えすぎだってば。

——なあんだ。

そうして、もう当分の間喜代に劉さんの話をするのはやめようと決めた。喜代は今恋をしているから、何の話をしてもそっちの方面に解釈してしまうのだろう。

大体、好きか嫌いかの判断に、「同じ」と「違う」がどれほど重要なのか、腑《ふ》に落ちないすずだった。

日本人同士だって、分かり合えないことがたくさんある。育ってきた環境、見た目、習慣、その人が何を一番大事に考えるかで、世間や物の見方がまったく異なってくるからだ。例えば絶対に髷《まげ》を切らないもと御家人《ごけにん》のお爺《じい》さんに、海参《いりこ》を仕入れるためあちこち奔走《ほんそう》する海産物問屋の商人魂は分からないし、そもそも危機を前にした対処法の違いで戊辰《ぼしん》戦争は起こったのだし、もっと言ってしまえば〝男の見栄《みえ》〟と〝女の意地〟は永遠に食い違う。

大事なのは、どこまで違いを認めて歩み寄れるかだ。違うから諦《あきら》めることではない。

現に、異人に対して自分と異なる見解を持つ喜代や吉乃や才蔵を、すずは嫌いだと思ったことは一度もない。一緒に過ごす楽しい時間や家族の絆《きずな》が、ささいな「違い」で損《そこ》なわれることは、これっぽっちもない。たぶん世の中の境界線は、頭で考えるよりずっと曖昧《あいまい》なのだ。そうして、見るもの聞くもののすべてを一緒くたに吸収する今のすずにとっては、そのぼんやりした世界の姿だけでじゅうぶんなのだった。

そうこうするうち、モーリスさんは撮影用の幕をせっせとはずして、すずを応接室に案内すると、今までお父さんが撮った横濱《よこはま》の寫眞を棚《たな》から持ってきた。

こうして見ると、モーリス寫眞館の一階には、撮影用の大きな広間と奥の部屋、商談をまとめる応接室が廊下《ろうか》を挟《はさ》んでそろっており、陽当《ひあ》たりのいい硝子窓《ガラスまど》からは穏《おだ》やかな光が差し入っている。

「お父さんは、外の寫眞も、たくさん撮ります」

暗褐色《あんかつしょく》の重厚な机の上に、きれいな台紙に貼《は》られた大小様々の風景が並んだ。

海岸通《バンド》り、本町、弁天通、元町、山手、根岸――。店の前で日向《ひなた》ぼっこをしている老人がいる。人力車に乗り、澄《す》まし顔でこちらを見ている芸妓《げいぎ》さんもいる。赤ん坊を背負って遊び回る子供たちもいる。波止場に浮かぶ艀《はしけ》や、等間隔の瓦斯《ガス》灯や、潮風を浴びてたたずむ海鳥までいる。何気ない日常を切り取った一片一片だからこそ、人々の息づかいや街の匂《にお》いが鮮《あざ》やかに伝わってきた。

「いい寫眞ねえ。でもあの道具、全部持って歩くの?」

「はい、背中に持ちます。カメラとトライポッドとプレート、ボックス、トレイ、ビーカーとファネル、そして薬のボトル。暗い部屋の代わりは、小さな黒いテント作りマス」

「ふうん、大変なのねえ」何を持って行くのかほとんど分からなかったが、適当に感心した。

「モーリスさんも寫眞撮るの?」

「まだ、お父サンの手伝いです。ワタシのお兄サン二人、アメリカにいます。だから、ワタシ日本来ました。たぶんこれから、鎌倉《かまくら》、箱根、日光、たくさん行きます」

「じゃあモーリスさんは、お父さんの寫眞館を継《つ》ぐために日本へ来たのね」

その問いにモーリスさんは「うう」と呻《うめ》いたきり、目を逸《そ》らせてしまった。そう言えば、ちっとも偉《えら》ぶらないので忘れていたが、モーリスさんは大学を卒業した学士様なのだった。東京大学を卒業した日本人はたいてい官吏《かんり》や学者になるそうだが、アメリカの人は違うのだろうか。

と、寫眞を繰《く》っていたすずの手が止まった。

細い路地を写した寫眞だ。道は壁沿《かべぞ》いに長く伸びており、半開きの扉《とびら》の奥にたむろする半裸《はんら》の清《しん》国人《こくじん》や日本人の様子が、いかにも雑然とした南京町《なんきんまち》の裏通りらしい。

そんな喧噪《けんそう》を横目で眺《なが》めるようにして、黒衣の男がこちらを背にして立っていた。

掃《は》き溜《だ》めに鶴《つる》とばかりの端整なたたずまいは、四角く区切られた白黒の世界でもなお一服の清涼感を失わず、逆にその飾り気のない潔《いさぎよ》い輪郭《りんかく》が、見る者の目と心を釘付《くぎづ》けにする。

寫眞を近づけたり遠ざけたりしてみたが、たとえ横向きでも後ろ向きでも、真《ま》っ直《す》ぐな姿勢は見間違えようもない。

「……これ、劉さんだ」

「誰《だれ》ですか？　友達？」

「お父さんと一緒に仕事してる清国の人よ。すごく優しいの」

そうして劉さんについてあれこれ語るすずの様子を、モーリスさんは穴があくほどまじまじと見つめ、それからふと肩の力を抜いて溜息《ためいき》をついた。それから撮影用の広間に戻り、通りに面した東向きの硝子窓に寫眞を持って行く。

「じゃあ、これ、ここがいいですか？」

「うわあ、いいの？　寫眞館に知り合いの寫眞が飾られるなんて初めてよ」

手を叩《たた》いて喜んだら、なぜか悲しそうな八の字眉《まゆ》を返された。

モーリスさんは劉さんと違った意味で優しい。人力車から降りる時はすかさず手をさしのべてくれるし、初めての着物は絶対に褒《ほ》めてくれるし、店に入る時は暖簾《のれん》を押さえて先に入らせてくれる。

自信がなさそうで、気弱そうで、才蔵に罵《のの》しられると言い返せず口ごもってしまうのに、女の人に接する時だけははっきりと気遣《きづか》ってくれる。

初めはそうした献身的《けんしんてき》な態度や率直な物言いに驚いたものの、もしかするとそれがモーリスさんの育った社会の一端なのかもしれないと思ったら、喜代が渥美《あつみ》を称する時に使っていた、「まるで欧米のゼントルマンみたいな」という褒め言葉も何となく理解できるようになった。

モーリスさんはシャツの腕をまくって寫眞立ての置き場所に四苦八苦し、定まってからもじっと劉さんの寫眞を眺めていたが、やがて諦めたように首を振って戻ってくると、笑顔で天井《てんじょう》を指差した。

「すずサンの寫眞、まだ終わりません。上でお茶飲みましょう。コーヒー、美味《おい》しい。知ってますか？」

「カァヒィ？　それなあに？」

「飲みたいですか？」

「うん、飲む飲む。ぷりーず」

廊下の階段を上り、ちょうど撮影室の真上に当たる居心地《いごこち》の良さそうな部屋に通された。通りに面した格子窓《こうしまど》からは向かいの家の白い鎧戸《よろいど》が見え、南側には庇《ひさし》のついた西洋風の縁側《えんがわ》――〝ベランダ〟がある。

暖炉《だんろ》では赤々と火が燃え、師走《しわす》も間近だというのに室内は驚くほど暖かい。飾り棚の上には、家族寫眞、対《つい》になった銀の燭台《しょくだい》、天使が彫刻《ちょうこく》された置時計。真っ白い壁には西洋の風景を描《えが》いた油絵や鏡、窓の横には萌黄色《もえぎいろ》をした花柄の〝カーテン〟。部屋の真ん中にある楕円形《だえんけい》の食卓《テーブル》や、壁際《かべぎわ》の細長い戸棚など、ほどよく配された家具からは和《なご》やかな生活の匂《にお》いがする。

部屋の隅《すみ》の肘掛《ひじか》け椅子にはモーリスさんによく似たきれいな金髪のお母さんがいて、目尻《めじり》に優しい皺《しわ》を刻んで歓迎してくれた。撮影用の硬い椅子よりずっと座り心地のいい布張りの椅子で、クッキーを勧《すす》められる。

けれども、モーリスさん一押《いちお》しの〝カァヒィ〟はいただけなかった。

持ち手の付いた陶器《とうき》の器を両手で抱え、すずは目と鼻と口を一か所に寄せてくしゃくしゃにした。

「お砂糖も牛乳も入れてるのに……、けっこう苦いのねえ」

「苦いもの、嫌いですか？」

「薬みたいに苦いのはねえ。でもこれ、香ばしくてとてもいい匂い。慣れたら美味しいかもねえ」

だったらこっちを飲んでくださいと、水瓶《みずがめ》から硝子の器へ牛乳を注《つ》いでくれる。すずはふと喜代の家の一件を思い出し、世間話のつもりで何気なく尋《たず》ねた。

「ところで、モーリスさんはカーティス商会さんとお付き合いある？」

「よく知りません。何の店ですか？」

「牛乳とか、乳製品を扱《あつか》ってるんですって。——だけどね、その牛乳がとっても苦いの。色も変だし。カーティス商会さんのはお薬用だから特別なんだって」

よどみなく流れてくる日本語を理解しようとしてか、モーリスさんはぱちぱちと何度も瞬《まばた》きをして、しまいには怪訝《けげん》そうに眉を寄せた。

「ミルクの薬、初めて聞きました」

「アメリカにもないの？　なんかね、日本のお薬の苦さとは別物なの。だから蘭方《らんぽう》……西洋のお薬を混ぜてあると思ってたんだけど……」

「苦いミルク、体のどこ、良いですか？」

「知らない。だけど、どこも悪くなくても飲めるみたい。何にでも効くのかしらねえ」

モーリスさんは顎《あご》をさすり、「何でもダイジョブの、苦い薬……」と独りごちながら、どこかへ行ってしまった。

入れ替わりに、モーリスさんのお母さんが肘掛け椅子から立ち上がって近づいてきた。「スズ」と綺麗《きれい》な発音で名前を呼び、何をしているかずっと気になっていた作業の正体を見せてくれた。

「すごい！　これ、糸を編んでるんですか？　どうやって？」

「ニッティン」言いながら、菜箸《さいばし》ほどの細長い棒を二本と、毬《まり》のように巻いた薄青色の糸を見せる。

「これだけで？」棒を指したら、「イエス」と頷《うなず》く。試しにかけてくれた首巻きは、とても暖かかった。

「こんなの作れたらいいなあ。きっと難しいんでしょうねえ」

「アナタ、クル、マタネ？」

すずと自分を指差し、二本の棒を動かした。

「えっ、教えてくださるんですか？　わたしでも作れるかしら？」

すずが目を輝かせたら、目尻に皺を刻んで再び「イエス」と頷く。必ずまた来ると約束して丁寧《ていねい》にお辞儀をしたすずの腕を、お母さんは愛《いと》おしそうにさすった。心が温かくなり、いいなあと思う。

物心つくかつかないかのうちに母親を亡《な》くしたすずにとって、優しい年上の女性は憧《あこが》れだった。

もしお母さんがいたら、とすずはときどき考える。たわいもないことを喋《しゃべ》ったり、相談したり、教えてもらったりできるのだろうか。

小さい頃《ころ》、祖母や姉たちは産まれたばかりの吉乃にかかりきりで、母の死を悲しむ間もないほどだったし、父や店の者は豚屋《ぶたや》火事で傾《かたむ》いた身代を盛り立てようと必死だった。そのおかげで、すずは早くから独りで出歩いて人慣れしたのだ。

普段の生活では母がいなくて寂《さび》しいと感じたことはない。小さすぎてあまりよく覚えていないし、吉乃は吉乃で自分が母を死なせてしまったという変な負い目があるから、じっくりと母の思い出を語り合ったこともない。

ただ何か心に引っかかりを感じた時、それが誰にも打ち明けられないような時、母が生きていたらなと夢物語に考える。そうして今日もまたすずはモーリスさんのお母さんに自分の母の面影《おもかげ》を重ねたのだったが、では何が心をざわつかせているのかというと、明確なものは思い当たらない。

それからモーリスさんのお母さんは、テーブルの隅に置いたすずの巾着袋《きんちゃくぶくろ》をじっと見つめていたかと思うと、別の部屋から何かを取って帰って来た。

「コレ、ドウゾ？」

差し出されたのは、銀製の貝殻《かいがら》に赤紫《あかむらさき》の硝子玉が一粒ついた西洋の飾りだった。

「ココ」胸を押さえながら、お母さんが言う。裏側の留め具から針を外し、すずの黒繻子《くろじゅす》の衿《えり》もとへ貝殻を付けてくれた。光を透《す》かした硝子玉が鈍《にぶ》く輝き、「すごく綺麗」とすずが感嘆の声を上げたら、手のひらを差し出して持って行けという仕草をする。

「アナタ、ドウゾ」

「いただけません、こんな素敵なもの……」

西洋の胸飾りは意外にも黒繻子に映《は》え、控《ひか》えめながらも美しさを誇示《こじ》している。日本にも帯締《おびじ》めにつける帯留めという高価な飾り物があるが、目を引く点ではこの胸飾りには及《およ》ばない。

その時すずは、帯締めに挟まっていた紅《あか》い折り鶴に思い至った。あれもまた、胸飾りや帯留めと同じように、誰かに見せる意味があったのではないだろうか。だがそうなると、羽に描《えが》かれた図形は何のためだろう――。

と、向こうの部屋でガチャガチャと硝子のぶつかる音がし、お母さんが息子そっくりの八の字眉で振り返った。しばらくして茶褐色の硝子瓶と匙《さじ》を持って帰ってきたモーリスさんは、お母さんと何やら言い合っていたが、ふいにこちらを向いて瓶を差し出した。

「これは、アメリカ人とヨーロッパ人、医者行けない時、大人も子供もよく飲む薬。頭、お腹《なか》、風《か》邪《ぜ》、全部良い。でもすずサンは、試すちょっとだけ。いいですか？」

執拗《しつよう》に「ちょっと」と指示する。匙を受け取り、注《そそ》がれた液体を人差し指につけて嘗《な》めてみた。舌先にこびりついた強烈《きょうれつ》な苦味に、はっと目を見はった。

「これはお酒か何かに苦味を溶かしてあるのかしら？」

「はい、エタノールというアルコールです。草や花を、アルコールにつけて薬にしたものを、〝ティンクチャー（チンキ）〟と言います」

「この苦さ、あの牛乳にとっても似てるわ。お酒の代わりに牛乳に混ぜたら、あんな味になると思う。これ、お酒に何を浸《ひた》したら、こんな苦い味になるの？」

モーリスさんは今やおねしょをした子供のような微妙《びみょう》な顔つきになった。

「この薬は、〝ローダナム〟と言います。オピウムのティンクチャーです」

「オピウムってなあに？」

「……日本人は、たぶんとても嫌いのものです」

そうしてぼそぼそと明かされた苦味の正体に、すずはキャアッと素《す》っ頓狂《とんきょう》な悲鳴を上げて、どうにも堪《たま》らず手元の牛乳一杯を一息に飲み干してしまったのだった。

2

何となく浮かない思いで、すずはモーリス寫眞館を後にした。

北風が袷《あわせ》の袖《そで》をひるがえし、陽が落ちてめっきり寒くなった街路を足早に歩いて浦島屋まで帰ったら、まだ〝常連さん〟が定位置で将棋《しょうぎ》を指していた。

古道具屋の猪野市《いのいち》さん。小説家の栗毛東海《くりげとうかい》さん。おまけに今日は、太鼓腹《たいこばら》の〝陳《ちん》の旦那《だんな》〟までいる。たいていの清国商人は用事だけ済ませてそそくさと出ていくが、南京町の事情通を気取る噂好《うわさず》きの陳の旦那は、いつも上《あ》がり框《がまち》に腰かけて一時間ばかり無駄に費やす。

これ見よがしに暖簾を片付けていた留松《とめまつ》と磯松《いそまつ》が、「お帰りなさいませ！」と甲高《かんだか》い声を張り上げた。栗毛東海さんが鰹縞《かつおじま》の袖を調子よく振ってすずを諌《いさ》める。

「駄目じゃない、若い娘が遅くまで遊び歩いて」

「大丈夫です、遅くなるって分かってたから、夕飯の支度《したく》は吉乃に頼《たの》んであるの」

「そうじゃなくて、物騒《ぶっそう》でしょう。若い娘がいなくなる事件、増えてるんだってよ」

「それより、今日寫眞撮ってきたんだって？　見せてよ」

耳の早い猪野市さんの隣に腰かけて、すずは自慢げにもらった寫眞を見せびらかした。栗毛東海さんだけでなく、陳の旦那や佐助《さすけ》まで首を伸ばしてのぞいてくる。しばしの後、全員が吹き出した。

「馬鹿だねえおすずちゃん、歯ぁ見せて寫眞映る娘がいるかよ。おまけに半眼だよ」

「だって、モーリスさんのお父さんが面白いことして笑わせるから」

招き寄せた二人の小僧まで「うふふ」と笑うので、そんなに変な顔かしらとすずは寫眞をかざして首を傾げ、猪野市さんは腕を組んで「相変わらず異人には人気者だよ」と失礼極《きわ》まりない。

「今度はあれだって？　きれいな劉さん」

頰《ほ》っぺたに両手を当てて、栗毛東海さんが茶化す。そこへ陳の旦那が、「それ何のことか、聞き捨てならない」といつもの猛烈《もうれつ》な早口で割って入った。

「駄目駄目、顔きれいな男、心冷たい」

「またまたぁ、そりゃあ旦那のやっかみでしょう」

「違う違う、あの少爺《シャオイエ》、ちょっと情が薄い。同業の仲間の間で問題なったことある。少爺、いつか中華義荘《ちゆうかぎそう》に廟《びよう》建てる金寄付したいというから、みんなで話を聞いたがとんでもなかった」

思わぬ方向へ転がり出した話題に、すずも思わず身を乗り出した。

中華義荘とは、清国人へ貸与した土地にできた南京墓地のことだ。墓地と言っても、本国へ棺《ひつぎ》を送るまでの仮安置所といった所で、今から十年近く前の明治六年（一八七三年）、山手の異人墓地から華人だけをそこに移した。南京町からはやや離れており、周囲に外国人施設が整えられているとはいえ、丘陵《きゆうりよう》と畑地だらけの辺鄙《へんぴ》な場所にある。

「ここで死んだ人、最終的に清国へ船で還《かえ》る。少爺の父親も横濱で死んだけど、無事故国へ戻った。それ当然。だけど少爺、そう思わない。還れない人のため立派な廟建てて、安息の場所にしたいと言った。海和堂《かいわどう》の老太爺《ラオタイイエ》、少爺の考えすごく怒った」

不忠者、不孝者とまで罵ったらしい。

「本国で死んだ少爺の母親、正式な妻ではなかった。どっちにしろ両親の墓べつべつ、だから平気でそう言ったかもしれない」

〝落葉帰根《らくようきこん》〟。人は死んだら故郷の土に還るものだ、と陳の旦那は言った。そうでなければ、何千里も離れた異国でふんばれない。だがあの少爺は、そういう気概《きがい》が欠落している——。

「そりゃあ旦那、南京町の理屈はそうかもしれないけど、そんなので冷血扱いされたら、劉さんが可哀想《かわいそう》だ」

猪野市さんの劉さん擁護《ようご》に一同はみなそろって頷き、陳の旦那は脂《あぶら》っぽい丸顔を不服気《ふふくげ》になでる。

すずには故郷を離れて暮らす人たちの懐旧の念は分からなかったが、少なくとも劉さんが肉親に対して酷薄《こくはく》だという指摘は間違いなのではないかと思った。確かに家では素っ気ないと緑綺《リュウチイ》は言っていたが、本当に酷薄な人なら、祖父の店を一生懸命盛り立てたり、身内の誕生日に出すしぐれ煮のために奔走したりはしないだろう。

それに、この横濱は何もない所からいきなり生まれた街だ。そこへ住むことになった人間が、住みやすいように街を造り変えていくのは当然で、けして責められることではない。

「そうだ、南京町のことで、陳の旦那さんに聞きたいことがあるんです」

すずの問いかけに再び気を良くした陳の旦那が、太鼓腹を一つぽんと叩いて応《こた》えた。

「おお、何でも聞きなさい。わたし何でも知ってる」

「南京町では、そんなにたくさん阿片《あへん》が出回っているんですか？」

のけぞった陳の旦那の隣で、栗毛東海さんが白湯《さゆ》を吹く。

「どこから聞いたの、そんな話」

「ちょっと小耳にはさんだものだから……」

はさまる類《たぐい》の話じゃないよ、と栗毛東海さんは言い、陳の旦那は面倒そうに手を振る。

「変な話は駄目駄目」

「何でも知ってる陳の旦那さんだからお聞きしたのに……」

「もし知っているとしても、わたしなら目をつぶる」

「何で何で」

意味ありげな陳の旦那に、かえって猪野市さんと栗毛東海さんの好奇心が刺激されたらしい。番頭の佐助も帳簿《ちょうぼ》を見ているふりをして耳を傾けている。問わずにはいられない二人と、問われたことに答えずにはいられない陳の旦那の習性が、沈黙《ちんもく》を許すはずもない。

「……阿片を売買する人、すごく多い。自分の周り、誰が関《かか》わっているか分からない」

曰《いわ》く、南京町の住人に阿片が流れる経路は決まっている。船員が密かに持ち込み、「阿片問屋」が買い込んで質屋《しちや》や両替商《りょうがえしょう》に売り、それを小口で客に捌《さば》く。

「阿片の吸飲者、大勢いる。みな普通に生活してる者ばかり。隣の李《り》さん、向かいの張《ちょう》さん……すべて取《と》り締《し》まったらどうなる？ ――町は崩壊《ほうかい》する」

陳の旦那の巧《たく》みな語り口に引き込まれ、すずは神妙に頷いた。

「住める場所一つしかない。町の存続と安定何より大事。善悪の問題、違う。しかも最近出回っているの阿片は、経路が分からない。もっと怖《こわ》い」

「何その妖怪話《ようかいばなし》。正体も分からないで納得するぼくらじゃありませんよ」

「船員が持ってくる下等の阿片と違う、少量で上質の阿片、一定の間隔で誰かが流してる。少量だから、ほかの阿片問屋も見ないふりしてる。でも欲しがっている人多いから当然高値になる。密売者、大儲《おおもう》け。たぶんその金、別の商売にあてでる」

「だけど、狭い町の話でしょうよ。正体不明ったって限度がある。おたくらの情報網をもってすれば自《おの》ずと――」

「だから正体不明にしてある。本気出したら、正体分かってしまう。わたしの店の上得意かもしれないし、恩人の旦那かもしれない。そうしたらもう、町で商《あきな》いは続けられない。浅はかな正義で一人を討《う》ったら、手を繋いでいる自分まで倒れる。自分の店、自分の家、自分の身、全部危《あや》うくなる」

町の秩序《ちつじょ》を保つため、悪弊《あくへい》を呑《の》み込んでも沈黙を貫《つらぬ》くべきだという陳の旦那の主張と、町に巣食う異物を抉《えぐ》り出さんとする劉さんの行動とが、すずの心の内で妖《あや》しくせめぎ合った。これが善悪の問題でないというなら、きれいな顔を崩《くず》さぬまま突き進む劉さんの確かな足取りは、実のところひどく不安定で脆《もろ》い綱《つな》の上を渡っているのではないか。

「阿片の吸飲、煙草《たばこ》やお酒を嗜《たしな》むのと同じね。阿片吸う店もある。このままそっとしておくのが一番」

「じゃ、旦那もやるの」

猪野市さんが煙管《きせる》を持つ仕草で尋ねると、

「あはは、わたし吸わない。金かかるのこと嫌い。金入るのこと好き。そうだ、長居しすぎた、商売、商売」

陳の旦那は茶碗《ちゃわん》を上がり框に置いて勢いよく立ち上がり、あれよあれよという間にさっさと帰ってしまった。猪野市さんが大きくへこんだ座布団を眺めながら、「清国人は、鷹揚《おうよう》なのかせっかちなのか分からんなあ」と呆《あき》れかえって呟《つぶや》く。つられてすずも我に返った。

「あ、わたしも油を売ってる場合じゃなかった。そろそろ奥へ戻らないと」

「夕飯にはならないんじゃないの。取り込み中みたいだから」

「え？」

栗毛東海さんに突かれ、「おっと」と首をすくめる猪野市さん。

そこで初めて、二階が何やら騒《さわ》がしいのに気づいた。

喧々囂々《けんけんごうごう》、男女がわめき合い、物が倒れ、ぶつかる音までする。

何事かとすずが佐助に尋ねかけた時、何かが階段を転げ落ちる派手な音が聞こえ、悲鳴を上げて逃げてきた男が、番台に座っていた佐助にごつっと当たった。

「な、」口を開いたまますずは固まり、猪野市さんと栗毛東海さんは腰を浮かせて将棋盤に手をかける。

続けざま、急な階段を素早く下りてくる足音と、「捨吉《すてきち》、止《と》めてちょうだい」ときんが手代《てだい》に指図する声がし、番台に縮こまって震《ふる》え上がる男を追って、木刀を持った女が登場した。

「お、おねえちゃん」

治兵衛《じへえ》の三番目の娘、すなわちすずのすぐ上の姉、小夜《さよ》は怒り狂っていた。

何より、その鬼のような形相にすずは仰天《ぎょうてん》した。もともと喜怒《きど》哀楽《あいらく》の激しい姉ではあったが、引き眉とお歯黒の怒り顔は、衝撃的《しょうげきてき》な迫力がある。

小僧の留松は中を覗《のぞ》き込んでくる通行人を押し戻して必死に「閉店」し、磯松は半泣きですずの後ろに隠れ、お化けと蜘蛛《くも》が怖い巨漢の手代は、小夜を相手にすっかり腰が引けている。

一方、番頭の佐助の隣で腰を抜かし、一筆書きのようなこざっぱりした顔を恐怖に引きつらせているのは、ほかならぬ姉の夫、小間物屋の作太郎《さくたろう》だった。こう言ってはなんだが、線の細い色白の優男《やさおとこ》っぷりは、まさに女相手の小間物屋といった感じで、面食いの小夜は二年前、家族全員の反対を押し切って一緒になったのだった。

きんが階段上から「捨吉、早く早く」とけしかけるので、手代は言いつけ通りとりあえずの説得を試みる。

「ひ、ひとまず落ち着いてください、小夜お嬢様」

「こんなろくでなしに情けは無用。捨吉、おどきッ」

「は、話を聞いてくれよお小夜ー」

「黙れッ」

ぶゥんと唸《うな》った木刀が柱にぶち当たり、作太郎と捨吉が同時に悲鳴を上げる。風圧で髪をそよがせた佐助に、すずは小声で尋ねた。「この騒ぎは何なの?」

「作太郎さんが若い娘といちゃいちゃ芝居小屋から出てくるのを、散歩中の猪野市さんが偶然目撃したんです。それで、よせばいいのに親切ごかしてお小夜お嬢様に注進したもんだから」

「……だけど、どうしてうちで暴れてるの?」

「お怒りになったお嬢様が、実家《ここ》へ戻って来られたんです。そうとは知らず、作太郎さんがのこのこ迎えに来て」

佐助の作太郎に対する態度は苦々しい。佐助は姉妹の中で小夜を一番好いていたようだったし、本来なら自分が小夜と一緒になるかもしれなかったのだから、無理もない。おまけに今は、せっかく同じ方向へ整えていた薄毛を乱されて、別の怒りをこらえるのに必死だ。助けてくれと引っ付いてくる作太郎を、腹立ちまぎれに小夜の方へ押しやろうとする。

「昔っから男女の仲はうまくいかないもんだが、」

「こいつぁいかにも豪儀《ごうぎ》だねえ」

騒ぎの原因を作った当の本人は、上がり框の端っこへ将棋盤の場所を移動し、物ともせず栗毛東海さんと将棋を指し続けている。そばに立てかけた半眼のすずの寫眞が馬鹿みたいだ。

「今は明治の世だ。武家も商家も農民もない。江戸の昔なら絶対交わらない人生が、ここじゃ一緒くたに叩き売りよ。日本人も西洋人も清国人もいる。ごった煮ならどんなことだって起こる。いいも悪いもね」

猪野市さんが言えば、栗毛東海さんもそうそうと相槌《あいづち》を打ち、

「色恋なんて博奕《ばくち》みたいなもんだ。先行きがどっちに転ぶか誰も分かりゃあしないのに、てめえが信じた方に賭《か》けるんだ。よく考えろも何もあったもんじゃない。当人も周りも、どのみち当てずっぽうなんだから。はまる奴《やつ》ははまるし、摩《す》る時は摩る。だからいつも興奮するんだろう」

「言うねえ」

「ぼくは他人様《ひとさま》の色恋書いて食いぶち稼《かせ》いでるんですよ?」

「〝ヘボンさんでも草津の湯でも恋の病は治りゃせぬ〟ってか。ご苦労様。ほら、王手だ」

土間に逃げた作太郎を姉が追い回し、再び中の間《ま》から奥座敷へ、わずかに滑稽《こっけい》な修羅《しゅら》場《ば》がどたばたと続く。栗毛東海さんの泥沼《どろぬま》小説を愛読している吉乃は、板の間からじいっとその様子を観察している。

その時、すぱあんとふすまが開き、便所から戻ったらしい治兵衛が現れた。

「いい加減にしなさい、みっともない！」

滅多に声を荒らげない父が怒鳴ったことで、小夜も作太郎も、その場にいた全員が一瞬動きを止めた。

「若い女が木刀なんぞ振り回して、なんてざまだ。恥《はじ》を知りなさい、恥を」

「だってこの人が……」

「気に入らないから、店の者まで巻き込んで大暴れか？　犬も喰《く》わない夫婦《めおと》の喧嘩《けんか》を、海鼠《なまこ》の代わりに売ろうってのかい、えッ」

臙脂《えんじ》の羽織《はおり》のなで肩が、なで肩なりに怒《いか》っている。

「二年前、言ったはずだよ。お父さんは反対だって。佐助と添《そ》う方がどれだけ幸せになれるか知れないって。だけどお前は頑《がん》として言うことを聞かなかった。いいか、女が男と一緒になるってのは覚悟なんだ。武士《さむらい》が戦にのぞむくらい命がけの、一世一代の女の覚悟なんだ。親の忠告をはねのけて、大見得《おおみえ》を切って選んだ己《おのれ》の人生、お前の覚悟はそんな薄っぺらなもんだったのかッ！」

「じゃあお父さん、この人の浮気を許せっての？　今回だけじゃないのよ、何度も何度も、いろんな女と浮気するの。それでも許そうとしてたのに、さっき何て言ったと思う？　もてる亭主で幸せだろうって。もうね、堪忍袋《かんにんぶくろ》の緒《お》が切れたのよッ！」

治兵衛は目を剝《む》いてとっさに作太郎を睨《にら》み付けたが、そこは一家の主《あるじ》らしく、きりりと口を引き結んだ。

「とにかく頭を冷やしなさい。まずはそれからだ」

小夜の木刀を取り上げ、柱に抱きついている作太郎にさかさかと歩み寄る。

「そういうわけで、小夜は一晩うちに置くから、お前さんはひとまず帰りなさい。だけどね、」

木刀を肩に置き、治兵衛は娘婿《むすめむこ》相手に凄味《すごみ》のある低い声で告げたのだった。

「今度うちの娘を泣かすような真似したら、あたしがお前さんを殺すよ」


その夜は、久しぶりに姉妹水入らずで隣同士布団を並べた。吉乃はヘボンに引っ付いてすでに夢の中、すずの横で小夜は仰向《あおむ》けのまま盛大に溜息をついた。

「あーあ、何だか自分のことが嫌いになりそう。あんなに取り乱して馬鹿みたい」

ぼやくような口調は、嫁《とつ》ぐ前の姉に戻っていた。考えてみたら、髪形も化粧も変えてすっかり〝人妻仕様〟になったとはいえ、まだ十九の若さ。才蔵と同じ年なのだ。

「大事な人のために一生懸命怒ったり心配したり泣いたりしたら、どんなにきれいな人でも変な顔になって取り乱すのよ、きっと」

「あらあ、分かったようなこと言って。誰かいい人でもできた？」

「そんなんじゃないけど……」

すずは暗い天井を見つめて言葉を濁《にご》した。姉が「だけどね、」と話を繋ぐ。

「可愛《かわい》さあまって憎《にく》さ百倍とか、愛憎《あいぞう》は表裏一体とかよく言うでしょ？　あれって本当だと思うの。

好きだからって、いつもにこにこ仲良しでいられるわけじゃないのよ」

「そうなの？」

「そうよ。だから悋気《りんき》で般若《はんにゃ》みたいになるんでしょ？　そうなるとね、一緒にいるのが苦痛になってくるのよ、お互いに」

「だって、好き合って一緒になったのに……」

「だからこそ割り切れないの。私が真剣に怒ったり悲しんだりするたび、あの人はどんどん私から離れてくの。それが惨《みじ》めで腹立たしくてまた……。そんなことを繰り返していると、終《しま》いにはね」

小さく唾《つば》を呑む音がした。

「あんたのせいでこんなに苦しいんだから、せめてあんたも私のせいで同じように苦しめって、そう思うようになるのよ。──怖いでしょ、あの人がほかの女に走るわけよね」

何も言えず、すずは黙って小夜の手を握った。普段はからりと明るい姉が、どこにそんな昏《くら》い激情を隠し持っていたのか、そうした微妙で濃密な男女の情は分からなかったが、好きな相手に嫁いだはずの姉が、ちっとも幸せそうでないことが悲しかった。

「でもお義兄《にい》さん、ちゃんと迎えに来たじゃない。たとえお姉ちゃんが離れていっても、お義兄さんはきっと追いかけてくるんだわ」

「ありがとう。すずはもっと、いい恋をしなさいね」

何某《なにがし》かの想《おも》いが形になるのを畏《おそ》れて、すずは話題を変えた。

「あのね、お父さんあんなえらそうなこと言ってたけど、前に一度お母さんに不義理を働きかけたことがあったんだって。お祖母《ばあ》ちゃんが言ってた」

「そうなの？　あんなに鴛鴦《おしどり》夫婦だったのに？　――それよりお祖母ちゃんたら、そんな話を孫にしなくても」

ふふっと声を殺してすずは笑い、「それが、お父さんらしい話なの」と姉の耳元に口を寄せて囁《ささや》いた。

あれはまだ、すずがお腹にいる時のこと。

ある夜、治兵衛は商い仲間に誘われて、港崎遊郭《みよざきゆうかく》まで足を伸ばした。夜霧の濃い日で、地を這《は》った白い靄《もや》が下駄《げた》にまとわりついてくる。果てしない一本道の先には、ぼんやりと浮かんだ遊郭の明かり。当時辺りは田んぼと沼だらけで、すでに引っかけた酒の酔《よ》いも手伝い、治兵衛たちは狐狸《こり》に化かされたような夢心地で歩を進めていた。

――治兵衛さん、白翁楼《はくおうろう》にね、今すっごく評判の琴野《ことの》ってえ新造《しんぞう》がいるんですよ。末は看板花魁《おいらん》と目されてる……ま、いわゆる引込《ひっこみ》新造ってやつで。この間なったばかりなんだけど、もう琴野目当てにお大尽《だいじん》が集まって、かなり本気で入れあげてる客も多いんだって。

――ようし、それなら我々も一目拝んじゃおうじゃないの。

――無理無理、追い払われるのが関の山。ひがぁ〜しぃ〜、関のぉ〜山ぁ〜。

たわいもない馬鹿話に興じていると、辺りを覆う真っ白な霧の波間に、先を行く人影があるのに気づいた。

同じように遊郭へ向かう客だと思ったが、どうも様子が違う。擦《す》り切れた衣を着けた、岩のような固い背の男が、右手に四つほどの少女、左手に十歳ほどの少年を連れている。行き先が一つしかないだけに、子連れの道行きは一種異様な光景だった。

男の足取りは速く、子供たちは引きずられるように歩いている。振り向いた痘痕面《あばたづら》に、仲間内の一人が目を瞠《みは》った。

——ありゃあ女衒《ぜげん》の源治《げんじ》だ……。

——何、誰だって？

——港崎に出入りしてる、やり手の女衒だよ。騙《だま》したり拐《かどわ》かしたり何だってやるが、連れてくる娘はみんなピカイチだって、常連の間じゃけっこう有名らしい。噂じゃ琴野も昔、源治が連れてきたそうで……。

——ってえことは、あの娘《こ》も……。

右手の少女は、継《つ》ぎだらけの色あせた紺木綿《こんもめん》を着て、項垂《うなだ》れたまま歩いている。すると、左手の少年が源治を見上げて言った。

——ちゃん、腹減った。

治兵衛たちは、そこではっと息を呑んだ。少女を売った金で息子に飯を食わせるのだ。

気づけば、昂揚《こうよう》していた気持ちはすっかり萎《しぼ》んでいた。そうして治兵衛たちは誰からともなく無言で踵《きびす》を返し、複雑な思いを抱えてそれぞれの帰路についたのだった。

「だけどお父さんたら、そのことを帰ってお母さんに話したんだって」

身重《みおも》の妻に話すことかと、母は呆れるやら情けないやら、どうしてこの人はこう真っ正直に軽薄なのかと、最後には怒る気も失《う》せたらしい。

「駄目ねえ、男は」

静かな屋内に、小夜の苦笑交じりの溜息が響《ひび》いた。すずも苦笑いで応え、

「でも、お母さんはそうやってお父さんの良さを見つけていったのよね。だからお姉ちゃんも、きっと大丈夫」

「……ちょっとねえすず、さっきから不思議なんだけど、一体どうしちゃったの」

暗がりの中で身を起こした姉は、よく見えもしないすずの顔を覗き込んだ。

「何が……？」

「あんた、そんな凝《こ》ったこと言う娘《こ》じゃなかったじゃない。本当にどうしちゃったの、熱でもあるの？　変な物でも食べたの？」

「――支那料理食べた」

ふいに反対側から声がして、すずは振り返った。寝ていたはずの吉乃が、ぼそぼそと低い声で呟く。

「南京町で支那料理食べて以来、清国人に熱あげてるんだよ」

「えッ、し、清国人が好きなの？」

「馬鹿、吉乃、何言うのよ」

黙らせようと肩を揺すったら、ヘボンがギャァと鳴いた。隣の部屋のきんの耳を気にして、ひそひそ怒る。

「お祖母ちゃんだってお父さんだって劉さんが好きでしょ。それと同じよ、誤解されるようなこと言わないで」

「お姉ちゃんの場合は、〝ただの好き〟じゃなくて〝特別な好き〟だもん。分かりやすいから、そのまんま顔に出るの。気づいてないの自分だけ」

「すず、妾《めかけ》だけは駄目よ。清国人はみんな一緒に住むらしいんだから。本妻さんだけじゃなくて、一族郎党みんなに気に入られなくちゃ、毎日針のむしろなのよ」

「だから、そういうのじゃないってば……」

夜具を頭までかぶって抗議したら、ようやく二人とも静かになった。ただぽつりと最後に姉が一言、

「食べ物で落とされるなんて、いかにもあんたらしいわよ。確かにこの街にはいろいろいるけど、よりによってねえ……」

熱くのぼせた頭に、猪野市さんの言葉が浮かんだ。

――日本人も西洋人も清国人もいる。ごった煮ならどんなことだって起こる。いいも悪いもね。まるでわんたんみたいだ、とすずは思った。

――昼が一番短くなる日、すなわちこれから昼がどんどん長くなっていく吉日、〝混沌《こんとん》〟ならぬ〝餛飩《フントウン》〟を食して万物の始終を想うというわけです。

この世の始まりにはただ、ふにゃふにゃの欠片《かけら》が浮かぶだけの混沌しかなくて、いまだ形を成さないその中には、この世のすべてがあった。

ちょうど冬至を経た太陽が、日一日と明るさを伸ばしていくように、この街もまた〝餛飩〟と同じごちゃ混ぜの力を内に宿して、新たな光を求め続けるのだ。

すずはそこでまた劉さんを連想したが、いつもならあれだけ心躍《こころおど》らせる想像も、今夜は阿片への不安に塗りつぶされてひどく落ち着かない。おまけに今のやり取りで、「劉さんは駄目だ」と喜代に言われたことまで思い出し、それをけっこう気にしていた自分に気づいた。そうなるともう、寫

眞を店頭に飾ってもらったことまで後ろめたくなってしまった。

どうにもならないもどかしさに襲われ、すずは仕方なく、筋違いの想いを抱《いだ》いてごめんなさい、と心の中で謝《あやま》った。日常とかけ離れた物を食べて勝手に舞い上がり、自分にとっての「特別」が劉さんにとっても特別だと、勝手に思い込んでいた。

あの人はただしっかり地に足を着けて、守るべき店と大事な町のために当然の毎日を過ごしているだけで、その確かな生活に取引先の娘の「特別」が入り込む余地などないのだ。

だがせめて、劉さんがつつがない日々を過ごせるように祈りたい。

自分の無力とおめでたさに嫌気がさし、いたたまれずに目を閉じた。

月の浮かんだ夜の海。

瞼《まぶた》の裏では、サボン玉の舞う光の道を、白い兎《うさぎ》が跳《は》ねている。

3

翌日、小夜は昼時まで浦島屋で過ごしてから、重い腰を上げて自分の家に戻っていった。

すずは姉を見送ったその足で茅原屋《ちはらや》まで行き、喜代を自分の家へ誘った。――というのは茅原屋の面々に対するひと芝居で、本当は渥美と外で待ち合わせできるよう、喜代に頼まれたのだった。以前、何でも協力すると請《う》け負ってしまった手前、乗り気でなくても断るわけにはいかなかったのだ。

すずは渥美との待ち合わせ時間よりだいぶ早く喜代を連れ出した。会う前に確かめておきたいことがあるからだった。

「おすずちゃん、そんなに急いでどうするの？」

「早めに行って、ゆっくり〝百だんご〟食べて待ってようよ」

百だんごは、元町百段と呼ばれる急な階段を上ったてっぺん、「浅間山《あさまやま》の見晴台《みはらしだい》」近くの茶屋『ことり』の名物団子で、みたらし、あんこ、きなこの三種類が三個ずつ楽しめる。店主曰《いわ》く、一粒で十一段上れる美味しさ。全部で九十九なのはご愛敬《あいきょう》。そもそも元町百段は百一段あるのだ。

元町の通りから伸びる、梯子《はしご》のような急勾配《きゅうこうばい》を喜代と二人夢中になって上がれば、北風で冷え切っていた頬っぺたもいつの間にか真っ赤になっている。振り返ると、毎度見事な「絶景かな絶景かな！」、煙立つ甍《いらか》の先には群青色《ぐんじょういろ》の海が広がり、蒸気船や小舟の黒い影が点々と散らばっている。

この景色と柔《やわ》らかい団子があれば、足がつりそうな百段の試練も何のそのだ。

『ことり』は屋台と水茶屋を合わせたような造りで、屋台に並んで団子を持ち帰ることもできるし、葦簀《よしず》で囲まれたお休み処《どころ》でお茶と一緒に食べることもできる。

すっかり顔なじみになった店の小父《おじ》さんに挨拶《あいさつ》し、端っこの床几《しょうぎ》に腰を下ろした。

持ち帰りに並んでいる若い男二人が、喜代を見て肘を突き合ったり耳打ちしたりしている。いつものことなので、隣にいるすずはもう慣れたものだ。今日の喜代は、大人っぽい藤色《ふじいろ》の縞柄《しまがら》が控えめで美しい。

喜代のいい所は、自分の容姿をまったく鼻にかけないところだ。並以上という自覚はあるだろうが、ことさら得意がったりしない。同年代の誰とも変わらない出《い》で立《た》ちをし、振る舞い、物言いをするのだが、それがかえって違いを浮き彫りにしてしまう。注目され、恥《は》じらって目を伏せてしまう謙虚《けんきょ》さが、しとやかで可憐《かれん》な花をいっそう際立《きわだ》たせるのだ。

「わたし、小さい頃ずっと、お喜代ちゃんをどこかのお姫様だと思ってた」

「なあに、急に」

喜代は笑い、「そういえばわたしたち、もう十年以上一緒ね」と指を折って数えた。

「おすずちゃんはいつも才蔵たちと屋台の水飴《みずあめ》食べてたでしょ。あれね、お花のお稽古に行く途中で見かけて、本当に羨《うらや》ましかったのよ」

「そうだった。才蔵たちが夢中になってた〝ドッコイドッコイ〟って吹き矢遊び。的をぐるぐる回して、うまく動物の絵に命中すると、屋台の小父さんがその動物に見合った数のお菓子をくれるの。わたしはそれ目当てに才蔵を追いかけ回して……」

「わたしがおすずちゃんの家に遊びに行くようになってからは、お部屋でこっそり吹き矢遊びの真似事なんかして」

それ以来、すずは喜代とずっと一緒だ。日常の些細《ささい》なことを喋ったり、可愛いものや美味しいものを披露《ひろう》し合ったり、料理や裁縫《さいほう》が得意なすずと三味線やお花が堪能《たんのう》な喜代とで苦手を補い合ったり。特別な事件がなくても一つ一つが愛おしい、子供時代の大半を分かち合った大事な友達だ。

二人分の百だんごとお茶が運ばれ、まずはみたらしから。柔らかい食感は相変わらずで、甘い醤《しょう》油《ゆ》だれが舌に絡《から》みついてくる。「ああ美味しい」月並みな台詞《せりふ》も、実感がこもっているので毎回新鮮だ。

本題を切り出す機会をうかがって、すずは喜代をちらりと盗み見た。いつものように団子に舌鼓《したつづみ》を打っているものの、今日の喜代はどことなく元気がない。言うべきか言わざるべきか迷ったが、早くしないと渥美が来てしまう。思いきって口を開いた。

「あのね、聞きたいことがあるの。カーティス商会さんの牛乳のことなんだけど……」

「うん、なあに？」

美しい一重瞼《ひとえまぶた》が、不安げに揺れる。

──阿片が入ってるんじゃないの？

喉元《のどもと》まで出かかった言葉を、すずはすんでのところで呑み込んだ。やはり言えない。モーリスさんの家で飲んだ薬とカーティス商会の牛乳が同じ苦味だと感じたのは、すずの舌一つきりだ。

あの時モーリスさんが知る限りの日本語を駆使《くし》して語ったところによると、〝ローダナム〟は別名を〝オピウム・ティンクチャー（阿片チンキ）〟といい、その名の通り阿片《オピウム》を酒に溶かした薬で、痛み止め、咳止め《せきど》め、下痢止《げりど》めなどの効果があるほか、西洋では百年以上にわたり、ほとんどすべての治療《ちりょう》に日常的に用いられてきたという。阿片と酒の薬効で眠気を催《もよお》すことから、近年では「心の痛み」を取り除くために乱用する人まで出てきたらしい。一度に大量に呷《あお》れば、死に至る場合もあるという。

──生きるのやめたい時、これをたくさん飲んで、自分で死ぬ人もいます。

モーリスさんの言葉を思い返しながら、すずはなおもためらった。

阿片は酒と相性がよいが、それをさらに牛乳と調合することもできるだろう。だがはっきりした証拠《しょうこ》もないまま、軽々しく口に出せることではない。下手なことを言えば誹謗《ひぼう》中傷になってしまう。

そうでなくとも、日本人は阿片の恐怖をすり込まれているのだ。

まだ東京が江戸と呼ばれていた四十年前、清国とイギリスの間で戦が勃発《ぼっぱつ》した。世に言う「阿片戦争」だ。海の向こうに横たわった大国・清の敗北に、日本は激しい衝撃を受けた。その時、阿片の恐ろしさを伝える書物が次々に出回り、以来親から子へ、子から孫へ、まるで家訓の如《ごと》く阿片の害毒が語り継がれることになったのだ。今は亡きすずの祖父も、幕府が発禁処分にした『海外新話』なる本をこっそり読む機会があったとかで、阿片の煙流がいかに毒であるのかを、家族に得々と語ったらしい。

日本も西洋と同じように、昔から阿片を薬として扱ってきたとすずは聞いたことがある。清国のように中毒になるのは、飲食ではなく煙を吸うからなのだとも。けれども、「阿片」の二字はやはり相当な抵抗感《ていこうかん》がある。

結局、しどろもどろでごまかした。

「小父さんは、あの牛乳を扱うことにしたの？」

「宣伝はしていないんだけど、一人渥美さんの紹介で、東京からいらした大店《おおだな》の奥様にお売りしたみたいなの。お家《うち》に長患《ながわずら》いの方がいらして、養生との兼ね合いから牛乳薬は最適なんですって。築《つき》地《じ》で開業している西洋のお医者様にそう勧められたらしいの。カーティス商会さんは、お薬は扱えないでしょ。だから、うちが奥様にお売りする形にして……」

「……効くの？」

「それがね、覿面《てきめん》なんですって。飲むたびに元気になるらしくて、奥様が定期的にお越《こ》しになるの」

「うーん……」どこがどうとは言えないが、何となく腑《ふ》に落ちない。

「……カーティス商会さんは、そもそもどうして牛乳薬を小父さんに勧《すす》めたのかしら？」

日本人にその牛乳が広まれば、阿片の中毒効果でどんどん買うとでも思ったのだろうか。

「体にいい食べ物と薬とを同時に取り入れたら、今まで諦《あきら》めていた病も治るかもしれないって、渥美さんが前に教えてくださったわ」

「でもお喜代ちゃん、採算を考えない商人はいないわ。あんな味の悪い物を、カーティス商会さんはどうして作ろうと思ったのかしら？」

「牛乳に混ぜるだけだから費用はそれほどかからないし、薬は何でも苦いものじゃない」

本当に阿片だったとしたら、一体どこから仕入れているのだろう。

今から五年前の明治十年（一八七七年）、英国商人ハートレーが、染物《そめもの》と偽《いつわ》って阿片を密輸入しようとした。大きな事件だったので、大人たちが話題にしていたのをすずも覚えている。阿片がらみの事件は、港町にとってそれだけ大きな問題なのだ。

それによれば、確か個人が所持できる阿片の量は三斤《きん》まで。

もしカーティス商会があの牛乳を本格的に売り出すとなると、確実な阿片の供給源を確保していなければならない。もちろん、一定量を超えた所持は厳禁だ。そうなったらどうするのだろう。やはりあれは阿片ではないのだろうか。

「カーティス商会さんは、お喜代ちゃんの所以外にもあの牛乳を渡してるの？」

「詳《くわ》しくは分からないけど……横濱ではうちだけじゃないかしら。しかも今はお試しみたいなものだから、大々的に売り出せるほどの量じゃないわ。微々たるものよ」

どう考えても、危険の割に商いの規模が小さい。牛乳だから、日持ちもしない。カーティス商会に何の利があるのか。何の目的があるのか。

うさんくさい。すずは鼻に皺を寄せて考えた。たぶん、小父さんが牛乳薬の売り出しをためらっているのもその辺りの事情だろう。カーティス商会は、何かがうさんくさい。

そこですずは改めて、渥美が南京町をうろついていたのに思い至った。

日本側が密輸を厳しく取り締まっても、阿片は南京町じゅうに出回っている。

カーティス商会の阿片の調達先が南京町とはいかにも短絡的《たんらくてき》だし、牛乳薬に使用する量を継続的に入手できるとも思えないが、それでもあの時の渥美の様子がうさんくさいことに変わりはない。

こうなったら誰かに聞いてみるしかないとすずは思った。

「ねえお喜代ちゃん、お願いがあるんだけど」

さりげなく切り出してみる。

「あの牛乳薬、こっそり分けてもらえないかしら？　茶碗一杯分……いえ、もっと少なくてもいいから。味の分かる知り合いにね、もっと飲みやすくする方法を聞いてみたいの」

「じゃあ、渥美さんに直接お願いしてみましょうか？」

「渥美さんは駄目！」

思わず大きな声を出してしまい、すずは往生《おうじょう》した。これ以上この話を続けたら、喜代に怪《あや》しまれてしまう。

「それより、渥美さんてずっとカーティス商会にいるの？　もともとはどこの人なの？」

話題が渥美に変わり、喜代はいかにも嬉しそうな表情を見せた。

「生まれは知らないけど……小さい頃は、行商をしているお父さんと一緒に地方を渡り歩いてたんですって。お商売の仕方とかお客さんの心をつかむコツは、その時に覚えたっておっしゃってたわ」

「――もしかして、ぼくの話をしているのかな？」

ふいに葦簀《よしず》の裏から渥美が現れ、すずはきなこ団子に伸ばしかけていた手を、ぎょっとして引っ込めた。

動揺《どうよう》するすずを後目《しりめ》に、茶色い格子《チエツク》柄の上着と黒いズボンで決めた渥美は、ボウラーハットを膝《ひざ》に乗せて喜代の隣に座る。

「お二人さん、お待たせしちゃったようだね。これでも早く来たんだけど」

「一足先に来て、〝百だんご〟を食べながらゆっくり待ってたんです」

喜代が先ほどとは打って変わった様子で、はにかみながら言う。

「それはいい。百段のぼってへとへとだ。ぼくも一皿もらおうかな」

小父さんに手を上げる渥美の様子をうかがいながら、すずは内心で首をかしげた。ずっと見ていたわけではないが、階段を上ってくる渥美に気づかなかった。渥美は元町から上がってきたのではなく、丘の方から回って来たのではないか。そうだとするなら、なぜ嘘《うそ》をついたのか――。

「やあそれにしても、こんな景色のいい所で逢引きできるとは思わなかった。これもみんな頼もしい助っ人のおかげだ」

渥美はひどく機嫌《きげん》がよさそうで、おかしなそぶりは何もない。ただの思い過ごしだろうかとすずが思った時、喜代がついと小さな顎を持ち上げて言った。

「渥美さん。わたし、おすずちゃんの力を借りずに家を抜け出す方法を見つけたんです」

「えっ？」はからずも、渥美と同時に聞き返した。

「うちの裏の塀《へい》、紫式部の茂《しげ》みで隠れてる所の板がはずれるようになってるんです。水曜は手代の嘉吉《かきち》がお父さんの使いでいないから、そこからそっと出て、二時間くらいなら気づかれずに会えると思うんです」

喜代の瞳《ひとみ》は真剣そのもので、膝に置いた拳《こぶし》が小刻みに震えていた。

「ぼくはたくさん会えれば嬉しいけど……大丈夫なの？　無理しなくてもいいんだよ？」

「じつは、お父さんが強引にお見合いを決めてきてしまったんです。わたしは一人娘だから、お婿さんを取るの」

今日はこれを渥美に言うために来たのだとすずは悟《さと》り、何となくこのままずっと一緒にいられると思っていた喜代が、急速に手の届かない所へ行ってしまうのを感じた。喜代は今、現実を見ている。たとえ好いた人と一緒になろうと、親の見込んだ相手と一緒になろうと、そこに横たわっているのは自分の一生を左右する現実の選択なのだ。

「相手はどんな人なの？」渥美が静かに問う。

「上総《かずさ》の豪商の次男だとか……。向こうは乗り気で、年明け早々お会いしなくちゃならないんです。だからこの先どうなるか分からないけど、今は少しでも長く渥美さんと一緒にいたいんです」

まるで吉乃の読んでいる戯作《げさく》みたいだった。ぐっと大人びてしまった友にかける言葉が見つからず、すずはただただ喜代の思いつめた横顔を見つめ続ける。

渥美はしばらく下を向いて押し黙っていたが、やがて口を引き結んで何事かを決心し、「よし」と奮い立つような声を上げた。

「君がそこまで言ってくれるなら、これからひと月、水曜日にどこかで逢《あ》おう。そうだな……君の家からは少し遠くなってしまうけど、この下にある厳島神社《いつくしま》はどうだろう」

口髭《くちひげ》が動き、笑ったのだと分かった。

「君のお見合いまでに、ぼくはぼくで考えたいことがある。必ず答を見つけるから、それまで待ってほしい」

渥美に両手を握られ、喜代の艶《あで》やかな頬《ほお》が泣き笑いのように崩れた。

すずは、ますます渥美を否定できなくなった。

南京町の裏路地に行ったからと言って、悪事を働いているとは限らない。茅原屋《ちはらや》は薬種問屋なのだから、本当に怪しい牛乳ならとっくに見破っている。素人が口を挟むことではない。もう少し様子を見よう――。

そう無理やり自分に言い聞かせ、すずは一人、きなこ団子を頬張った。


日が暮れる前に、茅原屋の軒先で喜代と別れた。

家の近所の辻《つじ》まで来たところで、人力車の蹴込《けこみ》に座って旨《うま》そうに煙草を吹かしている才蔵に出会った。

「あ、才蔵。休憩《きゆうけい》?」

「ちょうど良かった。これからお前んとこに行こうと思ってた」

にこりともせずに煙を吐き出す。

「どうしたの? 何かあった?」

答える前に、また煙管をひと吸い。それからぼそりと言った。

「あの清国人、ろくな奴じゃねえぞ」

「またそうやって……」

「違う。俺《おれ》この間、見たんだ」

眉をひそめたすずに、才蔵は珍しくためらいながらも、ぽつぽつと話し始めた。

❖　❖　❖

その日、才蔵は横濱へ上陸したばかりの商人風の日本人客を乗せ、外国人居留地と日本人街を隔《へだ》てる彼我《ひが》公園を突っ切っていた。クリケット場を中心とした西洋式の公園だが、日本人にも開かれた緑豊かな憩《いこ》いの場だ。今は落ち葉が遊歩道に敷き詰められている。

「ほえー、がいにー大きな庭やのぅ」

「へい、十何年か前《めえ》に豚屋火事っちゅう大火がありまして、居留地のほとんどが焼けちまって。そん時、異人が防火用にこの公園を造ったんですよ。もとは遊郭だったんですがね、遊女も四百人以上焼け死んじまって、ひどいもんでした」

喋りながら、こいつは伊予《いよ》辺りの奴かなと当たりを付ける。会津《あいづ》、上州《じょうしゅう》、信州、大阪、伊予、長州、薩摩《さつま》――。とにかく様々な地方の客を乗せるので、方言を聞いたらどの辺の出か何となく分かるようになった。

「ほんで、遊郭はその後どがいなったんぞ」

「へへ、ご安心を。今は伊勢佐木町《いせざきちょう》に仮の店があります。港崎《みよざき》から移転した高島町の貸借期限が切れて、今度はそっちに造るんだとか。旦那、どうです、ひとっ走り行ってみますか？」

「行ここい、行ここい！」

乗り気になった客が手を叩き、才蔵がぐっと梶棒《かじぼう》を握って走り出した時だった。視界の端に現れた集団に、思わず足を止めた。

あの清国人——。

すずがしきりに褒《ほ》めそやす劉とかいう男が、どう見ても柄《がら》の良くない日本人連中と肩を並べて歩いている。

客商売が長いから、人を見る目はあった。才蔵は浦島屋で紹介された時から、あの男が気に食わなかった。

どんな人間にも、自分の暮らす社会の臭気《しゅうき》がある。だが劉にはそれがなかった。ほこり一つない清潔な黒衣は、どんな背後の風景からもくっきりと浮き上がり、伸びた背筋も無駄のない足運びも、端《はな》から人を寄せつける隙《すき》がない。まっとうな人間味を排除《はいじょ》した末に残ったのがあの「きれい」な面《ツラ》だとしたら、善いも悪いも何でもかんでも引き寄せるすずにとって、劉という男は最も不必要で不似合いだと才蔵は思った。

しかも、劉と一緒にいる奴らは伊勢佐木町を縄張《なわば》りにしている島虎《シマトラ》一家ではないのか。貸元《かしもと》だ何だと任侠《にんきょう》ぶってはいるが、しょせんはどこの者とも知れぬごろつきどもで、開港のどさくさに紛《まぎ》れて繁華街に潜《もぐ》り込んだ烏合《うごう》の衆だ。

「どげしたんぞ？」

不安げに尋ねてくる客を、「しッ」と人差し指を立てて黙らせ、才蔵は車を放《ほ》っぽらかして男たちに近寄った。藪《やぶ》の後ろに身を屈《かが》めつつ、クリケット場沿いの道で立ち止まった一行の会話に耳をそばだてる。少し距離があり、ところどころではあったが、何とか聞き取れた。

「——何も支那人を差別しようって気はねえんだ。那須屋《なすや》は人種を問わず楽しめるいい所だ。だろ？　ただあんたがどういうつもりでお豊《とよ》の身辺を調べてたか、その理由《わけ》が知りてえんだ」

「どうもこうもありません。客が気になる女のことをあれこれ尋ねるのは当然でしょう」

顔色一つ変えず曰《のたま》った清国人に、島虎の男たちはいっせいに嗤《わら》った。

「つくならもっとましな嘘にしな」

「なあ兄さんよ。はっきり言うが、あの女のせいで島虎はえれぇ損をしたんだ。このまま泣き寝入りはできねえから、せめてケジメってもんをつけなきゃなんねえ。それで網《あみ》張ってたら、かかったのが兄さん、あんただ。悪《わり》ぃが、そのツラ目立ちすぎだぜ」

「正直に吐いちまいな。あんた、どの筋だ。まさかとは思うが、」

思いがけない不穏《ふおん》な言葉に、才蔵は身を乗り出した。

「——あんたが殺したんじゃねえよな？」

その瞬間、踏み出した足が、ぺきっと小枝を踏んづけた。

話し終わった才蔵は、梶棒《かじぼう》に煙管を打ちつけて灰を落とすと、思いきったようにすずを見上げた。

「生憎《あいにく》、俺が聞いたのはそこまでだ。だけどよ、那須屋ってのは島虎が仕切ってる伊勢佐木の矢場だぜ」

「……小さな弓で的当てして遊ぶ所でしょ」

「矢場女目当てにな。客は気に入った女口説き落として、別所《べっしょ》にしけこむんだ。あいつは、お豊って矢場女のことあれこれ嗅《か》ぎ回って、島虎に目ぇつけられたんだぜ。それもえらく物騒な理由でな」

「何か事情があったのかもしれないじゃない」

「ほお、矢場に出入りするのにどんな事情があるってんだ」

「例えば、例えば……落とし物を届けてあげるためとか……」

目を泳がせて考え続けるすずを、才蔵は憐《あわ》れむように眺める。

「すず、悪いことは言わねえ。これ以上あの清国人に関わるのはよせ。あいつ、絶対悪事に首突っ込んでる。世の中ってのはな、お前が思ってるよりずっと悪意に満ちてんだぜ」

決めつけた物言いに、すずは小鼻を膨《ふく》らませて反論した。

「悪意に満ちた世の中を知ってるのに、才蔵はちゃんと善い人でしょ」

「はあ?」左頬の傷が引きつった。

「大事なのは、その人自身がどんな人かでしょ。それでじゅうぶんじゃない。たとえその何とか一家が悪人でも、横濱中が悪の巣窟《そうくつ》だったとしても、そこにいる劉さんが悪人だって、どうして言い切れるの?」

「お、お前またわけの分からねえことを」

よくよく考えてみると自分でもよく分からなかったが、とにかく劉さんをかばいたくて必死だった。

「才蔵は異人が嫌いだから、みんな悪人だと思っちゃうのよ。劉さんはね、そんな人じゃないから」

下駄を鳴らして歩き出したすずの後を、才蔵が慌《あわ》てて追いかける。

「待て待て、俺はお前を心配して……」

「要《い》らぬお世話です。付いてこないで」

通りの真ん中で突き放した。腹に据《す》えかねた才蔵は、「あーあ、もう知らねえからな」とか、「すっかりあいつに騙《だま》されてやがんの馬ぁ鹿」とか、「あんな顔してたってウンコするんだからな」とか、情けないほど子供じみた悪態をすずの背中にぎゃあぎゃあ投げつけ、それを見ていたご近所さんらが、「すずちゃん、才蔵と喧嘩かい?」「仲いい証拠」「あいつ、相変わらず阿呆《あほう》だな」と店先で次々に笑う。

だがすずは、挨拶もそこそこにうつむき加減で浦島屋をめざした。

また一つ積み重なった劉さんの危うい行動に、不安の芽がむくむくと育っていく。

4

明治十五年も残りひと月をきり、師走に入った横濱の街は一気に忙《せわ》しなくなった。

この間まではお酉《とり》様の熊手《くまで》を抱えて楽しそうに賑《にぎ》わっていた往来も、一年を締めくくるための雑事に追われて歩調が速い。浦島屋では代金の回収のほか、来たる清国の正月に向けて、引き続き海参《いりこ》や干し鮑《あわび》の手配に大わらわだ。

――昔は良かった。日本の正月も清国と大体同じ時季だったから。まったく、突然西洋の暦《こよみ》に合わせるもんだから、今じゃ二度も大騒ぎをしなくちゃならない。

治兵衛は毎年詮《せん》ない愚痴《ぐち》をぶつぶつこぼし、きんはきんで「今の十二月一日は、昔で言うとまだ十月？　十一月？」とややこしい。番頭の佐助は帳簿とそろばんを片手に、おもな輸出先である香港《ホンコン》や上海《シャンハイ》の景気と相場をひっきりなしに気にかけ、手代の捨吉は荷物の積み込みに余念がない。

十二月八日。その日は、そんな忙中《ぼうちゅう》に訪れたつかの間の閑《ひま》だった。

重たい曇り空の下、すずはまず南京町の海和堂へ出かけた。今日もまた劉さんはおらず、白い芙《ふ》蓉《よう》の刺繍《ししゅう》が入った藍地《あいじ》の清国服ですずを出迎えた緑綺《リユウチイ》は、開口一番、

「しぐれ煮、とっても美味しくいただきましたよ」

と礼を述べてすずを喜ばせた。先日浦島屋で挨拶した劉さんは何も言わなかったので、気になっていたのだ。

「ごめんなさいね、今日もいないの」

「だったら、これを渡していただけたら嬉しいんですけれど」

すずはいそいそと帯の間から紫色の紐をつまみ出し、鈴をつけた柘植《つげ》の根付《ねつけ》を緑綺の目の前にかざした。家事の合間を縫《ぬ》い、連日四苦八苦して作ったものだ。もともとは父のものだったのを頼み込んで譲《ゆず》ってもらい、自分なりに手を加えた。その間は夢中になって、ほとんど外へ出なかった。

「根付といって、日本の伝統的な装飾品です。巾着とか印籠《いんろう》とか扇《おうぎ》にも付けられますが、清国の服には帯がないから、提《さ》げ物には使えないと思って、こちらで勝手に紐をつけてしまいました。劉さ

んは卯年《うどし》だとおっしゃっていたから、兎の根付です」

「その付け紐は……」

涼しげな二重瞼の中で、緑綺の丸い黒目がぎこちなく左右に振れた。それに合わせて銀の耳飾りも揺れる。

「これは知り合いの古道具屋さんにあった清国の飾り紐がとても綺麗だったので、合わせてみました。どうです、清国風の根付です」

「でもすずさん、その結び方は――」

緑綺は歯切れ悪く何かを言いかけたが、思いとどめたように苦笑して根付を受け取った。

「すずさんは器用なのねえ」

「音痴《おんち》だからお三味線はものにならなかったけど、手先を使うことは好きなんです。だからこれ……劉さんのご無事をお祈りする意味で作りました」

「無事を？　どうして？」

「この間、緑綺さんが劉さんを心配しておられたし、正体不明の密売人が阿片を流してるだなんて、店に来る清国の御方《おかた》から聞いてしまったものだから、とても不安になってしまったんです」

「こんな可愛い人にまで心配をかけさせて、ひどい人だこと」

緑綺は呟きながら、滑《なめ》らかな手つきで根付をハンケルチーフに包む。吸引力のある魅惑的《みわくてき》な容貌《ようぼう》もさることながら、内側から滲《にじ》み出る女としての美しさに、すずはひたすら感服するばかりだった。

必ず渡しておくと約束する緑綺と別れ、一仕事終えて心が軽くなったすずは、今日が元町薬師の縁日だと思い出した。気づいてしまった以上、そのまま帰るわけにはいかない。いまだ持ちこたえている曇天《どんてん》を仰ぎながら、居留地と元町を繋ぐ西の橋へ向かった。

西の橋から元町五丁目に渡ったすずは、一丁目の増徳院境内にある薬師如来《にょらい》堂を目指し、露店を順に見て歩くことにした。

毎月八日と十二日がお薬師様の縁日で、その日は元町一丁目から五丁目まで道の両側にびっしりと屋台がひしめき、群れ集う参拝客やお上りさんでごった返している。寺社の縁日は数多いが、近隣からも人が詰めかける元町薬師は横濱随一。陽が高いうちから夜遅くまで賑わいが絶えない。

団子、せんべい、天ぷら、焼き芋《いも》。薬師如来堂まで続く数々の誘惑に、すずの足はそのつど止まる。「まずは参拝！」という祖母の訓示も、役に立ったためしがない。

右へ左へ目移りし、ふと反対端に目が行った。行きかう人波から頭一つ突き出た清国人が、この雑踏に歩調を落として難渋《なんじゅう》している。思わず手を振って叫んでしまった。

「劉さん！」

声の主を見とめた劉さんの片眉がわずかに跳ね上がり、ちょっと後にいつもの微笑が追いついた。相変わらず黒い上着と長袍《チャンパオ》を寸分の乱れもなく着こなして、洒落《しゃれ》た黒い洋傘《ようがさ》を手にしている。

すずは人波をかき分けるように劉さんへ近寄った。

「奇遇ですね。さっき――」

海和堂へ行ってきたばかりだと言いかけて、やめた。わざわざ根付のことを話すのも気恥ずかしい。

「劉さんは見物ですか？」

清国人が日本の神仏に祈るとも思えなかったのでそう聞いたのだったが、劉さんは「目立ちますか」と真顔で尋ね返してきた。異人さんの姿もちらほら見受けられたが、人込みの中でもそうと分かるきれいな顔が、一人黙々と歩いていれば話は別だ。「ちょっと」と控えめにすずが伝えたら、少しの間一緒に見物してもらえないかと頼まれて、もちろん二つ返事で承諾《しょうだく》した。

雲が垂れ込めた寒空の下、着飾った人々が両脇《りょうわき》の屋台を冷やかしながらそぞろ歩いている。いざ二人並んで歩き出したら、普段は頭に浮かびもしなかったことが気になった。

この元町薬師には、意中の相手と交情を深めるべく男女が参拝をだしに群れ集う。人呼んで〝色薬師〟。振袖《ふりそで》の娘さんと手代らしき若者、後家《ごけ》さん風情《ふぜい》と役者風の色男、芸妓《げいぎ》さんと茶色い髪の異人さん――。白粉《おしろい》の匂いはふんぷんと、嬌声《きょうせい》もかまびすしく、色とりどりの着物の波を抜けながら、すずは劉さんが気づきやしないかと落ち着かない。

「きれいな南京さん、お連れの娘《こ》に簪《かんざし》でもどう？　せっかくのご縁日なんだから」

案の定、義兄の作太郎にそっくりの軽薄そうな小間物屋が、さっそく声をかけてきた。劉さんが小首をかしげるので、すずは急いで話をかぶせた。

「関帝廟《かんていびょう》の神様の縁日はいつですか？」

「清国の暦で五月十三日が関羽祭ですが、お祭りの日でなくても、みんな商売繁盛《はんじょう》をお願いしに通います。わたしも毎夕決まって六時にお参りしますよ」

「お兄さん、飴を買ってあげなさい。女の子を落とすには、甘いものが一番」

今度は飴細工屋。劉さんはふとそこで男女だらけの周囲を見回し、困り果てるすずの上目使いを見て得心し、「これはすみませんでした」と苦笑した。

「普段、清国人はあまり男女で出歩くことはありません。未婚の女性ならなおさらです。すずさんは嫁入り前の娘さんですから、妙な噂が立っては困りますね」

「いえ、一人で歩いていてもつまらないし、一緒の方が楽しいです」

とはいえ、劉さんは片手を後ろ手に、露店をのぞくでもなく前方を見据えて歩き続ける。あまりに前ばかり見ているので、誰かが先にいるのかしらとすずは思ったが、熱気にまみれた人ごみの中では、その姿を確かめるだけでも難しい。ただ一度だけ、五間半（約十メートル）ほど先に痩《や》せた清国人の後ろ姿が見えた気がした。

前からやって来た一団に押され、後ろからまた押し戻され、揉《も》み合うように進む。自分勝手な想像に過ぎないと分かってはいても、こうして二人肩を並べて歩いていると、心まで近くなった気がする。

夢みたいなひと時を嚙《か》みしめつつ通りを練り歩く。昔迷子になって劉さんに送ってもらったのも元町薬師の夜だったというから、これもまた嬉しい奇縁だ。

「濱《ハマ》絵ェー、濱絵だよー。ちょっと見てって、横濱土産《みやげ》にお一ついかがー」

本物の濱絵とは似ても似つかない粗悪な版画を並べて、土産物屋が声を張り上げる。幕末の頃から明治初年にかけて流行った実際の〝横濱絵〟は、名のある浮世絵師たちが開港したばかりの横濱を活写したもので、その異国情緒《じようちよ》あふれる題材が江戸で人気を博したらしい。

劉さんは滑稽《こつけい》な異人曲芸師の絵を漫然《まんぜん》と眺めて行き過ぎたかと思うと、ふいに笑い出した。きれいな横顔が瞬《また》く間に崩れて、切れ長の涼しい目が一本線になる。

「あの絵を見たら、つい思い出してしまいました」

「何をですか？」

「店の隅の、すずさんの寫眞」

「ああッ」情けなく額を叩いてしまった。姉の騒動で、寫眞のことなどすっかり忘れていた。猪野市さんか栗毛東海さんが寫眞を店に落ち着かせてしまったらしい。

「モーリスさんのお父さんが撮ってくださったんです。あれ見ると、みんな笑うの、どうしてかしら」

「あんな幸せそうに写っている人を見たことがないからですよ」

「劉さんの寫眞だって、寫眞館の店頭にあるんですよ」

「〝モーリスさん〟に撮ってもらった覚えはありませんが……」

そこで劉さんはちょっと考えるように押し黙った。

「ひょっとして〝モーリスさん〟は、ときどき浦島屋さんの軒下でお茶を飲んでいる青年ですか」

「そうです、そうです」

「すずさんのいい人ですか」

ふいに尋ねてきた劉さんを見上げ、その意味を呑みこむやいなや、すずは「とんでもない！」と裏声で叫んだ。ほかならぬ劉さんに誤解されたのが悲しかった。

「モーリスさんは仲のいい友達です。才蔵と同じ、大事な友達です。でもそれだけです」

「そうですか」

「そうです。それに家族も友達も、異人さんを好いては駄目だって言います。差別ではなくて、立場が違うから駄目だという意味です」

劉さんがモーリスさんと同じ「異人」だろうと、小夜や喜代の反対する「異人」が本当は劉さんのことであろうと、きっと劉さんにとっては関係ない。少しやけになって、すずは続けた。

「異人さんは、いつか必ず海の向こうへ帰っちゃうから。そういうの、清国の人は〝落葉帰根《らくようきこん》〟って言うんでしょう？　異人さんの魂は故郷にあるから、ここでどんなに想っても心が結ばれることはないって。祖母なんて横濱に来て二十年、異人さんと恋に落ちて結局別れなければならなかった悲しい娘さんを、たくさん見てきたそうです」

「みなさん、すずさんには悲しんでほしくないんですよ。あなたの周りには、いつも人がいます。明るくて、賑やかで、とても温かい。その幸福を大事にしてください」

劉さんはいつも直接的な物言いをする。口調はあくまで穏やかなのに、褒める時も諭《さと》す時も、言われた方がとまどうくらい迷いがない。その清々《せいせい》した言葉づかいは、高雅《こうが》な余韻《よいん》を残す立ち姿や足運びにも似てとてもきれいだ。

悪人のわけがない、とすずは確信した。島虎一家の矢場に出入りする理由は分からないが、才蔵の言い分はどうしても受け入れられない。世間を知らなくとも、頭の中の区分が人より大ざっぱでも、目の前の人間を判断する分別くらいはある。

確信に背を押され、浮ついたようにすずは続けた。

「でもわたし、劉さんから初めてわんたんをいただいて、その食べ物の由来を聞いて、なるほど横濱はわんたんみたいだなあって思ったんです。ここにはいろいろな国の人が何の区別もなくごった煮になっているから、だから良いも悪いも、あまり抵抗なくほかの国の人を好いてしまうのかなあって」

「そうではなくて、人を好くこと自体がワンタンなんだと思いますよ」

「え?」

「好いてしまえば国も立場も年齢も、時には善悪の区別すらなくなります。冬至にワンタンを食べて春を迎えられればそれでいい。でも、そうでなければ悲惨《ひさん》だ。好いたら終《しま》いです」

劉さんは冗談《じょうだん》のように言ったが、再び前方に戻した視線は、先ほどよりもずっと厳しかった。

三丁目に差しかかったところで、ふと潮の香が強くなった。と思う間に、衣の裏まで染《し》み通るような、細く冷たい灰色の雨が降り出した。耐えに耐えていた重たげな曇天が、ついに崩れ落ちたのだった。

異人相手の店々の英字看板が色濃くなり、水滴を厭《いと》う人の流れがどんどん速くなる。劉さんは道の端で一度立ち止まり、手にした洋傘をすっと開いた。差しかけられた傘の中、すずはぎこちなく体をすぼめる。精一杯肩を縮めても、気を遣った劉さんは半分以上傘からはみ出ている。

その時背後から「ゴメンー、ゴメンー」という人払いのかけ声と車輪の廻《まわ》る音が聞こえ、油紙の幌《ほろ》をかぶせた雨仕様の人力車が三台駆けてきた。遠出なのか、三台目は荷物だけ。車は名の通った車宿のもので、痩せこけた宿車夫たちは才蔵曰《いわ》く、「宿にこき使われてヘロヘロのふぬけども」。道のど真ん中を突っ走ってくる。

「何だ何だ、こんな所に入って来るんじゃねえよ」

通行人が野次り、人の流れに従って二人して脇へよけた。往来の波が割れ、すずは道の先にまた同じ弁髪の後ろ姿を見たように思う。

と、もと来た道を眺めていた劉さんが、傘の中で短く言った。

「男が尾《つ》けてきます」

振り向くなと止められた。何食わぬ顔で歩き出す。

「縞柄の着物を尻《しり》ばしょりにした、がに股《また》の日本人です」

「でも劉さん、こんな人出です。勘違いではありませんか?」

「あんな目つきで歩く見物人はいません。生憎《あいにく》、わたしの方にもつけ回される心当たりがあります」

それは何だとすずが問う前に、劉さんは矢継ぎ早に指示を出した。

「次の辻で別れましょう。わたしはこのまま真っ直ぐ二丁目に行きますから、あなたは曲がって堀川に出るんです」

「でも劉さんは……」

「わたしは逃げ足が速いから大丈夫」

尋ねる間もなく次の辻が近づいてくる。劉さんは傘を後ろに倒してすずの姿を隠した。ちょっとあんた邪魔だよ、と誰かの文句が飛ぶ。辻に来た。

「さあ、行って」

劉さんの合図とともに、すずは左へ折れた。百段階段を背に、前田橋を渡る。ざわめきがそぼ降る雨の彼方《かなた》に遠ざかり、いくつもの波紋を切り裂いて、小舟が一艘《そう》ゆっくりと薄墨色《うすずみいろ》の堀川を下っていく。

前田橋から右へ行けば谷戸橋を過ぎて海に出る。真っ直ぐは南京町の本村《ほんむら》通り。左なら先ほど元町五丁目へ渡るのに使った西の橋。

橋を振り返って仰天した。酒やけした赤い顔に薄笑いを張りつけ、がに股の男が早足でついてくる。ぞっとして鳥肌が立った。

「なんで……?」

すずは左に曲がり、川沿いの道を小走りに逃げた。足音がどんどん背後に迫《せま》って来る。振り向く余裕はなかった。心臓の鼓動が喉を圧迫する。すずの下駄に、別の下駄の音がかぶさる。

突如《とつじょ》、ものすごい力で肩をつかまれた。振り向きざまぶ厚い手のひらに口をふさがれ、船溜《ふなだ》まりまで斜《なな》めに伸びた石段を一気に引きずり下ろされる。

「へへ、可愛がってやる」

そのまま舟に乗せられそうになるのを、すずは堀の石壁を背に無我夢中で抵抗した。

「こいつ、おとなしくしろ」

「やめて!」

めちゃくちゃに振り回した腕を、いとも簡単につかまれた。饐《す》えた臭《にお》いの着物に抱きこまれて足が浮く。下駄が脱げた。手が空をつかむ。体をよじり、かろうじて叫んだ。

「助けて——!」

瞬間、鈍い音とともに男の体がのけぞった。その間に割って入った黒い影が、洋傘を片手に男と舟へなだれ込むのをすずは見た。波が立ち、舟が揺れ、舫《もや》い綱《づな》が震え、倒れた男へ振り上げた劉さんの傘がそのたびに烈《はげ》しく毀《こわ》れていく音を聞いた。

一連の劉さんの挙動にいっさいの迷いはなかった。男の頭を船梁《ふなばり》に引きずり上げ、その首に傘をあてがい全体重を乗せた。男の手足がでたらめに暴れ、黒衣の袖をつかまれた劉さんは、片肘で傘を押さえながら幾度《いくど》もわき腹に拳をふるった。男は横木と傘の間でもがきにもがき、血が上った頭部は見る間に赤くなり、艫《とも》が後ろの舟にごつごつと当たった。

腰を抜かしてしゃがみ込んだまま、すずは両手で口を覆う。

なぜか静かな光景だった。

護岸の石積みに降りしきる冷たい雨の中で、男を全身で押さえ込む劉さんの底冷えするような目は、鬼気《きき》迫る殺気を発散してなお、どこまでも静かだった。

男は真っ赤な顔で唸った。振り回した腕が船縁《ふなべり》を叩く音が、ざあざあと潮騒《しおさい》のようにさざめく遠い元町薬師の賑わいに吸い込まれていき、色を失った空と、居留地の煙突から立ち上る煙と、堀川の水面《すいめん》に音もなく現れては消える無数の波紋とが、生々しい現実の臭気を薄めていく。

「誰に頼まれた」

もがき続ける男を、抑揚《よくよう》の少ない正確無比な声が貫いた。

「言え」

血管を浮かび上がらせた男は白目を剝き、もはや声も出さずに体を突っ張らせる。

「言え――」

のしかかった劉さんの背が力を込めてさらに丸まった時、

「――おい、そこで何してる！」

対岸で声が上がった。

振り向いた劉さんの手が緩《ゆる》み、醜《みにく》くざらついた男の呼吸が長々と大気を震わせる。対岸の家から現れた住人が数人、前田橋の方へ走っていく。「喧嘩だ、喧嘩！」

その不意をついて劉さんを突き飛ばした男が、反対側の船縁から堀川に飛び込んだ。どぼん、と間の抜けた水音が響き、死に物狂いで不器用に対岸へ泳ぎ渡る男の姿を、すずは呆然《ぼうぜん》と見やった。あまりに目まぐるしくやって来た災《わざわ》いに、いまだ恐怖が追いつかなかった。

「一人飛び込んだ、こっちに来るぞ」

住人は再び引き返し、口々に騒ぎ立てながら堀川を覗く。すずは石段へ飛び移ってきた蒼白《そうはく》の劉さんが、顔を見るなりすずの体を抱き寄せて、「もう大丈夫、大丈夫です」と背中を叩きながら繰り返すのを、どこか遠くで聞いた。

「わ、わたし……」

ようやくかすれた声が出る。劉さんはすずの顔を覗き込み、いくぶん無情な律義《りちぎ》さで、あの男に心当たりがあるかと尋ねた。

「どこから尾《つ》けてきたか知りませんが、あの男の狙《ねら》いは間違いなくあなたでした。ただの暴漢とも思えません。分かりませんか」

すずはしばらく考えたが、結局首を横に振った。人から恨《うら》まれることも、目をつけられるような真似もしていない。

「本当に思い当たりませんか。人の悪意は自分自身が原因とは限りません。それで以前わたしの――」

言いかけて、劉さんは珍しく目をそらせた。脱げた下駄を拾い、すずの泥だらけの足に履《は》かせた時も、終始無言だった。

動揺冷めやらぬまま、すずはおぼろげに悟る。

そこにはもう切れ長の目を一本線にして笑った男はどこにもおらず、ただ足すものも引くものも寄り添うものもない独りの人間が、たった今何かの理由で人知れず傷ついたのだと。

しゃがみ込んだ劉さんのうつむいた顔に胸がひりつく。分別もなく人を好くこと自体がわんたんなのだとしたら、相手に共鳴して自分が寂しくなることもまた恋心のうちなのだろうと、すずは回らない頭で考えた。

好いたら終いです。

小糠雨《こぬかあめ》に濡《ぬ》れた劉さんの言葉が、すずの胸の内で虚《うつ》ろに反響した。

間章
Interlude

十二年前の夜のことを、男は折に触《ふ》れて思い出す。

堀川を挟《はさ》んで、対岸の町の火灯《ひあか》りにじっと目を凝《こ》らしていた夜だ。

延々と伸びる縁日の提灯《ちょうちん》とざわめきは、こちら側の暗い静寂《せいじゃく》をいっそう浮《う》き彫《ぼ》りにして、永遠に辿《たど》り着けない浮島のように存在している。

たかだか橋を渡ってすぐの距離が、天地の隔《へだ》たりと同じほど遠かった。十六の少年にとっては、堀川の内に閉ざされた狭い世界がすべてだった。ほとんど癖《くせ》のない日本語を話しても、ついに日本での生活が故国で過ごした時間より長くなっても、水路によって線引きされたここは、向こう岸ではなかった。

その夜、何を思って川端《かわばた》までやって来たのか、よく覚えていない。覚えていないくらいだから、些細《ささい》な叱責《しっせき》が原因だったような気もする。実際、祖父は孫の北方訛りを聞いただけで簡単に癇癪《かんしゃく》を起こし、お前を見るとお前の母親を思い出す、と神経質に罵《ののし》った。こうした理不尽《りふじん》な嫌悪《けんお》を投げつけられるたび黙って一つずつ呑《の》み下していたが、その日また新たな一つを腹に加えたところで、とうとう消化不良になったのかもしれない。とにかく独りになりたくて、居留地の端までやって来たのだった。

昇り始めた月の光を浴びて、頭は異様に冴《さ》え渡っていた。十六の少年は、その冷え冷えとした頭でいろいろなことを考えた。母のこと、祖父のこと、大陸のこと――。

幾人《いくにん》かの知人を経て父の妾《めかけ》に推《お》された母を、なぜ祖父があああも嫌ったかは知らない。世の中にはどうしても性に合わない人間がいるし、江蘇《こうそ》生まれの祖父に北京《ペキン》の言葉や習俗が特別奇異に映ったのかもしれない。ただ、ほかの多くの家と同様に祖父の地位は絶対であり、その老皇帝に嫌われた女に居場所はなかった。母は父と離別し、子供を連れて故郷へ戻った。

横濱《よこはま》が開港したその年、祖父は上得意だった英国商人について海を渡り、一方で母は息子を残して北京の自宅で死んだ。再び交わることはないと思われた二つの糸は、極東の島国で流行《はや》った病のために、いともあっさり、しかし強引に結びなおされた。

遠戚《えんせき》に当たる女中と二人、幼い少年が異国の港町へ降り立った時に持っていたのは、わずかな衣服と数冊の書、母の形見の小間物が少し。それから数年、持ち物が減ることはあっても増えることはなく、しょせんは一時の仮住まいだと魂《たましい》を上滑《うわすべ》りさせたら、いくらでも残忍《ざんにん》になれる気がした。少なくとも、堀川の縁《ふち》に立って川向こうの灯りを眺めた時、そう固く予感した。ちょうど祖父がそうであるように、周囲を取り巻く人間や己《おのれ》自身の運命を、平然と取捨する生き物になるのだと。

自分の身体《からだ》には紛《まぎ》れもなく祖父の血が流れていると自覚したら、腹の底で瓦礫《がれき》となっていた祖父の欠片《かけら》が、一つずつ心臓にはまっていった。かちり、かちり、と緻密《ちみつ》な音がし、白磁のように冷たい砦《とりで》が組み上がっていく。銀の鱗《うろこ》を水面にまき散らした堀川が、こうなったらもう戻れまいと冷酷《れいこく》にさざめいた。

だが、光る水面《みなも》に誘《さそ》われるように一歩踏み出したその時、ふいに何者かの温度が手のひらに伝わった。ぎょっとして振り返ると、その先に日本人の娘がいた。まだ五つくらいか、波に跳《は》ねる兎《うさぎ》の柄《がら》の着物を着て、左手にはサボンの液と藁《わら》しべを握っていた。

——大変、大変。おとさんが、まいご。

年の割にしっかりした口調だったが、「大変」なくせにどこか呑気《のんき》に言う。

——亀《かめ》の家なの。一緒にさがそ。

再び指先に触れてきた手は柔《やわ》らかく、たった今まで研《と》ぎ澄《す》まされていたはずの心が調子を崩《くず》した。

——兄ちゃんのおとさんもまいごなの？

はなから答を求めていない様子で、娘はさっさと前を歩き出す。支離滅裂《しりめつれつ》な説明を繋《つな》げると、どうやら彼我《ひが》公園を越えた日本人居留区に住まいがあるらしい。娘が何の疑問もなく「兄ちゃん」と呼んだことに、新鮮な驚《おどろ》きを覚えた。日本人にとって清国人《しんこくじん》はどこまでも清国人、たとえ若かろうが年寄りだろうが、「兄ちゃん」ではないはずだった。

そのまま堀川沿いを歩いた。

お、と、さーん。

娘は妙《みょう》な節回しで、ぴょんぴょん飛び跳ねる。震《ふる》えるような良夜。月から降って湧《わ》いた兎が、亀の家に帰る。ふうっと吹いたサボン玉が、夜空に虹色《にじいろ》の光をきらつかせて上っていく。見とれていたら、「やっていいよ」と蕁しべを差し出してきた。サボン玉ね、高く上げたら、おとさん見るよ。

気の利いた同情の言葉も、わざとらしい忖度《そんたく》もない。わずか数町離れただけの、同じ場所の同じ空気を吸って生きる人間の中に、何者にも縛《しば》られない娘がいる。とりとめもなく、つじつまも合わない、明け方に見る楽しい夢にも似て、心は自由に踊り出す。

今、この別世界の少女について歩く自分は、先ほどとは違う別の自分だと思った。一度死んだ太陽が、冬至の日を境に春を夢見て新しく生まれ変わるように、足下の影《かげ》を何となく置き去りにして、柔らかい光の方へ傾《かたむ》いたのだ。

呼吸が驚くほど楽になり、頭のてっぺんから足先までが温かくほぐれていく。たったこれだけのことで、心臓が熱を取り戻した。ここでもいいかな、という気になる。この場所に足を着けるのもいいかもしれない。

「あ、道だ」ふいに娘が指差した。「道になってる」

居留地に沿った堀川の流れ。ちょうど昇り出した月が、海から一直線に光の道を描《えが》いていた。居留地と元町の境は消え、陸と海の区切りも消え、浮かれた七色のサボン玉だけが魂のようにふわふわと天に上っていく。

お母さん、見ていますか。とてもきれいな夜ですよ。

何も知らずに、娘が笑う。「きれい」

「うん、きれいだ」つられて笑う。救われた、と思った。

あの夜、向こう岸へ渡る自由を得たと同時に、踏みとどまる覚悟を知った。光の道は、希望であると同時に最後の一線だった。あの時も、そして今も。


「――これは少爺《シャオイエ》、お迎えですか」

耳障《みみざわ》りな店主のしゃがれた声で、男は現実に引き戻された。

薄暗く狭い室内に、濃密な煙が充満している。

「どうです、たまには少爺も憂《う》さ晴《ば》らしに一服――」

落《お》ち窪《くぼ》んだ目をした痩身《そうしん》の店主は、道具一式の載《の》った盆《ぼん》を差し出し、黄色い乱杭歯《らんぐいば》をのぞかせて嗤《わら》った。

男は軽く手を振って断り、代わりに支払いだけ済ませた。大げさに感謝する店主を背にして、煙を切るように店内へ踏み入る。

天井から床まで染《し》みついた頽廃的《たいはいてき》な物憂《ものう》さに、胸が悪くなった。壁際《かべぎわ》に並んだ床几《しょうぎ》の薄汚れた筵《むしろ》の上では、手足のある痩《や》せこけた肉塊《にくかい》が、それぞれ虚《うつ》ろな眼差《まなざ》しで粗末な竹筒《たけづつ》を吸っている。

不釣り合いな掛け軸を尻目《しりめ》に、紅漆《べにうるし》の衝立《ついたて》に遮《さえぎ》られた奥までためらわずに進んだ。羅《うすぎぬ》の帳《とばり》をかき上げた男は、長椅子《ながいす》へ気怠《けだる》げに横たわる女を、温度のない眼《め》で見下ろした。

七宝《しっぽう》の煙管《パイプ》を真鍮《しんちゅう》のランプにかざす女の、みっしりと目の詰まった白い皮膚《ひふ》の下には、甘い腐臭《ふしゅう》を漂《ただよ》わせた真っ赤な血が流れている。紅と白粉《おしろい》の匂《にお》いに誘われた男たちの性《さが》を踏みつけ、骨の髄《ずい》までしゃぶり尽くし、体内に積もり積もった怨嗟《えんさ》の毒でできあがったのが、この爛《ただ》れた美貌《びぼう》だ。

「爺爺《イエイエ》がお呼びです。早く帰りましょう」

簡潔に、用向きだけを告げた。自分の物言いが祖父の不興を買っていることを知りながら、あるいは南京町の商人がみな広東《カントン》や福建の出であることを知りながら、男は時おり母親の生まれ育った北京のたおやかな言葉で話す。それが誰かに対するささやかな復讐《ふくしゅう》であるのか否《いな》かは、当の本人さえ忘れてしまった。

母親が父親の妾だったこと。祖父に疎《うと》まれていたこと。そのくせ跡継ぎの男児がコレラで死んだ途端、故国から引っ張り出されたこと。そうした行き場のない諸々《もろもろ》の鬱屈《うっくつ》は、もう何年も前に海の底へ沈めた。ちょうどこの女が、金で買われた身として軽蔑《けいべつ》されることに慣れすぎ、女を金で買う男どもを軽蔑することにも飽《あ》きてしまったように。

だから、この女に対する自分の憎悪《ぞうお》も、この女が自分に向ける憎悪も、祖父とはまったく関係のない代物《しろもの》だ、と男は思う。氷の下で密《ひそ》かに水が流れるように、男の憎悪は作り物めいた白皙《はくせき》の内側でさらさらと冷たさを増していき、それを知る女はその薄氷を赤い布靴《ぬのぐつ》で踏みつける。

「……爺様《じい》はどうしていつもあんたを迎えに寄こすんだろうねえ」

女は言い、再び煙の海に沈んでいく。妖花《ケシ》がもたらす楽園で見る夢は、救いようもないほど醜《みにく》い。答が返らないことに焦《じ》れてか、熱く重たい眼差しが下から上へと這《は》い上がってきた。

「信用していない相手を、こうやって試すのさ。気にくわない孫が、自分の妾にまた何かするんじゃないかって疑えば疑うほど、そうなるよう仕向けて様子を見るんだよ。ひがみっぽい、老いぼれらしいやり方さ」

女の手から煙管を取り上げた。祖父が月々女に与える金で楽しむにしては、阿片の質から道具までが上等品だった。

「思えば最初からそうだった。あれは七年前だ。わたしはあの家に来てまだ数日、あんたには結婚を控《ひか》えた女がいたのに、爺様は街に出たわたしの供にあんたを付けた。今でもようく覚えてるよ。わたしはまだもう少し若かったから、胡蝶《こちょう》の刺繡《ししゅう》が入った白い旗袍《チーパオ》を着てた。ぼんぼりの光がゆらゆら映って、まるで真っ赤な花嫁衣装だったたね――」

遠い昔語りに軋《きし》んだ長椅子の音が、やけに大きく響《ひび》いた。

「手を貸してちょうだい」

相変わらず無言の男に女はすっかり鼻白み、「ふん、厭《いや》ねえ、堅物《かたぶつ》は」とぼやきながら半身を起こす。

ふいに伸びてきた女の腕が、男の身体を引き寄せた。女の指先で根付《ねつけ》が揺《ゆ》れ、鈴の音《ね》がすぐそばで響いた。

「可愛《かわい》い音でしょう」

男の背へ回した手に力を籠《こ》め、女が耳元で低く囁《ささや》く。

「けなげじゃないの。同心結びの根付なんか寄こして。自分の作ったものが、男女の不変の愛を祈る飾り結びだとも知らないで、真剣にあんたの身を案じてた。——とてもいい娘《こ》ね、すずさんは」

女を突き放し、男は長椅子から一、二歩後ずさった。

「どうしてお前が知ってる？」

「そんな怖《こわ》い顔をして。全部知ってる気になってたって、あんたには知らないことがたくさんある。これもその一つ。たくさんあるうちの、ほんの一つ」

飾り紐《ひも》の先で、柘植《つげ》の兎と鈴が震える。

もうもうと立ちこめる煙が視界に白い膜《まく》をかけ、毒々しいほど赤い女の唇《くちびる》が左右にゆっくりと持ち上がった。

「——それが分かったなら、あの子が悲しむような真似《まね》はあまりしないことねえ」

三章
Chapter Three
疑惑の星

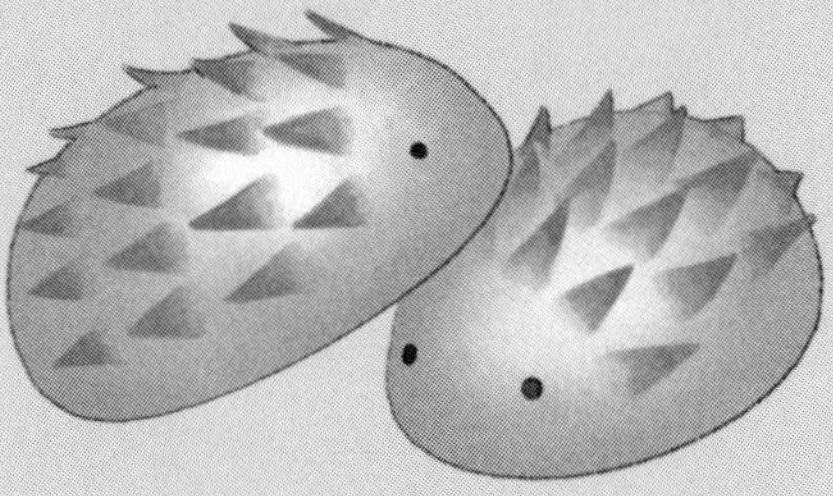

1

元町薬師の一件の後、すずは用心のため才蔵《さいぞう》の車で外出することにした。

劉《りゅう》さんはああ言ったが、どう考えても心当たりはない。繁華街にあの手の男はつきものだし、あの赤ら顔が脳裏《のうり》にちらつくたび不愉快《ふゆかい》になるので、努めて思い出さないことに決めた。

「すず、足元見てしっかりね。ぽやっと歩くんじゃないよ」

「お喜代《きよ》ちゃん家《ち》まで車だから、心配しなくても大丈夫よお祖母《ばあ》ちゃん」

「才蔵、頼《たの》みましたよ。すずったらこの前、お薬師さんで転んで泥《どろ》だらけになってきたんだから……」

きんに見送られ、茅原屋《ちはらや》へ出発する。

人目を引く派手な猪鹿蝶《いのしかちょう》の車を引っ張りながら、才蔵がおもむろに話しかけてきた。

「……さっき、小夜《さよ》さんがいたけど」

裏手の庭で姉妹三人そろって焼き芋《いも》を焼いていると、ひょっこり顔を出した才蔵が小夜を見て驚《おどろ》いたのに気づいてはいた。店の〝常連さん〟もご近所さんもたいてい似たような反応だったが、みな素知らぬ風を決め込んで普通に振る舞うのだった。

「お姉ちゃんねえ、結局戻ってくることになったの」

ある日小夜が買い物から帰ると書き置き一枚、『お互ひ自由になりませう』。大恋愛の末の夫婦生活は、墨痕《ぼっこん》鮮《あざ》やかな紙っぺらで終わりを告げた。何でも、妻の実家の援助をあてにしていた作太郎《さくたろう》は、見込みがはずれて別の娘と逃げたのだった。この間の小夜の剣幕にも恐れをなしたらしい。最低の男だ。

「そいつは残念だったな」

才蔵は前を向いたまま、珍しく殊勝《しゅしょう》なことを言う。

「どういうわけだか知らねえが、明治に入ってこの方、巷《ちまた》じゃ夫婦の別れ話ばっかだぜ。身分を越えて自由に婚姻《こんいん》できるようになった途端これじゃあ、目もあてられねえよ」

「だからお姉ちゃん、これからは浦島屋《うらしまや》を盛り立てて、女の身でも独り立ちできるように小金を貯《た》め込むんだって。もう男の人に泣かされるのはご免だって」

こうと決めたら即実行の小夜は、たっぷり泣いた後は朝から晩まで佐助《さすけ》を追いかけ回し、商《あきな》いのあれこれを教えろとしつこくせがみ始めた。この忙しい時に勘弁してくださいよぉ、と佐助はそろばんを弾《はじ》いて逃げ回り、小僧《こぞう》の留松《とめまつ》と磯松《いそまつ》は「お嬢様」が自分たちの雑用までやってしまうと戦々恐々。

「そりゃあ大したもんだ。うちのお袋は親父《おやじ》が死んだ途端がっくりきて、そのまんま逝《い》っちまったからな」

「それとこれとは別よ。才蔵のお母さんは、離縁したわけじゃないじゃない……」

姉が完全に立ち直ったわけではないのは、一人になった時に見せる虚《うつ》ろな表情で分かる。家族といる時は、怒りや冗談《じょうだん》や忙しさで自分をごまかすことによって、ともすれば折れてしまいそうになる心を必死に支えているだけなのだ。周囲から見ればどんなに最低の男でも、やっぱり姉にとっては大事な人だったに違いないし、一方的に拒絶された傷が癒《い》えるには、まだだいぶ時間がかかるだろう。

女の身は不安定なのよ、と小夜がぼんやり述懐したことがある。

――女は一生のうちに何度も別物になるの。生まれ育った所から、結婚して違う家に入ることもそう。子供を産める体になる前と後もそう。二十歳《はたち》を過ぎても独り身だったり、出戻って来たりした時の扱《あつか》われ方もそう。ある日を境に、もう今までとは同じ流れにはいられなくなるのよ。持って生まれた性質や定めがひどく不安定だから、だから女はなるたけ同じ生活にしがみつこうとするの。逆に、男が政治や商売を躍起《やっき》になって動かそうとしたり、流離《さすらい》だの放浪《ほうろう》だのへしきりに憧《あこが》れを抱《いだ》いたりするのは、男が女に比べて動かない存在だからだと姉は言う。

結婚と離縁を経験した小夜だからこその持論に、すずは納得したもののとうてい実感は湧《わ》かず、ふうんと曖昧《あいまい》な返事をした。ただ姉は今度の顚末《てんまつ》を通して、父の正論や作太郎の軽薄とは根を異《こと》にした、女だけに通じる怒濤《どとう》の波間を漂《ただよ》ったのだなと思った。

そしてまたその連想から、開国とともに押し寄せた西洋文明の波や、汽笛《きてき》とともに来ては去る異人さんの〝落葉帰根〟の魂《たましい》や、果ては月夜の海上を奔《はし》る白兎《しろうさぎ》までが瞼《まぶた》に浮かび、場違いな懐《なつ》かしさに切なくなった。この港町では、男も女も日本人も外国人も、ごった煮の海でわんたんのようにゆらりゆらりと揺《ゆ》れているのだ。

無言のまま、からからと車輪が廻《まわ》る。何となくしんみりしてしまった雰囲気《ふんいき》を払拭《ふっしょく》しようと、すずは明るい調子で話題を変えた。

「今作ってる首巻きね、とってもいい調子よ。でもヘボンが毛糸玉にかまって邪魔《じゃま》するの」

「そうかよ」

「英語では首巻きを〝モッフラァ〟って言うんですって。羊の毛で編むから、とっても暖かいの。急いで作ってるから、才蔵には三番目にあげるね」

「三番てぇのは何だ」

「教えてくださったのはモーリスさんのお母さんなんだから、一番目は当然モーリスさんにあげなきゃ失礼でしょ。だから才蔵は三番」

「やい、数が飛んだぞ！」

先日、すずは再びご招待を受けてモーリスさんのお宅に伺《うかが》い、編み物《ニッテイン》のやり方を習った。言葉は通じなくても、お母さんがそれはそれは丁寧《ていねい》に教えてくれるので、もともと手先が器用なすずはすぐにコツをつかんだ。

秋冬の夜長、火鉢《ひばち》のそばで時を過ごすにはぴったりの作業だから、きんも小夜もたいそう興味を示して、ぜひともやってみたいと言う。二人が夢中になる姿を見て、喜代にも教えてやろうと思い立った。最近は年明けの見合いのことで落ち込んでいる喜代だから、楽しいことをして何とか元気づけたい。

ついでに、今日あたりカーティス商会の牛乳をもらって調べてみよう。

そう考え、編みかけのモッフラァ片手に、茅原屋へ向かうすずなのだった。

才蔵は梶棒《かじぼう》を器用に操《あやつ》り、てんでばらばら足早に行き交う人混みの中を、縫《ぬ》うように進んで行く。西洋人相手の店が並ぶ本町通りの忙しさは、正月のためばかりではない。浦島屋が清国の新年を気にかけているのと同様、欧米には〝クリスマス〟という基督《キリスト》教の祝い事があるため、食料や贈り物を買い求める異人さんでごった返しているのだ。

茅原屋の目玉商品、「鶴鳴丹《かくめいたん》」の看板が近づいてくる。

と、海老茶《えびちゃ》色の日よけのれんの裏から若い男が出てきた。誰《だれ》かと思えば、子供の頃《ころ》からの腐《くさ》れ縁《えん》、太っちょ恒次《つねじ》だった。街灯のもとに止まった人力車には気づかず、背を丸めて視線だけを動かす独特の歩き方で去ろうとしているのを、才蔵が呼び止めた。

「おい、恒次！」

振り返る前に相手が分かったのか、恒次の猪首《いくび》がびくりと縮み、こちらを向いた時には卑屈《ひくつ》な笑いがぎこちなく丸顔に貼《は》りついていた。

「こいつぁ大将」

自分より年下の才蔵めがけ、店の小僧にも負けない低姿勢で走り寄って来る。

「いい人力車日和《びより》で、大将の腕も鳴るねぃ」

「居留地で何してんだ。縄張《なわば》りは伊勢佐木《いせざき》じゃねえのかよ」

「まあ、ちょいとワケありで……」

恒次は横濱《よこはま》警察の巡査だが、西洋風の詰襟《つめえり》の洋服も帽子も着けていない。殺人事件などを担当する職務上、一般人と変わらない恰好《かっこう》で捜査にあたる「刑事巡査」だからだ。

それにしたって、本人はうまく溶け込んでいるつもりなのだろうが、刑事が詐欺師《さぎし》連中から「デカ」と隠語で呼ばれるゆえんの特徴的な角袖《カクソデ》を分かりやすく着ているものだから、どう見たって刑事にしか見えない。

年は才蔵より二つ上だが、その性格は感心するほど小胆《しょうたん》だ。大将の座を巡《めぐ》る〝富士見の決闘〟で、迫《せま》りくる陸蒸気《おかじょうき》を前におしっこを漏《も》らすという醜態《しゅうたい》をさらして才蔵に大敗北を喫《きっ》して以来、ますますいじけて小心者になった。

「お喜代ん家《ち》に何の用だ？　食い過ぎて腹でもこわしたか？」

才蔵が問うと、恒次は団子っ鼻にうっすらと汗をにじませて首を振った。

「とある事件で島虎《シマトラ》一家を追ってたんだけども、あれこれ尾《つ》け回してたら、頭《かしら》じきじきに茅原屋へ入ってったんで気になって」

「何かあったの？」

口を挟《はさ》んだすずには、ぞんざいな口調が返る。

「番頭に追い返されちまったから分かんねえ。でも、顔色が尋常《じんじょう》じゃなかった。絶対に何かあった」

そういう丸顔は、真剣そのもの。すずに対しては横柄《おうへい》な恒次だが、喜代に対する態度は全然違う。これが一目《ひとめ》惚《ぼ》れというものか、と幼いすずが分かってしまったくらい、吹き矢の屋台ですれ違った瞬間から、恒次は喜代一筋だった。

実際、喜代を前にすると恒次はまともに喋《しゃべ》れない。目も合わせられない。肩を縮めておろおろし、小声になり、何でもハイハイ頷《うなず》く。猫をかぶった恒次にも喜代は優しく接し、「恒次さんは口下手だけどいい人ね」と持ち上げるものだから、ますます喜代に夢中になる。かくして、才蔵や喜代といつも一緒にいるすずのことが、恒次は昔から気に入らないのだった。

「そもそも、なんで島虎追ってんだ？　何の事件だ？」

「そりゃ勘弁、部外者には言えねえ……」

言いかけ、才蔵の険悪な目つきを見てあっさり喋り出す。

「……二月《ふたつき》近く前《めえ》、根岸の浜に女が上がってさ。懐《ふところ》に入ってた守り袋で身元が伊勢佐木《こっち》って判《わか》ったんで、話が回ってきたんだ」

「あ、知ってる。〝折り鶴事件〟。首絞《し》められて海に捨てられた娘さんでしょ？　殺した人、まだ捕まらないの？」

恒次はすずを睨《にら》みつけ、「ちッ、これだから能天気な女はよぉ」と忌々《いまいま》しげに舌打ちする。すかさず才蔵が恒次の頭を叩《はた》き、先を促《うなが》した。

「で、警察は島虎の仕業《しわざ》だって睨んでんのか。関《かか》わりのある女か？　大方、親分の女が情夫でも連れ込んで殺されたってとこか」

「いや、借金まみれの矢場女」

その答に、才蔵の薄い額の肉が動いた。劉さんが探っていたのも、島虎一家の矢場女ではなかったか。青ざめたすずが口を開く前に、才蔵が畳《たた》みかける。

「もしかして、那須屋《なすや》のお豊《とよ》か？」

「な、なんで大将が知ってんだ？」

目も鼻も口もおっ広《ぴろ》げた恒次を前に、才蔵は肩を揺すって不気味にゲタゲタ笑い出すと、すずへ乱暴に顎《あご》をしゃくった。

「おうすず、お前は茅原屋に何があったか、早《はえ》ぇとこお喜代に聞いてきな」

「才蔵はどうするつもり？　何する気？」

「俺《おれ》は久しぶりに、恒次とゆっくり話でもするぜ」

「えッ、俺は特に大将と話すことは……」

「いいから黙ってついてきな」

「ちょっと……」不安になったすずが法被《はっぴ》の袖を引いたら、才蔵は分かりやすい表情でぐるぐると知恵を巡らせ、恒次に背を向けて囁《ささや》いた。

「いいか、お前がお喜代ん家のネタをつかんだら、今度は恒次がお前の知りてぇことを教えてくれるかもしれねえだろ。ここは賢く取引といこうぜ、な？」

「知りたいことなんてないもん。劉さんのこと喋りたいのは才蔵じゃない。あることないこと言う気でしょ」

「恨《うら》むな。警察に協力するのが善良な国民の務めだぜ」

かかかと高笑いをして、才蔵は車を引っ張っていってしまった。

根岸の死体が劉さんの調べている娘さんと同じ人物で、島虎一家と関わりがあって、それを警察が追っている。

才蔵の不敵な笑いに胸騒ぎを覚えた。無理にでもついていきたかったが、喜代のことも気になった。

しばらくその場でぐずぐずし、才蔵からはあとで話を聞こうと諦《あきら》めて、すずは茅原屋に入った。

❖　❖　❖

「まったくよぉ、いい、もりがこれっぽっちで一銭たぁどういうわけだよ。ぼったくりの罪でしょっぴきたいくらいだぜ」

老店主に聞こえよがしの嫌味をぶつける恒次を前に、才蔵は勢いよくそばをすすった。昼に麦飯の握りを三つも食い、浦島屋では焼き芋一つをぺろりと平らげた後だったが、飯がまだだという恒次に付き合って、伊勢佐木町の芝居小屋近くにあるそば屋に入ったのだった。

ここのそばはコシがなく香りもなく量も少なく、しかも茹《ゆ》ですぎでふにゃふにゃだと大層評判が悪い。繁華街にあってもがら空《す》きの上、昼時をだいぶ過ぎているので客は才蔵たちだけだ。人の耳を気にせず話ができるのでこの店を選んだのだったが、恒次はずっと愚痴《ぐち》をこぼしている。

「不味《まず》いそばでぼりやがる。こんなのせいぜい三厘《りん》がいいとこだ」

「しょうがねえよ。ここのそばをうめえって食うのは、いつも暇《ひま》もてあましてる古道具屋くれえなもんだぜ。いつもここで飯食ってから浦島屋へ茶を飲みにいくんだ」

そばは三口で終わった。つゆまで飲み干してひとごこち、才蔵はようやく食い始めた恒次の方へ身を乗り出した。

「それで、さっきの話だが、お豊殺しの一件、詳《くわ》しく聞かせな」

「だからさ、いくら大将の頼みでも、捜査の中身を話しちゃまずいんだ」

「島虎は殺《や》っちゃいねえ。あいつらはあいつらで、別の野郎が怪しいと睨んでる」

「ヘッ？」二口で全部のそばを詰め込んだ恒次が目を剝《む》き、喉《のど》を詰まらせて激しくむせた。熱い茶を一気に飲み干して胸を叩《たた》く。

「ほ、ほんとに？」

「舐《な》めてもらっちゃ困る。俺は横濱一の腕利き車夫だぜ。毎日街中走り回ってりゃあ、いやでもいろいろ見聞きすらあ」

「さすが大将だ。でぇ、一体誰だって？」

「教えてやってもいいが、条件が三つある。その一、お前が知ってることをここで洗いざらい話せ。その二、俺が教えた奴《やつ》を調べて、分かったことを全部報《しら》せろ。その三、ここの勘定はお前」

恒次はのけぞり、ここでも金と情報を出し渋《しぶ》った。

「あのな大将、俺は一応天下の公僕だから……」

「ならいい。せいぜい島虎の尻《しり》でも追いやがれ」

才蔵が腹掛けのドンブリ（ポケット）から金を出して中腰になると、「ま、待て」と恒次が引き留めた。色あせた畳が、太っちょ恒次の尻の下でみしみし鳴る。才蔵はもったいぶって座り直し、顎一つで先を促した。恒次がぺろりと唇《くちびる》をなめ、豆絞《まめしぼ》りの手ぬぐいで汗を拭《ふ》く。土瓶《どびん》から茶を注ぎ、ひとごこちついてからようやく口を開いた。

「……大将のことだから間違いないだろうけど、島虎が目ぇつけてる男がいるって、本当に信用できる話か？」

「俺が直接見たんだぜ」

恒次はそれでもまだためらっていたが、しぶしぶ話し出した。

曰《いわ》く、お豊は十六歳。船舶《せんぱく》積み卸《おろ》し人夫の父親と松ヶ枝《まつえ》町の裏長屋に二人暮らしで、矢場『那須屋』で働くようになった経緯《いきさつ》というのが、父親の借金だったらしい。

「お豊の親父が、南京《なんきん》賭博《と》にえらくはまってたんだ」

「南京賭博？——清国の賭博《ばく》のことか？」

「うん、おもに広まってるのは〝ぶんまわし〟って博奕《ばくち》だ。よく知らねえけども、大将と俺が昔好きだった、〝ドッコイドッコイ〟って吹矢遊びに似てるらしい。ほら、動物の絵が描いてある的を回して、矢が当たると屋台のおっさんが菓子くれる……」

「日本人が、わざわざ清国人の賭場《とば》に行くのか?」

「清国人の賭博好きは有名だけども、最近じゃそこに日本人も大勢加わってんだ」

実際、三年前に警察が踏み込んだ南京町一八〇番地の賭場には、二百人近い参加者中、捕まった日本人が十七人もいたという。

裏に龍《りゅう》の図柄《ずがら》が入った一銭銅貨をもてあそびながら、恒次は続ける。

「日常開かれてるような小さな賭場じゃ、賭け金《かきん》はまあ大体、一回につきこの不味いぼりそばと同じ程度かな。でも一晩に複数回、しかも大きく賭けりゃあ話は違う。日雇いの日給なんて、いってせいぜい二十銭。すぐ摩《す》っちまう」

「はあ、賭け事はやるもんじゃねえな」

才蔵の場合、異人相手のぼったくり以外は一里(約四キロ)につき五銭という良心的な値で車を引いているから、一里に満たない狭い居留地の中で、一日二十銭稼ぐのは容易ではない。子供の屋台遊びならいざ知らず、一日の苦労を一晩で無駄にする男の気が知れなかった。

「それで人夫仲間が言うには、お豊の親父は金貸しもやってる島虎から軍資金を借りたんだけども、それがどうにも返済できなくなって、せめて利息だけでもってんで、お豊を矢場に売ったらしい。まあ、この港町じゃありきたりすぎて屁《へ》も出ねえ話だよな」

「……なるほど、そこで繋《つな》がるってわけか」

才蔵は顎をさすり、矢場女と劉を結ぶのは父親の南京賭博かもしれないと考えた。

「その賭場ってのはどこにある？」

それは目下捜査中、と恒次は言った。何でも、南京賭博は町のいたる所で行われているらしく、仕切り役のいる本格的な大賭場から、顔見知りだけで朝な夕なに楽しむ私的な博奕の集まりまで、数え上げればきりがないのだという。昼間は真面目《まじめ》に商いをしている店が、夜になると博徒《ばくと》のたまり場に様変わりする場合さえあるというのだ。

「それより大将、繋がったってどういうことだ？　島虎が目ェつけてるのは誰だ？」

「聞いて驚け。南京町の海和堂《かいわどう》ってぇ貿易会社の、劉なんとかっつう清国人で、店は祖父のもんだが実質そいつが仕切ってる。島虎は、そいつがお豊殺しに絡《から》んでるんじゃねぇかって勘ぐってる」

「清国人？」

一度は素《す》っ頓狂《とんきよう》な声を上げたものの、恒次もすぐさま流れを呑《の》み込んだらしい。「まいったな、清国人かぁ……」と呟《つぶや》いた顔が急速に興味を失っていくのを、才蔵は見た。

「いやだなぁ、面倒くせえなぁ」恒次は短髪をがしがしと掻《か》いて呻《うめ》く。

「面倒くせえとは何だ。俺は重要な手がかりを教えてやったんだぜ。まあ、劉が直接殺しに関《かか》わってるとは限らねえがな」

そば一枚でいつまでいやがる気だと言いたげな老店主の視線をよそに、恒次は腕を組んで思案顔。才蔵が自分の湯呑みに土瓶を傾けたら、中身はもうなかった。

「……いや、ここだけの話、」

恒次はまん丸い顔を才蔵にぐいと突き出して声を潜《ひそ》めた。

「先だって、伊勢佐木の管轄《かんかつ》で清国人を捕まえたんだ。それ自体はケチな窃盗《せっとう》事件だったんだけども、そいつから押収した阿片《あへん》の紅《あか》い包み紙が問題だった。──お豊が帯締《おびじ》めに挟んでた折り鶴の紙と同じものだったんだ」

　あの妙な印が付いている所まで一緒だった、と恒次は付け加える。

「つまり〝折り鶴事件〟には阿片まで絡んでるってことか？」

　才蔵は勢い込んで尋《たず》ねたが、恒次の態度はどうも煮え切らない。

「さあ……。たまたま拾った包み紙でお豊が鶴を折っただけかもしれねえし……」

「何だよ、はっきりしろよ」

「どっちにしろ、もしその劉って奴が何らかの形で事件に関わってるんだとしたら、俺は殺しじゃなくて阿片がくせぇと思う。清国人の貿易商だったら、その線が一番高《たけ》ぇよ」

「そんなもんか？」

「まず清国人のいる所にゃ、必ず阿片があるんだ。欧米の列強各国がよってたかって大陸を食い物にしてるってえのに、清国人は阿片でイカレてそれどころじゃねえんだから。あいつらは阿片を害毒だと思ってねえ。薬だと思ってるから罪悪感もねえ」

　爪楊枝《つまようじ》をくわえ、恒次は丸顔をしかめてこめかみを叩いた。おでんの餅巾着《もちきんちゃく》にしか見えないが、本人は様になっていると信じているのだ。

「まったく腹が立つったらねえんだ。阿片を吸飲してる奴を捕まえたって、領事館に突き出すだけでこちとら何もできねえの。お体裁《ていさい》で数か月かそこら国外退去させたって、またすぐ戻って阿片を吸いやがるんだから。何が治外法権だよ。居留地警察に田口《たぐち》って仲間がいるんだけども、そいつが阿片吸飲の疑いがある家に踏み込みてえって言ったんだ。そうしたら奴ら、自分っとこの巡査にゃらせるって、眠たいことほざきやがった」

「やりにくいんだな」

「往来のど真ん中でしょっぴこうとすりゃあ、住人によってたかってぼこぼこにされるし、あそこばっかりは、下手に手出しできねえんだこれが」

恒次は鬱憤《うっぷん》を一気に吐き出して、さらに身を乗り出した。

「要するに、南京町は阿片犯罪の温床《おんしょう》なんだ。日本側がどれだけ厳しく輸入を禁じても、あそこじゃなぜか普通に出回ってる。つまり、密輸入してる元締めがいるってことだ。となると、密売人として一番怪しいのは貿易商だ。だろ？」

「ははあん、劉は阿片問屋ってわけか。こいつは面白《おもしろ》くなってきやがった」

才蔵はほくそ笑んだ。調べれば調べるほど、あの取り澄ました清国人の悪行が明るみに出てくる感じだ。

「それなら話は早いぜ。島虎なんざ追ってねえで、さっさと劉をしょっぴいて吐かせちまえよ。思わぬ付録がついてくるかもしれねえぜ」

「……大将、今までの俺の話、聞いてなかったのか」

からの湯呑みを未練たらしく啜《すす》り、恒次がぼやく。

「上はね、できることなら島虎が借金巡る揉《も》め事《ごと》でお豊を手にかけたことにしたいんだ。だから俺みてえなのを毎日何人も奴らに張り付かせてんの」

「はあ？」意味が分からない。

「言っただろ、南京町は下手に手が出せねえって。阿片だ何だって首突っ込んで泥沼《どろぬま》になるより、日本人の範囲内で収めたいってのが日本側の本心なんだから。実際、あの謎《なぞ》の印が付いた阿片の出所は、南京町の方でも今一つつかみきれてねえらしい。それならいっそ――」

才蔵は座卓の下で恒次の足を思い切り蹴飛《けと》ばした。「痛ッ《いて》」

物言いたげな不服面《づら》を、間髪《かんはつ》いれずに叩く。「痛ッ」

「眠たいことぬかしてんじゃねえ。公僕なら公僕らしく四の五の言わずに働きやがれ」

「公僕っても、俺は下の下……」

また叩いた。恒次は一瞬子供時代によく見せた半べそ寸前の表情をのぞかせ、チッと舌打ちでごまかしながら腰を上げた。

「分かった分かった、やりゃいいんだろぉ。とりあえず調べるけども、あんまり期待すんなよ。えっと、海和堂の劉？」

「おう、急げよ」

「ちなみに人相は」

「お前がここのそばみてえな二八だとすると、あいつはひでえ髪形で八割減になってもまだ十割ってとこだ。もうそばですらねえよ」

「そりゃ女が放《ほう》っておかねえだろうなぁ」

「いや、まともな女なら、空恐ろしくて惚《ほ》れる気にもならねえ。ああいう奴を平気で好きになるのは――」

才蔵の頭に、海和堂で見た女の凄惨《せいさん》な美貌《びぼう》と、対照的なすずの柔和《にゅうわ》な面立《おもだ》ちが交互に現れた。

「あいつに匹敵《ひってき》する美形の女か、男のきれいなツラを何とも思わない女のどっちかだ」

それから才蔵は、そば屋の前で恒次と別れた。

空《から》の車を引いてやる気満々、劉の悪事を暴くべくもうひと働きすることに決めたのだ。

伊勢佐木町は居留地のすぐ外側に広がった一大歓楽街だ。店をひやかす老若男女《ろうにゃくなんにょ》でいつも賑《にぎ》わっており、そこに師走《しわす》の空気が追い打ちをかけて、足取りはひどく忙《せわ》しない。薄青い冬空に負けじと、芝居小屋にひるがえる幟《のぼり》は目にも鮮やかに、煎餅屋《せんべいや》や団子屋から漂ってくる醤油《しょうゆ》の香ばしい匂《にお》いや、競《きそ》うように繰り出される間断ない呼び込みが、嫌でも通行人の気持ちを昂《たか》ぶらせていく。夕暮れ時にでもなれば、通りを抜けた先にある遊郭へ向かう客もちらほら。

矢場『那須屋』は、横濱弁天のすぐ近くにあった。店へ近づくにつれ、矢場女の嬌声《きょうせい》と太鼓の音が大きくなる。暖簾《のれん》をくぐれば、昔ながらの奥に長い店の造り。七間《けん》半（約十四メートル）先に貼《は》ってある的は全部で三つ。真っ昼間だと言うのに、一つしかあいていない。そろいの矢絣《やがすり》を着た女たちが黄色い声を上げて矢を取りに走り、目を転じれば男女が一組、仕切り布をくぐってこそこそと裏口から出て行く。

強面《こわもて》の用心棒から青銭一枚で矢を十本受け取り、畳の間《ま》に座った。手のあいていた矢場女が、上向きの鼻をさらに突き上げて「いらっしゃぁい」と甘ったるい声を出した。
一、二本でたらめに打ってはずし、「やり方が分からねえ」と玩具《おもちゃ》みたいな楊弓《ようきゅう》を振ったら、矢場女は「やだよぅお客さん、初めてなの？」とぴったり身を寄せてきた。むっちりした胸を押しつけ、文字通り手取り足取り教えてくれる。名前を尋ねたら、「お染《そめ》」と返ってきた。
「じゃあお染ちゃん、どの娘《こ》がお豊だ？」

「何だい、野暮《やぼ》だねえ。あんた、警察?」

途端に態度が変わったので、手を握るふりをして青銭を押しつけた。

「この恰好が刑事《デカ》に見えるかよ」

「だって、お豊のこと聞くからさ。あの娘、二月《ふたつき》ほど前に死んだよ。殺しだって。〝折り鶴事件〟、聞いたことない? 怖いよねえ」

「ひでえな。一体誰がやったんだ? 心当たりは?」

「知らなーい。お豊とは店で顔合わせる以外、付き合いなかったもの。でもさ、気の強いのが玉に瑕《きず》だったけど、けっこう男好きのする顔だったからね、なんか痴情《ちじょう》のもつれとか、そういう類《たぐい》じゃないかって思ってんだ、あたしは」

隣に座った男が矢場女の尻に矢を当てて、大笑いが起きる。「あったりー」。ドーンと鳴る太鼓にほかの客と矢場女の甲高《かんだか》い声が混じり合い、よい具合に二人の会話を消してくれる。適当に打った才蔵の矢を拾ってきたお染が、口を尖《とが》らせた。

「あーあ、それにしたって可愛《かわい》い娘は得だよね。あんなことがなけりゃあさ、いい男つかまえて幸せになれたかもしれないんだ。いたんだよ、せっせと通ってきてた洋装の伊達男《だておとこ》。お豊の方もまんざらでもなさそうで……」

聞きたいのは違うことだ。才蔵は手を振ってお染の話を遮《さえぎ》り、

「ついでに聞くがよ、ここに清国人の常連がいねえか」

「常連てほどじゃないけど……先月に何度か来たよ。清国人てだけでも珍しいのに、こっちが引け目感じるくらいの顔なんだもん。——そういえば、そいつもお豊目当てだった。死んじゃった後だ

けど」

「何を探ってた？」

「どうしてここで働くようになったのかとか、家は何をしているのかとか、南京町と何か関わりがあるのかとか、根掘り葉掘り……」

「で、そいつに何て教えた？」

「今あんたに話したようなこと。親父さんが南京賭博で借金まみれになって、それでお豊がここに来たってこととか……。でもそんなの、店の者なら誰でも知ってることだったし、ほかの娘《こ》にも聞いてたみたいよ」

才蔵は小首を傾《かし》げた。劉はまるでお豊の父親を知らない口ぶりだ。南京賭博や金貸しで繋がっているのなら、そんな質問をするはずがない。

だがその先を考えようとしても、手持ちのネタが少なすぎた。

才蔵は残りの矢を放り投げて店を出た。漠然とした焦《あせ》りが頭の中で渦《うず》を巻き、今にもすずに害が及ぶのではないかと気が気でなかった。

あんな得体の知れない奴にすずを近寄らせるわけにはいかない、と才蔵は改めて決意を固めた。ろくでもない男に引っかかった小夜さんの二の舞にはさせない。化けの皮を剝《は》いでやるのがせめてもの情けだ。

「待っていやがれ、清国人！」

伊勢佐木町を爆走する猪鹿蝶の車が、冬空を渡る汽笛に二、三度跳《は》ねた。

2

眠れぬ一夜を過ごしたすずは、ぼんやりした頭で洗濯物を干していた。

冬季の洗濯は辛《つら》い。霜《しも》が降った井戸のそばにしゃがみ、水を張ったたらい桶《おけ》の中でよくもみ洗いをする。埋め立て地の井戸水は少し塩気を含んでいるから、すすぎの一回は街の取水口や水売りから買い求めた真水を使うのだが、その頃《ころ》にはもう手先は感覚がなくなって真っ赤になっている。その後たらい桶ごと二階へ運び、吹きっさらしの物干し台で一つずつ竿《さお》に吊《つる》すのだ。

だがそんな重労働も、脳天を貫《つらぬ》くきーんとした冷気も、上の空のすずはおかまいなしだった。

――あの牛乳を飲んだ人が、阿片の摂《と》り過ぎで亡くなったのよ。

涙まじりの喜代の声がよみがえり、三叉《さんまた》を握ったまま思案に沈んだ。昨日、才蔵や恒次と別れて茅原屋を訪れたすずが、喜代から聞かされた衝撃《しょうげき》の事実だ。自分も番頭たちの噂《うわさ》を立ち聞いただけだから、絶対に周囲には漏らさないでくれと懇願《こんがん》されての打ち明け話だった。

――あの牛乳ね、薬用の阿片が入ってたらしいの。それで、前に話した東京の女の人いるでしょ？　渥美《あつみ》さんの紹介で、うちが牛乳をお売りした……。あの方《かた》のお身内がそれを飲んで亡くなったって。急性の、阿片中毒だって。

やはり阿片だったのかと内心で納得しながらも、すずは不安げな喜代を気遣い、何食わぬ顔で応じた。

――だけど、阿片の害毒は煙を吸うからなんでしょ？　お薬として少しずつ飲む分には平気だって言うじゃない。西洋の人だって内服してるっていうし……。

――お父さんもそう言うのよ。しかもお医者さんの処方があったから安心してお出ししたって。もちろん、死に至るほどの量じゃないって。でも先方は一方的にうちの店を責めるの。

――渥美さんに助けてもらえないの？　渥美さんのお知り合いなんだし、そもそもカーティス商会の牛乳でしょう？

――渥美さんも困ってらしたわ。知り合いって言っても、共通の知人を介してるだけなんですって。それに、カーティス商会が手持ちの阿片三斤《きん》以内で牛乳に混ぜたって言い張れば、それを売った茅原屋だけが罪に問われるって言うのよ。

――罪って、何？

――届け出て買った阿片じゃないから……。

薬用阿片は国の専売なのだと喜代は言った。

日本国内に阿片が蔓延《まんえん》することを恐れた政府は、薬用阿片の売買や製造に関する規則を事細かに制定したのだという。

それによれば、阿片は国産、外国産にかかわらず内務省が買い上げて、鑑札《かんさつ》を持つ特許薬舗《やくほ》に〝証紙付き〟として売らせるのだそうだ。病院や一般の薬店は、住所氏名と量を記入した上でこれを購入しなければならず、医師の処方箋《しょほうせん》を持つ相手にしか渡せない。

――規則を破ったらどうなるの？

打ち首獄門を想像して恐る恐る尋ねたすずに、喜代は「罰金ですって。多い場合は五百圓《えん》も……」と指を広げて見せ、「だけどね、」といっそう声を落として続けた。

どうやら、国の規則はここ数年のうちに定まったばかりで、徹底されているわけではないらしい。内務省に安値で買い叩かれれば罌粟《けし》栽培の農家は儲《もう》からないから、結局栽培免許を願い出ず密《ひそ》かに育てて裏で流す。薬種問屋も違法と知っていて販売を請《う》け負う。こうして善意悪意にかかわらず、薬用阿片は国の与《あずか》り知らぬ所でけっこう出回っているのだったが、薬種問屋の売り捌《さば》いた阿片で死人が出たというのは前代未聞だった。

そしてついに、島虎一家の親分が乗り込んできたのだという。「死人を出したそうで。どうするんです？」と口調だけは慇懃《いんぎん》なものの、あからさまに強請《ゆす》ってきたそうだ。

警察に相談するとなると、後ろ暗い牛乳の中身まで明かさねばならないから、二の足を踏んでいるのだという。

喜代のお父さんは、牛乳薬がうまくいけば「鶴鳴丹《かくめいたん》」に次ぐ目玉商品になるという渥美の言葉を、半信半疑ながらも当てにしていた節があったらしい。すずは小父《おじ》さんのどこか場当たり的な行動に、「開港間もない混乱に乗じて売り出した調子者」という茅原屋への陰口《かげぐち》を思い出して、一旗揚《あ》げようと横濱へやって来た商人に少なからず共通する博徒的な部分が、明治も十五年を過ぎて完全に裏目に出たのだと感じた。

それでも何とか逃げ道を見つけたくて、すずは落ち込む喜代を前に懸命に頭を絞《しぼ》った。

——でも実際に死んだ人を見たわけじゃないんでしょ？　その奥様が言ってるだけなんでしょ？

——だからって、相手を嘘《うそ》つき呼ばわりはできないわ。それに、本当か本当じゃないかは問題じゃないのよ。うちが売った薬で人が亡くなったっていう噂が立っただけで駄目なの。

だから口止め料を寄こせなんて、今どき珍しいほど分かりやすい脅《おど》しだ。大体、島虎一家はどこからその話を聞きつけてきたのか。縄張《なわば》りは居留地外の伊勢佐木町で本来無関係だし、外国商館や薬種問屋の内情に通じているとも思えない。

間違いなく、金づるとして茅原屋を脅すよう島虎一家へ働きかけた者がいるのだ。

こうなると、熱心に牛乳薬を勧めたカーティス商会や客の女性まで怪しくなってくる。

――ちなみにその東京の女の人って、身元のしっかりした方《かた》なの？

――銀座の洋菓子屋の若奥様だそうよ。お店で大人気の、キャラメルっていうお菓子を手土産《てみやげ》に持ってきてくださったこともあったわ。バターとミルクを使った飴《あめ》よ。その材料の関係でカーティス商会さんと知り合ったんですって。三十前後のすごくお綺麗《きれい》な方で、いつも高価そうな黒縮緬《くろちりめん》の羽織《はおり》とか滝縞《たきじま》の御召《おめし》なんかを上手に着てらっしゃるし、物言いも身のこなしも上品だし、変な人には見えなかったわ。

ああでも、と喜代は眉《まゆ》をひそめ、「こんなこと言っていいのか分からないけど……」と呟いた。

――とっても進歩的だったわ。

――シンポ的？

――名家の奥様なのに、眉剃《まゆそ》りもお歯黒もしてなかったの。最近やらない人が増えてるって聞いてたけど、わたしは初めて見たから印象に残ったのよ。

やっぱり東京の人は進んでるのね、と喜代は一人で納得し、

――それから、首の付け根に刀傷のようなものがあるの。手代《てだい》の嘉吉《かきち》なんて口が悪いから、あれは絶対色恋の絡んだ刃傷沙汰《にんじょうざた》があったに違いないって……。だけど、そんなことで悪人だっていう理由にはならないでしょ？

一体全体、茅原屋を取り巻く状況はどうなっているのだろう。

昨日の会話の一部始終を思い返し、すずは物干し台の上で仁王《におう》さながら、三叉片手に突っ立って「うーん」と唸《うな》った。どうすればいいのか、どうすべきなのか。口を挟める問題ではないし、解決方法だって分からない。

友人の身に降りかかった災難に、重苦しい溜息《ためいき》が出た。喜代の楚々《そそ》とした容貌《かんばせ》は、このところ曇《くも》りっぱなしだ。そうなれば、すずの顔も自然と曇る。友達とはそういうものだ。

頭を悩ませながら家の中に入り、畳に座り込んだ吉乃《よしの》の脇《わき》で足を止めた。

栗毛東海《くりげとうかい》さんの新聞小説『屯食夜叉《とんじきやしゃ》』の切り抜きを、半紙にせっせと貼り付けている。まとめて本の体裁にし、手文庫に入れるのだ。それとは別に、〝何人《なんぴと》タリトモ開ケルベカラズ〟と墨書きされた大仰《おおぎょう》な千代紙の箱もあり、例の山手にある女学校の子と遊ぶたびに持って行く。読書が好きで、懇意《こんい》にしている貸本屋《かしほんや》が勧めるままあれこれ読み漁《あさ》っているのは知っているが、その行動はいまいち分からない。

栗毛東海さんの小説は面白いのかと聞いたら、「うん」と素っ気なく返された。

「どんな話？」

「貧しい主人公を、お金に目がくらんだ恋人が振るの。それで、お前の性根《しょうね》は一握《いちあく》の飯にも劣《おと》る、この腐った女め、って主人公が下駄《げた》で蹴飛ばすの。復讐愛憎劇《ふくしゅうあいぞうげき》」

「……それ、面白い？」

「銀座の華《はな》やかな街並みと主人公の暗澹《あんたん》たる貧困生活を対比させて、文明開化の明暗を浮き彫りにしている所が秀逸《しゅういつ》なの」

あ、そう、としか言いようがなかった。だが銀座が舞台と聞いて、栗毛東海さんなら銀座の洋菓子屋について何か知っているかもしれないと気づいた。

後で聞いてみようと決心した時、一階の店先で「ごめんくださいよ！」と声を張り上げる者がいた。才蔵だ。店が開くのを待っていたのかもしれない。

昨日の件に違いないと急いで下りていくと、手代の捨吉《すてきち》がわざわざ階段の下まで呼びに来た。

「才蔵がお嬢さんを呼んでます。急ぎの用だとか……」

履《は》き物を手に店側から出てみれば、なるほど才蔵が痺《しび》れを切らして足踏みしている。

「昨日のこと何か分かったの？　わたしも話したいことが……」

「いいから来い」

すずは強引に手を引っ張られ、さっさと人力車に乗せられた。

「どこ行くの？」

「米国人の家だ」

思いがけない行き先に、「えっ？」と尋ね返してしまった。

「モーリスさんのところ？　今日はニッティン教わる日じゃないのよ……」

振り返ってすずを見た才蔵の目には、不思議な感情が渦を巻いていた。——憐《あわ》れみと怒りと、ほんのわずかな軽蔑《けいべつ》と。

とまどったすずに、才蔵は唸るように言い放った。

「あいつの寫眞館《しゃしんかん》が、清国人に襲われた」

モーリス寫眞館は、惨憺《さんたん》たるありさまだった。

寫眞を撮《と》る広間の硝子《ガラス》が一枚粉々に割られ、室内に飛び散っている。

「大丈夫？　どこも怪我《けが》してない？　お父様もお母様も？」

箒《ほうき》で後片付けをしていたモーリスさんは、鼻の頭を真っ赤にさせてやってきたすずを見やり、なぜわざわざ連れてきたのかと、珍しく咎《とが》め立てるような口調で才蔵に尋ねた。今朝、いつものように寫眞館まで迎えにきた才蔵は、異変を知るや身を翻《ひるがえ》して浦島屋に駆けつけたのだった。

「すずにも関わりのあることだ。おう米国人、そうだろ」

「ノー、あれはお父さんが夏に写した寫眞、ワタシ思い出して窓に置いただけ。昨夜の男、ただのドロボーです。すずサン、怖がります。良くない」

「かっこつけるんじゃねえ。どこの泥棒が、寫眞一枚盗《と》って逃げるってんだ」

硝子の割れ目から寒風が吹き込み、天鵞絨《ビロード》のカーテンが重たげに揺れている。すずは代わりに喋り出した才蔵の言葉を、一言も聞き漏らすまいと耳を傾けた。

昨夜、モーリスさんとお母さんは早々にそれぞれの部屋へ引っ込んでいた。お父さんは友人に付いて二日前から鎌倉《かまくら》へ行っているので不在。分厚い書物を読みふけっていたモーリスさんは、零時《れいじ》を少し回った所で、階下で硝子の割れる音を耳にした。腕に覚えのないモーリスさんではあったが、不安がるお母さんを守らねばと、すずのあげたお酉《とり》様の熊手《くまで》を武器に、意を決して一階へ下りた。するとと現状はご覧の通り。外に飛び出したモーリスさんは、南京町の方へ逃げていく人影を見た。街灯に照らされたのは、間違いなく弁髪の後ろ姿だった――。

「ってえわけで、そいつはお前がモリスケに飾らせた寫眞だけを盗んだ。あの清国人が写った、何の変哲もねえ南京町の寫眞をな。なんでだ？」

「そんなの、わたしが知るわけないじゃない……」

答えながら、劉さんを取り巻く状況が刻々と悪化していく不安に襲われる。わずかに頭をもたげた恐れを恥《は》じて、とっさに目を伏せてしまったのがいけなかった。才蔵はそれ見たことかと矢継《やつ》ぎ早《ばや》にまくし立てた。

「いいか、あいつを叩くといろんな埃《ほこり》が出てくる。〝折り鶴事件〟、阿片の密売、今度は泥棒騒ぎだ。お前はあのきれいな外見《みてくれ》と支那料理に騙《だま》されてんだ。いい加減、認めろ」

「阿片の密売って何？　昨日あれから恒次と何を話したの？」

「偶然警察に捕まった清国人の持ってた阿片の包み紙が、お豊の帯締めに挟まってた折り鶴の紙と一致した。妙な印も両方についてる。だから〝折り鶴事件〟には阿片が絡んでる可能性が高い。そこへ貿易商の劉が関わってくるとなりゃあ、考えられることは一つだ」

内心では少し驚きながらも、すずは腕を組んで反論した。

「劉さんが阿片問屋だって言いたいの？　残念でした、劉さんは町のために阿片の出所を探ろうとしてるの。密売とは正反対なの。それにもし百歩譲って劉さんが阿片問屋だとしても、それでお豊さんを調べる理由にはならないじゃない」

ぐぅ、と才蔵の喉から変な音が漏れた。いつもならこれが降参の合図になるのだったが、今日の才蔵はしぶとかった。

「劉からどんな入れ知恵されたか知らねえが、あいつが全部本当のこと喋ってるとは限らねえだろ。阿片の出所を町のために探ってるってのも口実で、本当は何かほかの――」

「いい加減にしてよ」

才蔵がただムキになっているだけだと分かっていながら、すずの方もつい強く言い返してしまった。

「すずてめえ」才蔵のこめかみに青筋が立った。「なんで分かんねえんだ」

「才蔵こそ、なんでいつもそうなの。才蔵が清国人を憎《にく》む理由は分かるわよ。だけど、だからってひとまとめにして嫌うことないじゃない」

「俺はあいつが嫌いなだけだ。最初っから気にいらねえ。全部気にいらねえ」

「どうしてよ、劉さんが才蔵に何かした？　何か厭《いや》なこととか、迷惑かけたりした？」

「お前のそういうのが、」

才蔵は頬《ほお》を引きつらせ、「ええい、面倒くせえ」と頭を掻きむしった。

「あいつが悪人だって証拠を持ってくるからな。それで諦めろ。目ぇ覚ませ」

吐き捨てるなり、乱暴に扉《とびら》を開けて寫眞館を飛び出してしまった。戸口に付いた鈴《ベル》の音が、虚《むな》しく室内に鳴り響く。

「何よ、才蔵の馬鹿」

呟いた途端に視界がぼやけ、わななく唇を嚙《か》みしめたら涙がこぼれた。友達になって十数年、いつも味方をしてくれた才蔵に手ひどく裏切られた気がして、無性に悲しくなったのだった。

あんな言い方することないのに――。

涙の筋を手の甲でぬぐうより早く、石鹼《サボン》の匂いがするハンケルチーフがふんわりと頬に触《ふ》れた。

「すずサン」すぐ近くで、モーリスさんの声が降った。

「あの寫眞の清国人、好き？」

すずは潤《うる》んだ目をみはった。それは道を尋ねるほどの穏《おだ》やかな問いかけで、垂れ落ちた金色の前髪も、色の薄い青色の眼《め》もまた、驚くような柔らかさだった。その裏表のない純朴《じゅんぼく》な優しさが、こんがらがったすずの心を素直にさせて、気づいた時には頷いていた。モーリスさんの八の字眉は一度だけ悲しげに上がり下がりしたが、真一文字に引き結んだ唇の端には、なにがしかの決意が漲《みなぎ》っていた。

「では一緒に、探しましょう。彼、悪くない理由、探しましょう」

「モーリスさん……劉さんのこと信じてくれるの？　こんな酷《ひど》い目に遭ったのに、どうして？」

「たぶん、サイゾーが怒りましたのと、同じ理由」

そこで少しモーリスさんの頬が赤くなった。取り繕《つくろ》うように言い添える。

「お父さんと二人の時、お母さんは日本で不安たくさんでした。心が少し病気になりました。だからワタシ、アメリカの仕事断ってここへ来ました。ワタシも初めてのことたくさん、日本の生活がとても心配でした。でも、あなた親切でした。ワタシもお母さんも、今とても楽しいです。あなたのおかげ。だから、次はワタシの番」

少しつっかえるような話し方や、間延びして見える朴訥《ぼくとつ》な風情《ふぜい》が、かえって最大限の誠意と信頼を伝えてくる。「モーリスさん……」

「ワタシが、あなた助けます。ダイジョブ、心配ない」

すずは無言で頭を下げた。自分の直感と劉さんを信じることに決めたのに、モーリスさんがすずを支えてくれる気持ちほどにはかなわない。

「迷惑かけてごめんね。お母さんも怖い思いをされたでしょうに」

「ダイジョブです。お父さんは明日帰ってきますから」

何より、本当に心細いのはモーリスさん親子だと気づいた。そこですずはまた、異人さんの魂は故郷にあるという事実を思い返し、居留地で何不自由なく暮らしているモーリスさん一家の心の拠《よ》り所《どころ》がやはり故国にあるのだと認めて、人生の大半を南京町で過ごしてきた劉さんの魂もまた大陸に結ばれているのかと、二重の意味で淋《さび》しくなった。ここ横濱では、異人さんと親しくなればなるほど、好きになればなるほど、〝落葉帰根《らくようきこん》〟の四字が重たくのしかかってくる。

二階へ上がり、ショックを受けていたお母さんが今は眠っているのを確かめてきたモーリスさんは、撮影室の奥にある部屋へすずを招き入れて、「では、始めましょう」とシャツの袖をまくった。

ただ棚《たな》がいくつか置いてあるばかりの殺風景な部屋だった。

「どうするの？」

「もう一回、寫眞見ましょう」

「でも、盗られちゃったわ……」

肩を落としたすずに、モーリスさんはにっこり笑った。

「プレートはありますから、ダイジョブ。ミスタ・リウが写ってる寫眞、またできます」

棚の引き出しから目当ての硝子板を探しあて、連れだって隣の小部屋へ入る。強い刺激臭のする、黒い布で閉め切られた三畳ほどの狭い室内には、すずが見たこともない器具や小瓶が所狭しと並んでいた。最も特徴的なのが腰ほどの高さの台で、水を張るためなのか、中央に四角い窪《くぼ》みがある。

余計なものに触れないよう精一杯身を縮めたすずの隣で、モーリスさんは手際《てぎわ》よく作業を進めていく。卵白と何かの液を大きめの硝子瓶の中で混ぜ、泡が入らないよう慎重に浅底の箱へ流し入れると、そこに西洋の厚紙を浸《ひた》した。

「卵に紙をつけると寫眞になるの？　どうして？」

「ケミカル・リアクションです。ネガティヴのイメージを、お日サマでつけるためです」

すずは理解するのを諦めて、木版画のようなものだろうと勝手に納得した。絵を彫り込んだ版木《はんぎ》を摺《す》れば、何枚でも同じものができる。それと同じように、一度風景や人物を写してしまった硝子板さえあれば、そこから好きなだけ同じ寫眞が作れるに違いない。恐らく隣の部屋の棚の中には、半眼で笑うすずを写した硝子板もあるはずだ。

だが店頭から寫眞を盗って逃げた犯人は、現物さえなくなれば済むと思ったのだろう。

乾かした紙へさらに別の液をつけ、また乾くまでしばらく暗室で待つ。その間モーリスさんは「立ったままで大丈夫か」とか「寒くないか」とか「薬は危ないから触《さわ》ってはいけない」とか、やたらと細かく気を配ってくれたが、そのうち話題もなく手持ちぶさたになり、どちらからともなく黙ってしまった。

暗がりの中、モーリスさんは何度か咳払《せきばら》いをし、だいぶためらってから「サイゾーは、どうしてあの清国人が悪いと思いますか？」と尋ねた。すずは頭の中で簡単に話を整理し、根岸の浜に娘の死体が打ち上げられたこと、その娘は伊勢佐木町のヤクザの店で働いていたこと、劉さんがその娘を調べており、そのことでヤクザが劉さんに目をつけていることなどをかいつまんで話した。恒次まで巻き込んだのだとしたら、場合によっては警察も劉さんを疑い出すかもしれない。

すずの話に耳を傾けていたモーリスさんは、何やら考え込んで言った。

「伊勢佐木町で働く娘サン、なぜ根岸行きましたか？」

「え？」思いがけない問いかけに顔を上げた。

「娘サン、この港で死んでない。死んだ体、ミシシッピ湾越えられない。娘サン、本牧《ほんもく》から磯子《いそご》村の間で捨てられました、間違いない」

そうだった。最初に立ち返れば、お豊は根岸の浜に打ち上がったのだ。才蔵もすずも、劉さんを中心に考えていたからその事実を忘れていた。ここ横濱港とモーリスさんの言うミシシッピ湾——根岸湾——の長い浜の間には岬《みさき》があり、潮流のことも合わせればお豊の死体は岬より南で捨てられた可能性が高い。

「ミスタ・リウは、娘サンのこと知らないから調べてた。つまり娘サンもミスタ・リウのこと知らない。見ず知らずの清国人と、普通の娘サン根岸で逢《あ》わない。ですから、少なくとも、ミスタ・リウは人殺しではありませんとワタシは思います。ほかの悪いことは、まだ調べなくてはなりませんね」

すずは今までの劉さんの動きを懸命になぞり返し、そこではたと思い出す。

劉さんは支那料理をごちそうしてくれた夜、治兵衛の雑談で初めて〝折り鶴事件〟を知ったのだった。

あの時、劉さんは折り鶴の羽に描《えが》かれていた印を見て反応を示した。恐らく、自分の追っている阿片と同じ印がついていることに気づいて、それをきっかけにお豊の周辺を調べ始めたのだ。

「娘サンを殺した人、娘サンと一緒にどこかへ行ける人でしょう」

「うん、わたしもモーリスさんの言う通りだと思う」

〝折り鶴事件〟に関する劉さんの潔白はこれで確かめられたわけだが、ではそこから劉さんが何を見つけどう動いているかとなると、心配の種は尽きない。すずが暴漢に襲われかけたお薬師様の日、劉さんは自分には尾行される心当たりがあると言った。つまり、いまだに危ない問題が解決していないということだ。

すずの考えはあちこちに飛び、今度はあの印の意味に疑問が向いた。

「モーリスさん、こんな図柄を知らない？」

手のひらに指で印を描き、駄目もとで聞いてみる。モーリスさんはしばらく顎を引いてまっさらなすずの手のひらを見つめていたが、ややあってあっさり言った。

「〝ライラ〟みたいですね」

「えっ、何、何？」

気負いもなく飛び出た答に、すずはかえって肩透《かたす》かしを食らった気分でモーリスさんを見返した。

「ワタシ、星の話好きですから、よく知ってます。星と星、ライン書きますと、絵になります。それは〝ライラ〟の形。音楽のもの」

モーリスさんは直角に曲げた両腕を前に突き出して、指を動かしながら「ラ、ラ、ラ」と歌ったが、すずにはちんぷんかんぷんだった。星をつなげて何かの形に見立てるというのは理解できたものの、西洋人の目に映った夜空の星も、モーリスさんの手真似《てまね》する西洋の楽器も、想像が困難な海の彼方《かなた》の夢物語に思えた。

「星の本、あるかもしれませんですから、探しますね」

モーリスさんは日本語の限界を感じて八の字眉をさらに下げたが、気を取り直したように言ってお終《しま》いにした。

吊していた紙が乾いたらしい。モーリスさんは底が硝子になっている木枠《きわく》を用意し、棚から取り出した硝子板と紙とを重ねて蓋《ふた》をした。それを持って窓に歩み寄り、黒いカーテンを思いきり引く。低い冬の日差しが窓から目一杯差し込み、暗がりになれたすずは目を細めた。

硝子板が日光にさらされ、南京町の情景が徐々に浮かび上がってくる。モーリスさんは注意深くその経過を観察し、具合を見計らって箱を引き下げた。蓋をはずし、硝子板に載《の》せた紙を裏返せば、紫がかった焦《こ》げ茶《ちゃ》の寫眞のできあがりだった。

「さあ、すずサン。よく見てください」

すずは首を伸ばし、できたてほやほやの寫眞に見入った。

季節は夏。南京町の裏路地にたたずむ黒い長衫《ちようさん》姿の劉さん。たなびく洗濯物とひんやりした日陰の地面。薄汚れた壁《かべ》の吉句。観音開《かんのんびら》きの扉の奥に群れる、半裸《はんら》の清国人や日本人。劉さんの視線は、その家に向けられている——？

「——あッ、ここ！」

素っ頓狂な声を上げてしまった。以前見た時は劉さんばかりに目がいって全然気づかなかったが、籐椅子《とういす》の広告と上がり口に転がった植木鉢に見覚えがあった。

「前ね、ここにカーティス商会の番頭さんが入っていったの」

「すずサンが言ってました、ミルクのお店の？」

「うん、カーティス商会も変なの。やっぱり牛乳に阿片が入ってたのよ。それで今、わたしの友達の家がすごく困ってるの」

そうなると、すずが渥美を追いかけてひったくりに遭ったあの日も、劉さんは偶然そこにいたわけではなかったのかもしれない。

だが、この場所に何があるのか。

考え込んだすずの脇で、ふと訝《いぶか》しげに目を細めたモーリスさんは、溶液で黒くなった人差し指を寫眞の表面に走らせて呟いた。

「……この人たち、みんな何してますか?」

すずも隣からのぞき込む。

半開きになった扉の奥、鮮明には写っていない暗い室内には、円卓が置かれている。

それを囲んだ半裸の清国人たちは、みな卓上の何かを一心に見つめていた。

3

横濱警察署は、異人街と日本人街を隔《へだ》てる居留地の真ん中、彼我《ひが》公園のほど近くにある。

今から数年前、三万圓という巨額の金を投入して建てられた〝邏卒《らそつ》本営〟に始まり、紆余《うよ》曲折を経て今年の夏〝横濱警察署〟に改称された。

才蔵はその日、仕事そっちのけで恒次を訪ねていったのだが、真新しいサーベルを帯刀した警察官に、「任務の最中だ」と横柄《おうへい》に追い返された。がっしりした冠木門《かぶきもん》さえも権威の象徴に見え、苦々しく舌打ちする。おまけに駐《と》めていた車に戻ったら、門前に並んでいた人力車夫連中が、「どこの野郎だ、番札《フダ》見せやがれ」と虎《とら》の威を借《か》る狐《きつね》よろしく難癖《なんくせ》を付けてきたので、ちょっとした悶《もん》着《ちゃく》にまでなった。

一触即発寸前で何とか誤解は解けたものの、気分はますます面白くない。空《から》の車を引いて伊勢佐木町の方面へ向かいながら、これだから警察は嫌いだ、と才蔵は鼻息荒く考えた。収入《みいり》の安定した公僕だからか、職務怠慢で態度がでかい。才蔵の父親が清国人と英国人の喧嘩《けんか》に巻き込まれて死んだ時も、治外法権を理由にろくな対応もしなかった。

「おい兄ちゃん、流しなら伊勢山《いせやま》まで乗せてってくれ」

居留地と伊勢佐木町を結ぶ鉄《かね》の吉田橋を渡った辺りで、旅装姿の男に声をかけられたが、なかば上の空でやり過ごした。

「なんだ横濱の車引きは」

悪態を背中に浴びながら、ふと思いついて派出所に立ち寄ってみると、案の定恒次が同僚の巡査相手に油を売っていた。不遜《ふそん》にも路上で焚《た》き火《び》をし、するめを炙《あぶ》っている。立番《たちばん》の巡査が鰯《いわし》やそばを肴《さかな》に酒盛りを開いているのは、たびたび見たことがあった。

「恒次よう、いい任務だなあ」

才蔵が近づくと、同年代の巡査の方がぴっと立ち上がり、「なんだお前は」と目を怒らせた。派出所の警察官は刑事と違い、靴までそろった洋装だ。帽子の黄色い線が一本なので、見習い期間が終わったばかりの下《した》っ端《ぱ》だろう。

「いや、いいんだ、いいんだ」中腰になった恒次が、慌《あわ》てて割って入る。

「だって今こいつ、恒次さんを呼び捨てに」

「ああ、こいつは、こちらは、俺の竹馬《ちくば》の友だからいいんだ」

恒次は細い目の奥で落ち着かなげに黒目を動かし、「ここじゃなんだ、歩きながら話そう」と才蔵を促してそそくさと派出所を離れた。

「困るよ大将ぉ、公務の最中なんだから」

立番の耳が届かない辺りまで来たところで、唐突にもう一段腰が低くなる。才蔵は人力車を引きながら、角袖《かくそで》にくるまった恒次の尻っぺたを器用に蹴り上げた。「痛《いて》ッ」

「あれから何日経《た》ってると思ってんだ。するめ食ってる間《ま》があったら、とっとと劉について分かったことを話しやがれ」

何が何でも、どんな些細《ささい》なものでも、劉の悪事を見つけなくては収まりがつかない。

「そ、そんな、おいそれとはいかないって。——痛ッ！」

「ほお、だったらお前も、お喜代ん家《ち》で何が起こってるか知ったこっちゃねえんだな」

「なんか分かったのか！」

すかさず乗ってきた恒次に、才蔵は片一方の口角を持ち上げた。

「まず、訊《き》いてんのは俺だぜ」

「だけども、調べても事件に関わるようなことは何も出なかったんだ……」

白けた空気を引きずったまま、しばらく繁華な通りを進んだ。これだけの人間がどこから湧いてくるのか、ステッキを持った男だのめかし込んだ女だの田舎《いなか》くさい書生風だのが、勧工場《かんこうば》（百貨店の前身）や芝居小屋、見世物小屋、牛鍋屋《ぎゅうなべや》の辺りにわんさか溢《あふ》れかえっている。

猫背の恒次はそんな人混みにちらりと視線を走らせ、するめをくわえたまま辛気《しんき》くさくぼやいた。

「みんな楽しそうに浮かれてんけども、実際んところは世の中暗い話ばっかだよな。入ってくる金は変わんねえのに、こう物の値段ばっかり上がっちゃ、暮れの餅代にもなりゃしねえよ」

烏賊《いか》の足を噛みしめるたび、くちゃくちゃ音がする。世間話のつもりかと思いきや、いきなり本題へ変わった。

「……だけども劉ってやつのこたぁ、ほとんどいい話しか聞かなかった。南京町の奴らは同胞《どうほう》意識が強いから、仲間の悪口は言わねんだ。しつこく聞きゃあ、逆に警戒されるしな」

恒次は脂《あぶら》の浮いた団子っ鼻をこすり、やっとの思いで雑貨屋の日本人妻から聞き出したと恩着せがましい前置きをして、巡査手帳片手に劉の祖父のことから話し始めた。

「――海和堂の爺《じい》さんはもともと、横濱開港と同時に英国人の買弁《ばいべん》として上海《シャンハイ》からやって来た。買弁てえのは、単なる西洋人の召使いじゃねえ。通訳、取引、物品鑑定から人の差配まで、何でもこなす貿易商売の要《かなめ》だ。当時は欧米人で日本語のできる奴なんてほとんどいなかったから、漢字が書ける清国人の独壇場《どくだんじょう》だ。でぇ、商いの首尾が上々と見るや、爺さんはすぐに息子一家を呼び寄せたんだ……」

ところが、息子と孫がコレラで死んだ。直系が一気にいなくなった爺さんは、昔息子が別の女に産ませた子供を捜し出して、大陸から引っ張り出した。

それが、今の海和堂の〝少爺《シャオイエ》〟、劉鴻志《りゅうこうし》なのだという。

その後、明治四年に日清修好条規が結ばれると、晴れて南京町に住居兼店舗の海和堂を開いた。本家筋は向こうで商売を続けていたので、その繋がりと買弁時代に培《つちか》った知識を生かして始めた貿易業だった。取扱品は日本人商人と同じく、おもに絹や炭を輸出し、砂糖や雑貨を輸入していたらしい。

「でぇ、店の基礎を固めたのが爺さんなら、それをわずかの間にでかくしたのが劉鴻志ってぇわけなんだ」

今から三、四年前、爺さんは年齢を理由に店の経営を若輩《じゃくはい》の孫へ預けた。実際は、不安定な国策のあおりを食らって不振になっていた商いを丸投げしたものだったが、若い後継者に対する周囲の不安に反して、劉鴻志はいきなり手腕を発揮し始めたのだと、恒次はつらつらと並べ立てる。

劉鴻志は祖父から店を一任された途端、数年分の帳簿を洗って金の出入りを調整し、借入金を減らして海和堂を立て直した。そこで浮いた金をもとに、当時即位して間もない清の皇帝の海産物好きと、外貨獲得を焦る日本政府の動向に目をつけて、海参《いりこ》や鮑《あわび》などの高級海産物を扱い出したのだ。

「おまけに清国本土の被災民や横濱の貧民に、爺さんの名で金を寄付してるってんだ。気前が良くて、頭も切れて、あんな祖父《じじい》孝行の孫はいねぇって、近所でもえらく評判の――」

本当にどうでもいい手柄話や美談ばかり続くので、才蔵はとうとう遮った。

「そういうご立派な奴に限って裏で悪事を働いてるもんじゃねぇか。悪事とまでいかなくたって、何か一つくらいあるだろ、俺が悪口言えそうなこと」

すると恒次は糸のように細い目で、じっと才蔵を見返した。

「大将、なんでその清国人がそんなに気になんだ?」

「どうだっていいだろ」

「もしかして、すずと関わりがあんのか?」

努めて平静を装った才蔵だったが、思わずけッと鋭い声が漏れた。

「なんだ、やっぱりすずか」

そこで恒次は馬鹿にしたように鼻を鳴らし、才蔵に尻を蹴られて再び巡査手帳をぺらぺらめくった。

「ちなみに、海和堂の商いは軌道《きどう》に乗ってるんだけども、家族関係はうまくねえみたいだな。身内にツキがねえんだ。息子の本妻……つまり劉鴻志の義母も何年か前に突然死んじまって、今じゃ奉公人をのぞいたら、あの店には爺さんと、爺さんの妾《めかけ》と、劉鴻志の三人しかいねえんだ。清国人といやぁ、何世代もが一緒に住んでる大所帯《おおじょたい》が普通だってのに、寂《さび》しいもんだよな」

「爺さんの妾？」肘《ひじ》掛け窓で煙管《きせる》をふかしていた女の姿を思い返す。

「劉鴻志のかみさんじゃねえのか？　見たところ、あいつと年齢《とし》が変わらなかったぜ。爺さんと一緒に横濱へ来た時にゃ、せいぜい六、七歳じゃねえか」

「爺さんが妾を連れて来たのは、七年前だ。噂じゃ、上海の妓楼《ぎろう》から落籍《ひい》て来たってさ」

「ははあ……」あの婀娜《あだ》っぽい色気はそのせいだったか、と才蔵は納得した。籠《かご》の中でみずからの艶《あで》やかな羽を広げる、虚飾に彩《いろど》られた妓女特有の匂いだ。

だがそんな女の麗《うるわ》しい姿も、すぐに湧き上がった劉鴻志への疑惑に追いやられて忘れてしまった。

「だけどそんな大層な〝若だんな〟なら、なんでとっとと嫁さんもらわねえんだ？　金持ちの清国人は、何人も妻妾《さいしょう》がいるって聞いたぜ。おかしいだろ」

「うん、そこなんだな、そこ」

恒次はしつっこい性根をのぞかせ、意味ありげににやりと笑った。

「劉鴻志には、同じ南京町に爺さんの決めた許嫁《いいなずけ》がいた。清国人の結婚は、祝言《しゅうげん》までお互い顔も知らねえってことが多いんだけども、二人は店同士の付き合いを通じて前々から面識があったもんで、きっと似合いの鴛鴦《おしどり》夫婦になるだろうって近所でも評判だった。段取りは一通り済んで、あとは商用で上海に行った爺さんの帰りを待つばかりだったらしい」

そして爺さんは、若い妾を連れて戻って来た。だが、さあいよいよ結婚だとなったその時、折悪《おりあ》しく劉鴻志の義母が死んだ。ある日具合が悪いと言って床《とこ》に入って以来、あれよあれよという間に衰弱して死んでしまったらしい。

「でぇ、婚儀は延期。代わりに葬儀だ。服喪《ふくも》は長い。そうこうしているうちに今度は、」

相手の家の娘が、どこの誰とも分からぬ暴漢どもに襲われた。普段ほとんど外出しない娘が、その日に限って家を離れていたのだった。

心身がぼろぼろになった娘は絶望し、服毒してみずから命を絶った。

あんまりだねえ、酷《ひど》すぎるねえ、海和堂の少爺も不憫《ふびん》だねえ——。近所の清国人はみなそう同情したものだったが、数年経つうち、店を継いだ劉鴻志の八面玲瓏《はちめんれいろう》な人物評とは裏腹に、いつまでも独り身でいる美貌の少爺に対して、穏やかならぬ噂が密かに囁かれ始めたのだった。

「——新しい縁談がねえのは、奴が爺さんの逆鱗《げきりん》に触れた罰だっていうんだ」

「なんだあ？　どっからそんなことになった？」

「六年前、許嫁が死んで少し経った頃だ」

ある雨の晩、同業者の寄り合いから戻った爺さんが、ものすごい剣幕で孫を外に叩き出すのを近所の住民が目撃した。爺さんが何かにつけて孫を叱《しか》るのは昔からだったが、その夜は隣人が止めに入るほどの異常な様子だったらしい。

「劉鴻志はさ、六年前に何かやらかしたんだよ」

「へっ、へっ、そりゃ爺さんの留守を狙《ねら》って妾に手ぇ出したに違いねえ」

一つ屋根の下に、そう年齢の違わない美男美女が暮らしているのだ。日本の商家で言えば、主《あるじ》の若い後妻と番頭がくっつくようなものだろう。ありえない話ではない。

才蔵は自分のふしだらな思いつきに満足してほくそ笑んだが、恒次から返って来たのは「どうかなぁ」という白けた反応だった。

「劉鴻志は妾と不仲だ。上海からいきなり来た女にでかい顔された上、送り迎えだの品の調達だのを爺さんから言いつけられりゃあ、そりゃあ劉だって面白くねえよ」

どうあれ、六年前の雨の晩、爺さんは面子《メンツ》を潰《つぶ》された。清国人が一番嫌うことだ。だから家族の進退はいまだ自分の手中にあるのだと、孫に思い知らせたのだ。店を任せていながら嫁も取らせないとは、じつに孫を奉公人扱いしたひどい仕打ちといえる。

だが才蔵にしてみれば、劉鴻志の過去も孤立無援の現状も、それこそどうでもいい話だった。急に激しい徒労感に襲われ、一つ大きく溜息をつく。

鉄の吉田橋から派大岡川を渡り、いつの間にか関内《かんない》（居留地内）に入っていた。関外の伊勢佐木町と吉田橋を隔てて向かい合っているのは、瓦斯《ガス》灯、松、柳《やなぎ》の並ぶ馬車道の街路だ。右手には寄席《よせ》の富竹亭。堂々たる瓦屋根《かわらやね》と大きな〝丸竹〟の標章《マーク》は遠目にもよく見え、出演者を書いた看板文字が正面で黒々と踊っている。

こちらの顔色をちらちら窺《うかが》ってくる恒次を無視し、饅頭笠《まんじゆうがさ》の下で才蔵は無意識に鼻をひくつかせた。

居留地内だけ走っている時には気づかないが、こうして外から内へ戻ってきた時だけ、純日本風とは言えない町の様子に漠然とした違和感を覚える。海から吹いてくる潮風のにおいが、幼い頃から見続けている蒸気船の威容とともに、才蔵へ「異国」を思い起こさせるからだ。

「なぁ、ところで大将さぁ」

角袖《かくそで》の中に両腕を突っ込み、しびれを切らした恒次がとうとう話しかけてきた。

「ここまで調べんのだってやっとだったんだ、もういい加減、お喜代の店のこと教えてくれよぉ」

才蔵は応《こた》えず、前から突っ込んでくる人力車をよけた。馬車道には、文房具店の『文寿堂《ぶんじゆどう》』や雑貨用品店『正直屋』などの名物店がそろい、ほかにも菓子屋、煙草屋《たばこや》、日用品を売る大小の店が軒《のき》を連ね、その先の伊勢佐木町まで人と車の波は切れない。

「それならもっとマシな話を持ってこいよ。南京町嗅《か》ぎ回って調べたことが、劉鴻志のお家の事情か、え？　くだらなすぎて、鼻くそで富士山ができらあ。阿片問屋はどうした。あいつは南京町の阿片を牛耳《ぎゆうじ》る極悪貿易商じゃねえのかよ」

すると恒次は弾かれたように顔を上げ、珍しくきっぱりとした口調で、「阿片の件はもう駄目だ」と忙しなく手を振った。

「あれから南京町の方で動きがあったんだ。居留地警察に、田口って巡査仲間がいるって言っただろ。そいつが阿片の出所をしつこく探ろうとしたら、領事館の役人に止められたんだ」

「日本人が出しゃばるなってか？」

「最初はそう思ったが、どうやら様子が違う。でぇ、領事館側の顔見知りに金握らせて事情を聞き出したら、つい先日とある清国商人からでかい垂れ込みがあったって言うんだ」

「阿片がらみのか？」

「恐らく。垂れ込みの内容までは知らねえが、どっちにしろ南京町の住人が内情を密告するってことは、何か相当なわけがある。身の危険を感じたか、のっぴきならない事情ができたのか……」

どれだけ重大な事態なのかを、恒次は懇切丁寧に説明する。

「大体、ただの阿片の密売買や吸飲だったら、腰の重い領事館は動かねえよ。近々、外事が絡んだでかい捕《と》り物《もの》があるかもしれねえぞ」

「へえ……」才蔵はこめかみを掻いた。各国との兼ね合いに神経をすり減らす横濱警察の内情は分かったものの、肝心の劉鴻志の悪事に繋がるものはやはり出てこない。

「——ちょっとそこの車引きさん」

移転してきて間もない横濱正金《しょうきん》銀行の所で、羽織を着た商人風の老人に呼び止められた。「南京町まで行ってもらえるかな?」

「へい、喜んで!」

貿易や為替《かわせ》を扱う大銀行に出入りする商人だから、心づけもはずんでくれるかもしれないと期待して、才蔵は愛想よく梶棒を下ろした。途端に銀行の玄関に長い列を作っていた車夫連中からいっせいに罵声《ばせい》を浴びせられたが、かまわず老人に手を貸す。

「あ、ちょっと、大将」

恒次がまたもや急いで巡査手帳を繰《く》り、「お豊の親父が行ってた、例の場所が分かったんだ」と小声で賭場の地番を告げてきたが、劉鴻志との接点が薄いと分かった以上、あまり興味はなかった。

「じゃあな、恒次。何かあったら、また報せてくれ」

客を乗せ、手を挙げて立ち去る素振りを見せた才蔵を、恒次が引き留めた。

「そ、それで茅原屋のことは」

「俺は知らねえ。すずに聞きな」

地団駄を踏んで怒り狂う恒次をあとに、才蔵は「ゴメンーゴメンー」とかけ声を上げながら、弁天通りに曲がって南京町へ飛んだ。


杜聯《ちゅうれん》に挟まれた細長い扉の隙間《すきま》から、耳障りな甲高い声が漏れている。

南京町の両替屋《りょうがえや》で客を下ろした才蔵は、ただ近いからという消極的な理由で賭場を探りに行くことにし、軒を接する汚い裏路地のど真ん中に車を停《と》めた。

だが、実際に来てみて驚いた。モーリスの家で劉鴻志の写った寫眞を見たのは一度きりだったが、景色や道を覚えるのが得意な才蔵には一目で同じ場所だと分かった。

あの寫眞の中で、劉は扉の奥に注意を向けていた。

矢場でお豊の親父の話を聞いた劉が、この賭場を突き止めた所でたまたまモーリスの親父に撮られたのかとも思ったが、よくよく考えると物事の前後が合わない。

寫眞館に泥棒が入った翌朝、確かモーリスはこう言っていた。

——あれはお父さんが夏に写した寫眞、ワタシ思い出して窓に置いただけ。

劉が寫眞に撮られたのは夏。お豊が死んだのが十月。劉がお豊を調べ始めたのは、お豊が死んでから。

つまり、劉はお豊が死ぬ前からここに目をつけていたことになる。

劉は初めにこの賭場の何かを調べていて、それから〝折り鶴事件〟にぶつかった。すずの言い分からすれば、阿片の流れだ。

ならばこの賭場には、阿片に繋がる何かがある。

ちょっとの間あれこれ頭をひねっていた才蔵だったが、これでは劉の潔白をみずから証明してやるようなものだと気づいて、この件をこれ以上追求するのは終《しま》いにした。

もともと子供の頃から気が短かった所へもってきて、ある日突然父親が死んだものだから、とにかく毎日をどうにかすることに精一杯で、二の足を踏んだり深く考えたりすることがなくなった。手足を動かさなくては車輪も前へ進まないように、あれこれためらえば生活も止まってしまう気がしたからだった。

それにしても、すずのやつ——。

才蔵は汚れた南京町の裏路地に突っ立っている自分の間抜け具合が、にわかに腹立たしくなった。すずがあまりにも必死になって劉鴻志をかばうから、つい突っ走ってこの始末だ。

以前モーリスから西洋の有名な格言を聞いた。曰《いわ》く、「恋は、目が見えないです」。言い得て妙だった。すずがあれほどまで分別を無くすとは、十年以上近くにいた才蔵でさえ予想だにしなかった。

そうでなくとも、すずには致命的な欠点があると才蔵は思っている。

すずのような人なつこさを毛嫌いしたり、嫉《ねた》んだり、利用しようとしたりする人間が、この世には大勢いるのだとは微塵《みじん》も考えない。悪人がいることは知っていても、目の前の相手がそういう輩《やから》だとは疑いもしない。

そんな無防備では、いつか騙《だま》されてこっぴどい目に遭う。危機感のない奴に自分の身は守れない。高い壁は閉鎖的だが外敵を遠ざける。心に空閑地《くうかんち》をもうけねば、豚屋《ぶたや》火事のように一息に焼失する。

お人好《ひとよ》しと阿呆《あほう》は紙一重《かみひとえ》だ。

長所は短所で、短所は長所で。分け隔《へだ》て無いすずの好意は、いつか取り返しのつかない事態を招くかもしれない。だが世知に長《た》けて計算高くなれば、すずはすずでなくなる。

だからせめて、そばにいるうちは自分が何とかしようと才蔵は決めたのだった。

すずとどうこうなろうなどと思ったことはない。いかに開かれた明治の世とはいえ、自分とすずでは釣り合わない。ただあの娘には、いつも幸せそうでいてほしい。すずの理由もない幸福感は伝染する。すずが幸せそうなら、自分の幸せまで保証された気になる。すずは才蔵にとって、そういう類《たぐい》の娘だ。だからつい、後先考えずむきになった。

そこまで考えているうちに、才蔵はふと吸い寄せられるように扉へ近づいていった。

この件は終いにすると決めたが、わずかに開いた戸の隙間をのぞきたくなるのは人情。石段をのぼり、腰をかがめて片目を当てた。

天井の高い薄暗い室内で、十数人の男たちが真っ昼間から円卓を囲んでいる。目を凝《こ》らせば、卓上には龍や獅子《しし》、鳳凰《ほうおう》、虎などの絵が描いてあり、中央に太い針が置いてある。どうやら針を回してどの絵に止まるか賭けているようだ。子供の頃に遊んだ、屋台の〝ドッコイドッコイ〟に似ている。

「あれが〝ぶんまわし〟って博奕か……」

清国人だけでなく日本人もいる。赤茶けた固い肌と垢《あか》じみた衣服から察するに、職にあぶれた日雇いや流れ者だろう。日本の警察が清国人の居宅に踏み込むことは滅多にないので、その日暮らしの貧民や前科のある日本人が、南京町のこうした裏路地に潜《もぐ》り込んでいると恒次が言っていた。

清国人も日本人連中の風情と五十歩百歩、冬だというのに変色した麻《あさ》の衣一枚で、弁髪のハゲの部分からは短い毛が伸びてきている。ひゃあひゃあと脳天を貫くような声が、ひたすらやかましい。泥だらけの床、黄ばんだ掛け軸、片側の扉がはずれた衣装棚。衝立《ついたて》の奥にもう一部屋あるようだが、ここからはよく見えない。

戸口から体を離したその時、背後から「おい」と険のある声で呼びかけられ、才蔵は跳《と》び上がった。振り向けば、痩《や》せぎすの清国人が人力車の傍《かたわ》らに突っ立って睨んでいる。この家の客だ、と気づいて背筋が強張《こわば》った。

「お前、どうしてずっと停まってるか。何見てた」

「あ、こいつは失礼いたしやした」

愛想笑《あいそわら》いを浮かべ、才蔵は饅頭笠をちょいと持ち上げた。

「ここへ迎えに来るよう仰《おお》せつかったんですが」

「誰から」

「海和堂の旦那《だんな》さんで」

とっさに出まかせを言った。男は表情の読めない細目で車夫を眺《なが》め回し、

「――ああ、あいつのことね」

呟くなり、脇をすり抜けた。

「ここで待て。呼んでくる」

ヘッ、という驚きの声をかろうじて呑み込み、才蔵は扉が閉まるやいなや人力車を引っ張って、通りの端まで猛然《もうぜん》と逃げた。油の染《し》みこんだ壁に背を預け、息を殺して路地を窺う。

まもなく石段に男が現れ、訝《いぶか》しげに辺りを見回した。

顔の左半分に痣《あざ》のある、海和堂の従業員・黄《ホワン》だった。


「才蔵の奴、なんか企《たくら》んでるんだって？」

湯気の立つ湯呑みを差し出したすずに、猪野市《いのいち》さんが言った。すずは肩をすくめ、口を尖らせて答える。

「知りません、喧嘩して以来会ってないから。猪野市さんは才蔵に会ったんですか？」

「いや。あたしがよく行く伊勢佐木町のそば屋でね、ちょっと前に才蔵と恒次が話してたんだって。ありゃあ絶対ワルいこと企んでる男の顔だって、店の親父さんが言ってたよ」

「どうせうまくいきっこないわ。いっつも空回りだもん」

「はは、車引きだけにね」

どうでもいい口ぶりで、猪野市さんは将棋盤《しょうぎばん》の駒《こま》をぱちりと進める。世間は残り少ない一年に追いまくられているというのに、浦島屋の〝常連さん〟には盆暮れも正月も関係ないらしい。

猪野市さん。栗毛東海さん。そして陳《ちん》の旦那。

今日も昼過ぎから続々と集まり出し、火鉢を囲んで世間話に花を咲かせている。ついでに、猪野市さんが知人からもらったという北海道の昆布《こんぶ》茶《ちゃ》を、みんなで飲もうということになった。それで小僧の代わりにすずが人数分用意したのだったが、海産物屋に昆布茶を持ち込むとはどういうわけだと、番頭の佐助と出戻りの小夜はぷりぷり怒っている。

「それより栗毛さん、銀座の洋菓子屋さんで、キャラメルの有名なお店知ってます？」

ふと思い出して尋ねたすずに、栗毛東海さんはさらさらの髪を右に傾けた。

「キャラメルって何よ」

「バターとミルクを使った飴なんですって……」

「そんなもん、あるわけないでしょ」

小指を立てて茶をすすり、栗毛東海さんは即座に否定した。

「クッキーだチョコレェトだと上辺《うわべ》は西洋通ぶってるけどね、東京じゃ今だに臭《くさ》いし不味いってんで、バターやミルクにかなりの抵抗があるわけ。それを両方使った飴なんて、異人しか食わないよ。横濱《こっち》ならいざ知らず東京で商いになるわけないし、ましてや日本人相手に名物になるなんてありえないね」

「だ、だけど……」

「ぼくはねおすずちゃん、『屯食夜叉』に現実味《リアリティー》をもたせるために、いつも銀座の端から端まで歩いてるの。そんな特殊な菓子は、横濱の異人相手の店でしか見たことないよ」

すずは絶句した。となると、茅原屋に牛乳薬を求めた女性は何者なのか。なぜ正体を偽《いつわ》って茅原屋に近づいたのか。

「月餅《げっぺい》が一番」陳の旦那がこれまた自前の支那茶をすすって口を挟んだ。

「西洋の菓子、みな臭くて不味《まず》い。月餅が一番ね」

「どうして清国の御仁《ごじん》は何でも自分とこのが一番だと思うんだろうねえ」

「ほんとのこと。北京《ペキン》には何でもある。わたしの従弟《いとこ》、今そこで商いしてる。おすずちゃん、お嫁行くか？」

「残念でした。おすずちゃんのお気に入りは劉さんだもんねぇ」

いつものように冷やかす栗毛東海さんへ、陳の旦那は鼻の穴を膨《ふく》らませて不満を表す。

「まだ言うか。わたしあの男薦《すす》めないよ。多少顔悪くても、情のある男一番」

「またぁ、中華義荘に廟《びょう》を造るとか造らないとかの話でしょ」

「違う違う、それだけ違う」

陳の旦那がしきりに首を振るので、盆を手に去りかけたすずも、気になって足を止めた。

「あの男、わたし小さい時から知ってる。昔、老太爺《ラオタイイエ》の大事な蟋蟀《こおろぎ》、あの子間違って逃がしてしまった。ひどく怒られて、見つけるまで家帰れない。日が暮れるまで空き地にしゃがんで、ひたすら探してた」

「たかが蟋蟀でしょ？」

「清国人、蟋蟀飼うの大好き。闘わせて賭け事もする。一匹の蟋蟀が一人の人間の命より大事な話、よくある」

「へぇえ」

「いよいよ蟋蟀見つからない。あの子、街中歩き回って、母親の形見の玉器と引き替えに、見事な蟋蟀手に入れた。みんなもっとちやほやして、品評会まですることになった」

「美談じゃない。何がいけないの」

「品評会の前日、蟋蟀死んだ。老太爺、最初に蟋蟀逃げた時よりずっと落胆した。あの子の仕業《しわざ》ね。

老太爺が買弁してた英国人、除虫菊の粉輸入してた。それ使ったよ。粉盗めたのも、老太爺の部屋入れたのも、あの子しかいなかった」

「ええーッ」猪野市さんと栗毛東海さんが大げさに驚き、堂々としたお腹《なか》をさすりながら陳の旦那は満足げに頷《うなず》いた。

「分かったか、少爺ちょっと心冷たい。だからあんなにきれい」

「それはきっと、陳の旦那さんの誤解です」

よッ、言ってやれおすずちゃん、という二人の声援を受けて、すずは胸をそらした。

「劉さんは人のことにも力を尽くしてくれる優しい人です。喋り方も物腰も考え方も、全部が清々《せいせい》してて潔《いさぎよ》いから、それでときどき冷たく見えてしまうだけです」

「潔いということは、容赦《ようしゃ》がないことと表裏ね。良い方か悪い方か、どっちに傾くかは、本人しだい」

まったく予想外の方向から切り込まれ、すずは返す言葉を失った。堀川でためらいもなく悪漢を締めあげた劉さんの心底冷え切った眼差《まなざ》しをふいに思い出し、上《うわ》っ面《つら》だけのすずの弁護より、陳の旦那の劉さん像の方がよっぽど核心をついている気がしたからだった。

それと同時に、誰もが納得する好ましい一面だけでは、もはやすず自身が劉さんに惹《ひ》かれる理由として納得できないことにも気づいた。

その時、店の柱をこつこつ叩いて意外な客が入ってきた。

「コニチワ、みなサン。ご機嫌ヨウ」

ボウラーハットと革表紙の本を胸に抱いたモーリスさんだった。

才蔵はあれから寫眞館へも行っていないらしく、モーリスさんは毎回仕方なく徒歩で浦島屋まで遊びに来る。

すずのために〝劉さん無罪説〟を唱えるモーリスさんは、まず寫眞に写っている男たちが賭博《ギャンブル》をしていることに気づき、その中の誰かが場所を特定されないよう寫眞を持ち去ったに違いないと推測した。

南京町では賭博好きの清国人や日本人が集まり、所かまわず賭場を開いている。阿片と同様、悪習として黙認され続けているが、れっきとした犯罪だ。日本の警察は、事前に清国領事館へ照会する煩雑《はんざつ》な手続きをともなうものの、はっきりと宅が分かれば手入れを断行する場合もある。ひとたび検挙された清国人は、処罰として本国へ送還されることが多いため、賭博常習の清国人にとっては寫眞がおもてに出ると都合が悪いのだ。

——だからすずサン、ミスタ・リウはこのドロボー関係ない。

すずは事の真偽《しんぎ》もさることながら、こうして熱心に自説を披露《ひろう》してくれるモーリスさんのひたむきな親切に、いたく感動してしまうのだった。

最近では、このそばかすまじりの青年を見るだけですずは無条件に安心する。今も絶好の頃合《ころあ》いとしか思えない登場に、心がぱっと明るくなった。「何よ、劉さんからモーリスさんに乗り換えたの?」と栗毛東海さんがすかさず茶々を入れてくる。

「すずサン、少しお話、いいですか?」

急いで走って来たのか、頬が上気していた。そう言えば、今日は近所の米国人の家でパァティのお手伝いだと言っていなかったか。

ちょうどすずの方も用があったので、店から家の方に上がってもらう。それを見るや、異人の苦手な吉乃はヘボンを抱《かか》えて二階へすっ飛んでいき、火鉢のそばでうたた寝をしていた祖母のきんは何事かとのけぞった。初めて上がった奥の間で所在なげにたたずむモーリスさんを待たせ、すずは二階から風呂敷を抱えて戻って来た。

「はいこれ、じんぐう兵衛《べえ》の」

「……誰ですか？」

「モーリスさんが歌ってくれたでしょ、クリスマスの。じんぐう兵衛ー、じんぐう兵衛ー」

調子っぱずれの歌声に、寝ぼけ眼《まなこ》の祖母まで笑った。

「お父様には部屋履《へやば》き。お母様には巾着袋。モーリスさんのは内緒《ないしょ》。全部わたしの手作りよ。いろいろお世話になったから」

「オー、すずサン、アリガト、ゴザイマス」

大切そうに風呂敷を受け取って辞儀をする。座布団を勧《すす》めたら、正座ができないのだと口ごもって、「ごめなさい」と長い足を不器用に抱えて座った。

「それで、今日はどうしたの？　パァティのお手伝いじゃないの？」

寫眞館のご近所さんが、ようやくクリスマス用の木を手に入れた。七夕のように飾り付けをするらしい。だがその木が思ったより大きく、子供が産まれたばかりでてんてこまいのご夫婦の頼みで、手のあいている数人が助っ人に駆り出されたのだ。

途中で抜けてきたのだ、とモーリスさんは言った。

「カーティス商会を知ってる人、見つけました」

居留地の欧米人と一口に言っても、国や職種ごとに複雑な共同体《コミュニティー》が形成されているため、ほかの集団《グループ》のことはあまり知らないし付き合いもほとんどない。モーリスさんは折に触れてカーティス商会について聞いてくれていたのだが、今日手伝いに来た若者の一人がカーティス商会の斜《なな》め前にある印刷屋の新米従業員だったらしい。

「カーティス商会に、カーティスさんいません」

「えっ、どういうこと？」

「家の問題で英国に帰りました。ミルクは、もう去年から売りません。しばらく戻れないので、アツミという番頭《バント》さんに頼んでいます。店はお金ありませんので、苦しいです」

最初、モーリスさんの日本語が足らないのかと思ったが、もう一度はっきり「カーティス商会は貧乏、もうミルクありません」と言い直すのでますます困惑した。

「でも、カーティス商会は今も茅原屋さんに牛乳を売ってるのよ？」

ワタシも分かりません、とモーリスさんは首を傾げる。

「でもアツミのこと、もしもっと知りたいなら、よく知ってる日本人います。彼は最近、アメリカ三番の近くで働きますオツルさんと仲良しみたい」

また驚かされた。モーリスさんの言う「仲良し」がどういう意味か、判断がつかなかったからだ。

「そのオツルさんは、いくつくらいの人なの？」

「すずサンと同じくらいと思います。目の下に小さな黒子《ほくろ》あります、とても別嬪《べっぴん》サンだそうです」

渥美がきれいな娘と親密だという事実が、清水に落ちた一点の墨のように、じわじわとすずの心に広がっていく。

「オツルさんはアメリカ三番の近くの何ていうお店で働いてるの？」

そこまでは知らない、とモーリスさんは首を振った。

ちなみに〝アメリカ三番〟というのは、いくつもの茶蔵《ちやぐら》と製茶場を有するスミス・ベーカー商会の通称で、波止場と彼我公園を結ぶ日本大通りに接している。

「印刷屋のジムが、アツミとオツルさん歩いていて挨拶《あいさつ》しました。カーティス商会の新しい従業員ですか、とジムが彼女に聞きましたら、アメリカ三番の前の店で働いてる人だとアツミは答えました」

「それ、いつぐらいの話？」

「八月、と思います。でも、ジムはその後にも何回か見たと言いました」

口髭《くちひげ》を生やした渥美の気障《きざ》な姿が脳裏にちらつく。同時に、恥じらいながらも思い切って恋心を打ち明けた喜代の美しい顔も。

もう扱っていないはずの牛乳を茅原屋に売っていること。そこに阿片が入っていること。ほかの女の人と昵懇《じつこん》だということ。そして銀座にキャラメルを売る店はないということ。どれも理由が分からないだけに、渥美への不信感が積み重なっていく。

「それから、これも見てください」

モーリスさんが革表紙の本を突き出し、頁《ページ》をめくる。開いた先には、西洋の楽器の図が描いてあった。水瓶《みずがめ》のように湾曲した枠の間に、幾本《いくほん》も弦《げん》が張ってある。

「これ、ハープです。この形に見える星のラインが、〝ライラ〟。日本で似ていますのは、床に置く、横の形の……」

「琴《こと》ね？」すずはモーリスさんとハープの絵を交互に見る。

阿片の出所を気にしている劉さんが、この図柄をきっかけに〝折り鶴事件〟を調べ始めた。その劉さんが見張っていたのと同じ賭場に出入りする渥美は、阿片入りの牛乳を売っている。

それぞれの結びつきは今一つ分からないが、ひょっとするとみんなどこかしら繋がっているのではないだろうか――。

渥美を慕《した》う喜代のためにも、自分できちんと調べてみよう、とすずは決心した。

4

モーリスさんから話を聞いた後、すずは祖母から言いつけられた着物の綿入れ作業や細々《こまごま》した雑用に追われてしまい、オツルの店を探すという決心を実行に移したのは、翌日の夕方になってからだった。

海風の吹きつける広い道を、首をすくめて早足で歩く。

豚屋火事の後に作られた日本大通りは、居留地を分断するように伸びた、幅二十間《けん》（約三十六メートル）の直線道路だ。

通り沿いは大手商社やお偉方《えらがた》の邸宅が多く、〝アメ三〟ことスミス・ベーカー商会は彼我公園にほど近い区画を占め、日本人居留地側の横濱警察署と通りを挟んで向かい合っている。

整然とした西洋風の街並みを、すずは場違いな気まずさを感じながら歩いた。モーリス寫眞館のある一帯は商店風の趣《おもむき》があっていくぶん馴染《なじ》みやすいのだが、鉄柵《てっさく》に囲まれたこの辺りの高級感は居心地《いごこち》が悪い。

おまけに、アメ三の門前で仕事帰りの茶場女をつかまえようと思っていたのだが、人通りもなく閑散《かんさん》としている。うっかりしていたが、茶焙《ちゃほう》じの仕事は毎年茶葉が運ばれてくる四月から十月の終いまでだった。

お茶は生糸《きいと》に次ぐ横濱の主要輸出品の一つだ。

だがそれを海外へ輸出するには、湿りを防ぐために火を通したり着色したりしなければならない。そこで千人近い日雇いの男女が、釜《かま》の猛火に包まれた過酷な倉庫内で一日茶葉を焙《い》る。男女と言ってもほとんどが女性だから、仕事が終わると夕餉《ゆうげ》の仕度をするため急ぎ足で通りにあふれ出してくるのだった。

仕方なく、すずは辺りを歩き回ってみることにした。

オツルが働いているという店がどれなのか、見当も付かない。個人宅の女中さんか何かか、それとも日本人居留地側の奉公人か。茶場以外で女の人が働ける場所は少ないから、来てみればおのずと判《わか》ると思ったのだが、やはり簡単にはいかないようだ。

すずは首をひねり、渥美がわざわざ「アメ三の前の店」などという回りくどい言い方をした意味について考えた。

スミス・ベーカー商会の前に、店はない。

事務所の前は自社の茶蔵だし、茶蔵の隣は別の商会の茶蔵と石炭置き場だ。念のため事務所の隣も調べてみたが、何の会社か判らない大きな二階屋だった。女中を雇っているようには見えないし、そもそもこの位置では「アメ三の前」ではない。

冬至の迫った街は四時を回ってすでに薄暗く、一頃は通りに涼を与えていた両脇の植樹も、今は侘《わ》びしげに枝を震わせている。

波止場からの湿った海風にあおられ、すずは凍《こご》えた指先に息を吹きかけて温めた。

焼き芋屋が通らないかなあ、と辺りを見回したら、つられてお腹が鳴った。夕飯の下ごしらえだけして、きんと吉乃に後を頼んできてしまった。今日は生姜《しょうが》を利かせたぶり大根に、蕪《かぶ》のお味噌汁《みそしる》。想像しただけでよだれが出てしまう。

さらにアメ三の周囲を二回ほど回ってみた。再び大通りに出て、焼き芋を求めてなおも未練がましく四方へ首を伸ばしたが、西洋風の通りには屋台の一つも見えずに諦めた。屋根の間から立ち昇る煙とともに、美味《おい》しそうな匂いばかりが漂ってくる。買い食いなどせずに、大人しく家へ帰れということだ。

大体、人がいないのでは仕方がない。

冷え切った体をさすり、スミス・ベーカー商会の門前で踵《きびす》を返した時だ。

茶焙じの時季の繁華な光景が、脳裏をかすめた。

夕方と言ってもだいぶ日の長い夏の時分、倉庫から出てきた数百人の茶葉女たちが、門脇の縁台でめいめい身体と手荷物の検査を受ける。茶葉を持ち出していないと確かめられれば、晴れて自由の身だ。

そしてその門前には、日銭《ひぜに》を懐に抱いた茶葉女目当ての屋台がたむろしている。おでん屋、天ぷら屋、牛煮込み屋、寿司《すしや》屋、果ては雑貨屋から衣料品まで、ありとあらゆる店がまるで縁日のように建ち並び、物売りが路上で声を張り上げるのだ。ちょいと食べていきなさい、安くしておくよ、疲れをとるにはこいつが一番！

そうか、屋台だ、とすずは思い至った。モーリスさんの知り合いがオツルの素性を尋ねたのは、茶焙じの盛んな八月。「アメ三の前」には、その時確かに店があった。

自分の思いつきに勇気づけられ、今度はあれだけの屋台がどこからやって来るのか考えた。そんな話を、どこかで聞いた気がするのだ。

すずの情報源はたかが知れているから、当たりをつけるのは簡単だった。

——猪野市さんも物好きだねえ、毎日あんな不味いそば食べちゃってさ。あの店何がすごいかって、繁華街にあるのにまったく繁昌《はんじょう》してないんだもんね。

——なあに、この先何があるか分からないよ。勢いに乗っかってうまくやった人間が、伊勢佐木町には大勢いるもの。例えばほら、居留地の茶葉女相手の屋台で儲けて、ついに店をかまえた奴とかさ。あの辺りには、そういうのが何人もいるんだって。店主が自分のことみたいに威張ってたから。

「そうだ。猪野市さん！」

早口で語られる雑談の内容がよみがえり、すずはそのままくるりと踵《きびす》を返して自宅まで急いだ。

翌日の昼、すずは猪野市さんにくっついて伊勢佐木町まで行き、一緒にふにゃふにゃの不味《まず》いそばを食べた。

それから店の老主人が教えてくれた屋台出身の店を一軒一軒当たっていき、三時も過ぎて十軒ばかり終えた所で、今では人気店になった天ぷら屋『きっちょむ』の主《あるじ》から、ようやくオツルに関する情報を得た。

曰《いわ》く、お鶴《つる》は十六。季節の果物を売る、水菓子屋の看板娘だ。おもに伊勢佐木町で父親の屋台を手伝っているが、夏場は仕事帰りの茶葉女を見込んで居留地の方へも足を伸ばす。色黒でしわくちゃな父親とは似ても似つかない器量よしで、「甘い西瓜《すいか》はいかがですかァー」と涼《すず》やかに勧められた日には、一日中猛火に炙《あぶ》られた茶葉女でなくともお一つ頂戴《ちょうだい》したくなる。

——よく勧工場の前に陣取っていたけど、最近は見てないなあ。

住まい自体は誰も知らなかったが、いつも決まった豆腐屋を利用していたというので、そちらにも行ってみた。

翳《かげ》った店内をのぞくと、空《から》になった豆腐桶や盥《たらい》が並ぶばかりで、あとは土間の床几の上に油揚げやおから、厚揚げ豆腐などの類《たぐい》が申し訳程度に残っているだけだった。豆腐は旦那さんがこまめに外でも売り歩くので、すぐになくなってしまうとか。

店の入り口に立てかけてある天秤棒《てんびんぼう》と盤台を倒さないよう注意しながら、すずは中に入った。板敷きに正座したおかみさんが、うつらうつらと舟を漕《こ》いでいる。すみません、とすずが遠慮《えんりょ》がちに声をかけたら、弾かれたように跳び上がった。

「はいはい、いらっしゃいませ。何がよろしいでしょ」

姿勢を正して愛想良く笑いかけてくるので、すずも買わないわけにはいかなくなった。お鍋も何も持っていなかったので、仕方なく豆絞りの手ぬぐいに油揚げを三枚包んでもらう。頃合いを見計らって切り出した。

「あのう、ところでお鶴さんはいつも何時くらいに来られるでしょうか」

「誰ですって？」

「水菓子売りの娘さんです。泣き黒子《ぼくろ》がある……」

「ああ、つうちゃんね、お鶴なんて改まるから、誰かと思っちゃいましたよ」

おかみさんは小さい体で豪快に笑った。

「器量も気立てもいいのよね。うちのおからが好物だったの」

「だった？」

「突然来なくなったんですよ。もっと美味しい豆腐屋を見つけたってだけならいいんだけど、ちょっと心配してるの。お嫁にでもいったのかしらねえ？」

「いつからです？」

「そんなこと言われてもねえ……。あなた、つうちゃんのお友達じゃないの？」

ふいにおかみさんが疑わしい目つきで眺め回してくるので、すずは胸元で忙《せわ》しなく手を振った。

「な、夏に関内の方で何度か西瓜を買ったのが縁で、同じ年頃だし、ちょっと話すようになったんです。以前ここのおからが美味しいって聞いたから、近くまで来たついでにうかがってみたんです」

そのくせ買ったのはおからではなく油揚げだったが、おかみさんは頓着《とんちゃく》せずもとの愛想を取り戻し、途切れていた話をまた唐突に結びつけた。

「そういえば、今月の七日が最後だわ」

「確かですか？」具体的な日にちを思い出したのが意外だった。すずは三日前のご飯が何だったのか覚えていない。

「うん、確か、明日いい仲の男と元町薬師へ行くって言ったきり。あたし言ったんだもの、じゃあ次に来たら小母《おば》さんに詳しく話して聞かせなさいってね。……そうか、何てったって色薬師だし、その人の所へ嫁いだのかもしれないね、うん」

「一緒に行くのがどんな人か言ってました？　名前とか、仕事とか……」

「そこまでは知らないけど、文明開化を絵に描《か》いたような洋装の洒落者《しゃれもの》だって。帽子かぶって、口髭生やして――」

やはり渥美だ。

店内に漂っていた薄影が、にわかに重たくなった。渥美は、毎週水曜密かに喜代と逢いながら、別の娘とも逢瀬《おうせ》を重ねていたのだ。

礼もそこそこに店を飛び出そうとして、ふとすずは踏みとどまった。

「お薬師様の縁日は、十二日にもありますけど……」

「ううん。十二日はわたしも冷やかしに行ったから、八日の薬師さんだよ、間違いない」

今度はぼうっと頭を下げて店を出た。それから唇をきゅっとすぼめて、薄曇りの通りを歩いた。

折り重なった雲の隙間に、街の音と匂いが落ち着かなげにもぐり込んでいく。

雑踏のざわめきが近づいては遠のき、また近づいては偶然の一致をすずの耳に囁いた。

八日の元町薬師には、劉さんもいた。

渥美のいる場所には、劉さんがいる。

ひょっとすると、劉さんは阿片繋がりで渥美を追っているのではないか。そうすずが考えた時、背後から「すず！」と呼ばれた。見れば角袖姿の丸い図体が、通りの向こうからばたばた近づいてくる。

立ち止まったすずにようやく追いつき、肩で大きく息を吐いた恒次は、聞き取りづらい声で「お、お喜代の家のことだけど」と尋ねてきた。恒次の方からすずに声をかけてくるなんて珍しいと思ったが、そういうわけなら納得だった。

「なぁ、茅原屋に何があった？　なんで島虎が出入りしてる？」

知りたいことがあるなら取引しろという才蔵の言葉を思い出して、すずは恒次の真正面に向き直った。

「それなら、私の知りたいことも教えて」

うんうん素直に応じた恒次は、さらにすずへ煎餅《せんべい》を買い与えると、その軒先に並んで立った。

「おう、何が知りたい？」

「才蔵はまだ劉さんにこだわってるの？」

「一昨日会ったけども、劉の悪事がいくら探っても出てこないって分かったら、興味をなくしたみてえだった。でも、死んだお豊の親父がはまってた南京賭博の場所を教えといたから、そこには行ったかもな」

そうして恒次の明かした賭場があの賭場だという新たな事実に、すずの頭の中で警戒の火が灯《とも》り始めた。

「ねえ、警察は〝折り鶴事件〟の犯人が誰だと思ってるの？」

「今のところ俺たちが目をつけてるのは島虎だ。でも最近怪しいのがもう一人――」

そこで恒次は口をつぐんだが、煎餅をかじるすずの不服げな顔つきで、思いなおしたように続けた。

「器量よしのお豊目当てに、矢場へ通って来てた奴がいたんだけども、折り鶴事件が公《おおやけ》になる前から、お豊が死んだのを知ってるみてえにぱったり来なくなった。西洋かぶれの、口髭生やした若い洋装の男らしいんだけども、そいつが誰かは目下《もっか》捜査中で……」

額をがつんと殴《なぐ》られたような衝撃に、めまいがした。煎餅を取り落してしまったすずの異変に、恒次が薄い眉をひそめる。「どうしたぁ?」

何でもない、と平静を装いながら煎餅屋の軒先を出て、すずは居留地に続く鉄の吉田橋の方へ向かった。

何度も人の流れにぶつかりそうになる。

早足の下駄の音と、真っ白な湯気の熱と、鼻をくすぐる醬油だれの香ばしさ。雑貨屋から包みを抱えて出てきた異人さんが、物寂しい夕暮れをものともせずに、軽やかな口笛で「じんぐう兵衛《べえ》」を吹き鳴らす。早朝から働きづめの小僧は、まだまだ続く長い時にうんざりした足取りで、店を出たり入ったりする。遊郭へ繰り出す前に腹ごしらえでもするのか、二人連れの男が勢い込んで牛鍋屋ののれんをくぐっていく。そうした諸々《もろもろ》の賑わいが、すずの背後に去っていく。

ごうん、ごうん、と回る大釜の中の海鼠《なまこ》よろしく、頭の中で考えが巡った。

恐らく、矢場に来ていた男も渥美だ。渥美はお豊の父と賭場で顔を合わせていた可能性があるから、そこでお豊の存在を知って近づいたのだ。

そしてお豊といい喜代といい、渥美が近づく娘のそばには、阿片の影がある。片や阿片の包み紙で折った鶴、片や阿片入りの牛乳。その一方、阿片の流れを調べていた劉さんは縁日で混み合う元町で誰かを尾行していた節があり、奇《く》しくも同じ日にやはり渥美もお鶴と縁日に行っている。

劉さんがすずの予想通り渥美を追っているなら、渥美に関してより多くのことを知っているはずだ。

「お、おい、すずよぅ、どこ行くんだ？　帰んのか？」

「南京町。劉さんと話したいの」

吉田橋を早足で渡り、派大岡川沿いを彼我《ひが》公園に向かって歩きながら耳を澄ませる。町会所の時報は、まだ六時を告げていない。劉さんは毎夕六時に関帝廟《かんていびょう》へお参りすると言っていたから、今から行けば会えるかもしれない。

恒次はしつこく付いてきて、「海和堂へ嫁に行く気かよぅ！」と隣で憎まれ口を叩く。

「お前に忠言してやる義理はねえけども、劉鴻志と祖父は犬猿《けんえん》の仲だ。それで嫁が来ねえんだから、諦めた方が身のためだ」

やけに詳しい。不審《ふしん》に思ったすずがわけを尋ねたら、才蔵に頼まれて劉さんの過去を洗ったと恒次は言い、巡査手帳を繰りながらその時の話をなぞり返した。

固まってはしゃぐ子供の一団とすれ違う。

耳元で刻々と明らかになっていく事実と夕暮れの人恋しさに誘われ、劉さんに会いたい想いが募《つの》った。

「そ、それで、もうそろそろ茅原屋のことを」

「お願い、明日にして。全部きちんと分かってから教えてあげるから」

彼我公園の角に来た所で、すずはとうとうたまらず駆け出した。

「おい、こら、なんでだよぅ！」

後ろで何事かをわめき続ける恒次の声は、ほとんど届かなかった。

清国の神様、どうか劉さんに会わせてください。

陽《ひ》はとうに沈み、明かりの灯り始めた居留地を横切って南京町に向かった。大通りばかりを選んで行ったが、夜の南京町はがらりとその姿を変えて、灯籠《とうろう》や提灯《ちょうちん》がそこかしこに赤い影を落とし、ゆらゆらと妖《あや》しく揺れては街路を海の底に変えている。

関帝廟は南京町の中心部、一四〇番地に位置する中華会館の敷地内にある。町の有力商人が寄付金と会費を出し合い、「董事《とうじ》」という数人の世話役が管理運営するこの集会所は、相互扶助《ふじょ》を強く打ち出した住人の拠り所だ。

内庭の御廟は規模こそ小さいものの、異国で暮らす心細さを吹き飛ばすような豪華さで、正面に架《か》けられた扁額《へんがく》「同善堂」の三文字が、財を出し合った清国商人たちの誇りを表している。金、赤、緑といった極彩色の神壇《しんだん》は太い線香の煙に霞《かす》み、清国風の飾りが密に彫り込まれた机には、銀製の香炉《こうろ》と花立て。その奥にはやはり派手な厨子《ずし》。立派な髭をたくわえた勇ましい武神が、蠟燭《ろうそく》の灯《あか》りに金色のご尊顔を浮かび上がらせている。

奥まで行くのを躊躇《ちゅうちょ》したすずは、入り口脇の柱の隅から眩《まぶ》しい威を放つ異国の神像を眺め、清国の人々はこんな力強い世界を見ているのだと思った。大地に踏ん張って立つ壮麗な鎧《よろい》姿の神様は、烈《はげ》しい動乱の世を生き抜く人間そのものの強靭《つよ》さだった。

恐らく南京町の清国商人にとって、商いは己を守る唯一の武器なのだろう。それを操《あやつ》る才覚や時の運が、そのまま立場の強弱に直結する。面子《めんつ》を保てねば人は離れ、人が離れれば異国では暮らせない。だからこの街の人たちは財福を武神に祈る。

南京町は大きな〝幇《バン》〟だ。同じ場所に住む清国人という共通の境遇を土台にして、より良くなろう、より強くなろうと互いに手を結ぶ一人一人の力こそが、この町の活気の源なのだ。

と、長いこと膝《ひざ》をついて祈っていた影の一つが、音もなく立ち上がった。その真《ま》っ直《す》ぐな後ろ姿がずいぶん久しぶりに思えて、すずは鼻の奥がつんとした。最近は浦島屋に来ても、よそよそしい挨拶だけ交わしてすぐに帰ってしまう。そこに他意はないのだと自分自身に言い聞かせても、もやもやした淋しさばかりが膨らんでいく。

恒次から聞いた劉さんの話が、耳にこびりついて離れない。

後継ぎのいなくなった店のために横濱へ来たこと。義母の急死に始まり、許嫁《いいなずけ》が祝言直前に暴漢に襲われて自死したこと。その後何かが原因でお祖父《じい》さんを激怒させたこと。

そうした事実を踏まえてお薬師様の日の劉さんを思い出すと、異様な殺気を散らして暴漢に向かっていった態度も、もっと色濃い中身をともなってよみがえってくる。

もしも、あの〝潔さ〟と表裏をなす容赦《ようしゃ》のなさが、劉さんが望まずして経験してきた数々の不運の欠片《かけら》で成り立っているものなら、劉さんが本当に望む幸運の形というものは、縁日の屋台をのぞきながらすずに漏らした、「周りに人がいる幸福を大事にしろ」という何気ない一言の中にこそあるのだろう。

劉さんの叶《かな》わない願いが、清々とした立ち姿に見え隠れするからこそ、すずは目が一本線になる人間くさい笑顔をもっと見たいと思うし、ためらいない行動を心配したりもする。

いい所も悪い所も、楽しいことも悲しいことも、これまでのこともこれからのことも、相手のすべてをひっくるめて受け入れたいと思うのがわんたんの恋なのだから、好いたら終《しま》いも何も、好いたのだったら開き直るしかないのだ。

「劉さん」

すずの呼びかけに振り返った劉さんは、色濃い煙の奥でどこか夢見るような目つきをした。やがて何か問いたげに黒目が振れたが、次の参拝客に場所を譲り、すずのいる赤い柱の脇に寄ってきた。端整な目鼻立ちが、提灯の火明かりに深い陰影を刻んだ。

「すずさん。またこんな所に一人で来て、何かあったらどうします」

「どうしてもお聞きしたいことがあって来てしまいました。わたしの友達に関わる大事なことなんです。――劉さんは、渥美という人をご存じでしょう」

劉さんは小首を傾げ、「いいえ」とごく自然に言った。「その方《かた》が、どうかしましたか?」

いきなり出鼻をくじかれ、すずは面食らった。嘘をついているような素振りはまったくなかったが、それでは説明がつかない。

「で、でも……」口ごもるすずに、劉さんは黙って出口を示した。

「浦島屋さんまで送りますから、道中話しましょう」

すずは焦る心で強く頭《かぶり》を振り、きっと劉さんは渥美という名前を知らないだけに違いないと思いなおして、先を急いだ。

「渥美さんは、お鶴という娘さんと元町薬師へ行きました。わたしが暴漢に襲われかけたあの日です。劉さんは、渥美さんを追いかけていたんじゃないですか」

何か言いかけた劉さんを遮《さえぎ》るように、すずは前のめりになって一歩詰め寄った。

「劉さんは、包み紙に琴の星印が入った阿片の出所を探っているんでしょう？　だからわたしの父から〝折り鶴事件〟の話を聞いて、お豊さんのことも調べ始めたんですよね。そのお豊さんに近づいていたのも渥美さんです。お豊さんのお父さんは南京賭博にはまって――」

「すずさん、わたしは本当に渥美という人物を知らないし、そういう物騒な話題は、この場ですべき話でも、あなたがすべき話でもありません。危ない真似はしないと約束したでしょう」

言いながら、劉さんは背後を振り返り、「先に帰ってなさい」と誰かに短く告げた。そしてその時になって初めて、すずは黄とかいう海和堂の従業員が廟内《びょうない》の暗がりに立っていることに気づいた。日本語が分かっているのかいないのか相変わらず無愛想《ぶあいそう》な様子で、痣《あざ》のある半面を向けて主《あるじ》の立ち話が済むのを待っていたのだった。

劉さんは話を切り上げようとすでに歩き出していたが、すずは喜代のためにも、ここでやめるわけにはいかないと食い下がった。この際、劉さんの置かれている状況まではっきりさせようという腹づもりもあった。

「面白半分で首を突っ込んでいるわけじゃありません。渥美さんはわたしの友達の家に阿片入りの牛乳を売りつけました。だけど、わたしの友達は渥美さんを慕《した》っています。だから心配なんです」

阿片入りの牛乳、という所で劉さんが肩越しに振り返った。

「渥美さんのいる所に、いつも劉さんがいます。渥美さんは南京町の賭場に出入りしています。わたしがひったくりに遭《あ》った時、劉さんが見張っていた賭場です。本当に渥美さんを知りませんか？　乳製品を扱っている、カーティス商会の番頭さんです」

その途端、立ち止まった劉さんの瞳孔《どうこう》が大きく開いた。そうしてその眼差《まなざ》しはみるみる内、甘っちょろい情には流されない石の硬さに変わった。カーティス商会のことは知っているのだ、とすずは直感的に思ったが、答えた劉さんの声は冬の風のように冷たく乾いていた。

「知りません。ただの偶然でしょう。残念ですが、御力《おちから》にはなれません」

そうしてすずを突き放した劉さんらしからぬ物言いが、逆になにがしかの繋がりを物語っている気がして、すずは黄の目も気にせず、夢中で劉さんの黒い袖をつかんだ。

「それなら劉さんは、あの賭場の誰を見張っていたんですか」

「やめなさい」

鋭く降った劉さんの一声が、濛々《もうもう》と立ちこめる赤い煙を切り裂いた。石の硬さは今や刃《やいば》の冷たさになり、きらぎらしい関帝を背にした黒い影がすずを見下ろした。

「もうじゅうぶんです」

緊張して力の入ったこめかみは、何か危うい境界線の縁《ふち》にぎりぎり踏みとどまっている姿にも見え、何事にも区別をつけないはずの自由からはほど遠い劉さんの、ひどく不自由な怒りようだった。

劉さんはすずの腕をつかんで敷地を抜け、塀の所で休んでいた人力車夫にお金を握らせると、「この人を、元濱町の浦島屋まで」と有無を言わさず申しつけた。その際人力車に座ったすずの腕を一度だけ強く握り、押し殺した声で低く言った。

「――これでは約束が守れない」

その理由を具体的に言わないまま、劉さんの黒い背中は黄とともに振り返りもせず去っていく。

危ない真似はしないこと。清国流に交わした指切りの約束を思い出しながらすずは車上の人となり、劉さんをああまで怒らせた自分の軽率さに、理由も分からぬままひどく落ち込んだ。車はからからと虚しい音を響かせて居留地を横切る。吹きつける風が懐の奥の方まで染み入り、長身の車夫の握る梶棒が才蔵より高いことに気づいて、すずは居心地悪く何度も座り直した。

亀《かめ》の看板が近づいてくると、店の前でうろうろしていた小僧の磯松が、すずの姿を認めるなり「あッ」と短く叫んで中に駆け込んだ。間もなく治兵衛《じへえ》がつんのめるように出てきて、割れんばかりに怒鳴った。

「こんな遅くまでどこへ行ってたんだ！」

父親の剣幕に困惑した時、祖母のきんが割って入った。「お喜代ちゃんは？　お喜代ちゃんは一緒じゃないの？」

家の者のただならぬ様子に、今度はすずの方が青ざめた。不安が押し寄せ、一気に胸が脈打つ。

「お喜代ちゃんに何かあったの？」

「今さっき、茅原屋さんがうちに来たんだよ。家中探しても、お喜代ちゃんがいないんだそうだ」

四章 Chapter Four 混沌の波

1

茅原屋《ちはらや》の混乱ぶりは、外からも窺《うかが》えた。店の者は血の気の失《う》せた顔で慌《あわ》ただしく出入りを繰《く》り返し、普段はきれいに掃《は》き清められている入り口にも、灰色の落ち葉が吹き寄せられたままになっている。

一晩経《た》っても、喜代《きよ》は戻って来なかった。

すずは一夜にしてくすんでしまった「鶴鳴丹《かくめいたん》」の看板を見上げて、唇《くちびる》を噛《か》みしめた。昨日は水曜日。喜代が渥美《あつみ》と元町の厳島《いつくしま》神社で逢《あ》う日だったが、そのことを真っ先に茅原屋へ告げるのは、どうしてもためらわれた。

まさかとは思うが、駆け落ちという線も捨てきれない。喜代は年明けの見合いをひどく嫌がっていたし、渥美にも打ち明けていた。その結果の逃避行であるなら、友の立場をできる限り守りたかった。

そのためには、駆け落ちではないという確かな証拠をつかまなくてはならない。また、行方《ゆくえ》知れずになったのが渥美と逢う前か後かで状況も違ってくるだろう。

薄い日差しが差し込む店の中には、見慣れない男たちが数人息をひそめている。朝一番で喜代の父が警察に報《しら》せたのだった。巡査のうち何人かは島虎《シマトラ》一家の方へ向かったらしい。喜代の父は島虎から脅《おど》されていたことも打ち明けたようで、警察は金銭目的による拐《かどわ》かしを疑って、人員を店の前に待機させている。刑事巡査には目明《めあ》かし上がりが多く、客を装《よそお》っても目つきの鋭さでそうと知れてしまう。もっとも、恒次《つねじ》のように分かりやすい角袖《かくそで》を着ている者は、さすがにこの場にはいなかった。

すずは一通り店の様子を確かめると、くるりと来た道を引き返した。そのまま元濱町《もとはまちょう》の自宅まで戻り、庭で薪割《まきわ》りをしている小僧《こぞう》を呼んだ。

「留《トメ》ちゃん、一段落したらお使い頼まれてくれる?」

力仕事の苦手な留松《とめまつ》は、嬉《うれ》しそうに何度も頷《うなず》いた。すずは昨晩用意しておいた文《ふみ》を袷《あわせ》の懐《ふところ》から取り出し、ゆっくりと噛んで含めるように言い聞かせた。

「これを、居留地にあるカーティス商会の番頭さんに渡してほしいの。渥美って人よ。できれば本人に渡してちょうだい。だけど、絶対にわたしの名前を出しちゃ駄目《だめ》。通りすがりの人に頼まれたって、そう言うのよ。いい?」

留松はすずと文を交互に見ると、前垂《まえだ》れで手を拭《ふ》いて神妙《しんみょう》に受け取った。

「渡してくるだけでいいから。これ、お駄賃。ほかの人には内緒《ないしょ》よ」

飛び跳《は》ねるように通りへ出て行く小さな縞木綿《しまもめん》の後ろ姿を見送りながら、すずは無意識のうちに両手を組み合わせていた。

文には、『本日正午　いつもの神社でお待ちしています　きよ』としたためた。昨日逢っても逢わなくても、喜代の名を出せば渥美はきっと来る。後のことは、それからだった。

留松を送り出したすずは、しばらく店の前を行ったり来たりした。手空きの頃《ころ》を考えて待ち合わせ時間を正午にしてしまったが、ちょうど昼時に家を抜け出すには、もっともな口実がいる。ましてや喜代のこともあり、たとえ日中でも一人で出歩いてはならないと、父親から厳しく言われたばかりだ。

大事な友達がいなくなっても、町は平生《へいぜい》と少しも変わらず新たな一日を始めている。上空では風が強いのか、雲の切れ端が次々と形を変えて飛び去った。

手代《てだい》の捨吉《すてきち》に怪しまれながら、うろうろすること十分。お目当ての人がようやく通りの先に姿を現した。膝《ひざ》まである茶色のオーバーコートは厚手だったが、いかにも散歩らしいのんびりした歩調は、年末の寒気の中でも春の陽《ひ》だまりを思わせた。

「モーリスさん！」

店まで来る前に、すずは自分から駆け寄った。浦島屋《うらしまや》からじゅうぶん距離があるのを確かめ、挨《あい》拶《さつ》もそこそこに切り出す。

「あのね、モーリスさんにお願いがあって待ってたの」

「ハイ、なんなりとん」

間違って覚えてしまったらしい日本語で丁寧《ていねい》に答えて、モーリスさんは先を促《うなが》した。

「今日、モーリスさんと一緒にぴくにっ、い、い、くへ行くことにしてくれないかしら？　お昼に厳島神社で人と待ち合わせしてるの。でも、家の人には内緒にしたくて……」

通じなかったらしく、青い眼《め》をぱちぱちやるモーリスさんに、すずは身振り手振りを加えて説明しなおした。

「今日、モーリスさんとぴくにっくへ行くって、わたしの家族に話してもいいかしら？　だけどわたし、本当は別の所へ行きたいの。秘密で」

「家族のみなさんに、嘘《うそ》、しますか？　ナゼ？」

「お昼に出かけるには理由がいるの。それに、昨日から友達が行方不明——家に帰ってこないの。だからお父さんがわたしを心配して、一人で出歩いちゃ駄目って言うのよ」

「お友達、心配ですね。すずサンが前に話していましたお友達ですか？　ミルクのこと、ダイジョブなりましたか？」

「それも含めて渥美さんに会うの。今回のことに渥美さんがどう関《かか》わってるのか、はっきりさせたいのよ」

モーリスさんは自分の中で反芻《はんすう》するように頷き、すずが喋《しゃべ》るのを待って答えた。

「でしたら、ワタシも一緒に行きます」

「ううん。大丈夫」

「駄目です、ワタシも一緒に行きます」

モーリスさんは珍しく譲《ゆず》らなかった。すずは嘘に巻き込む後ろめたさも手伝い、素直にお願いすることにした。

「変なことお願いしてごめんね」

「ノープロブレム、ワタシあなた助けます。でもすずサン、」

重大事を打ち明けるように、モーリスさんは身を屈《かが》めた。

「今、ピクニックはすごく寒いですね。一緒に行く嘘は、根岸の遊歩道がいいです」

「そうね」すずが笑ったら、モーリスさんもようやく顔をほころばせた。それから何かを思い出してオーバーのポケットをごそごそしたかと思うと、目の前で手を広げた。

「これ、珍しいの毛糸です。母が、すずサンに」

受け取った毛糸の束をかざした。深い藍色《あいいろ》のところどころに、きらっきらっと金糸が光る。横濱《よこはま》の海の色みたいだ、とすずは目を丸くして感嘆の吐息を漏らした。

「だけど、こんなにしていただくのは申し訳ないわ。いただいた胸飾りもね、いつも眺《なが》めてるの」

「ワタシ、小さい頃《ころ》、妹を病気で亡《な》くしました。だから母はたぶん、娘みたいの、すずサンが好き」

「モーリスさん……」

不十分な言葉の隙間《すきま》から伝わってくる万国共通の人情に、すずは胸を打たれて頭を下げた。モーリスさんのお母さんから何度も示された好意や、それに対するすず自身の「母親」への憧《あこが》れが、国の境を越えた深い所で繋《つな》がっていたのが嬉しかった。

「それにすずサン、ワタシ待てませんでしたから、もらったクリスマスプレゼント、もう開けてしまいました。新しい毛糸は、そのお礼の意味もあります」

「初めてので自信がなかったんだけど、気に入ってくれた？」

「もちろん。とても大事にします。あとで神社行く時、使います」

それから直接厳島神社で待ち合わせることにして、いったん別れた。昼からモーリスさんと根岸の遊歩道へ行きたいのだがと父に話すと、意外にもあっさり許可が下りた。浦島屋の面々にとっては、モーリスさんは才蔵などよりよっぽど信用があるらしい。

お握りを持って行くかと尋《たず》ねる小夜に、「モーリスさんが英国風のさんどっちと紅茶を用意してくれる」ととっさに嘘を重ねると、そばにいた祖母のきんまで羨《うらや》ましがった。吉乃《よしの》は肥《ふと》ったヘボンの顔を揉《も》みくちゃにしながら、「冬の遊歩道でサンドイッチ食べてる人なんていないのに」となかなか鋭い指摘をした。

正午少し前、すずは家を出た。少し早足で元濱町から波止場に出、青灰色《せいかいしょく》の海を左手に見ながら、大手の外国商社やホテルが建ち並ぶ海岸通《バンド》りを直進。ほんの六年前まで高名なヘボン先生が住んでいた谷戸橋から、堀川を越えて対岸へ渡る。くすんだ山手の丘の麓《ふもと》に沿って、寺の瓦屋根《かわらやね》を目指した。元町薬師こと増徳院のほど近くに、厳島神社はある。

鳥居をくぐり、まずは喜代が無事に戻ってくるよう参拝した。もし決意の駆け落ちであるにしても、せめて無事だと知りたかった。ともに過ごした娘時代が、こんな唐突に打ち切られるのは嫌だった。

熱心に祈っていると、正午を告げる町会所の鐘《かね》の音《ね》が鳴り渡った。時計台のある西洋風の外観のくせに、時報は和風の釣鐘を使っている。少しくぐもった響きは横濱の隅々にまで溶け込んでいき、人々の耳に時間の区切りを伝えるのだった。

見通しのきく場所まで移動し、足踏みをして寒さを紛《まぎ》らわせる。それにしてもモーリスさんはどうして来ないのだろうと不安になった時、ある可能性に思い至った。

向こうの厳島神社へ行ってしまったのではないか。

伊勢佐木町《いせざきちょう》にほど近い、羽衣町《はごろもちょう》に鎮座するもう一つの社《やしろ》だ。もともとは横濱村の砂州《さす》の先端に鎮座していた洲干《しゅうかん》弁天社を、明治期の移転にともなって「厳島神社」と改称した。他方、江戸の頃より増徳院が別当だったことから、分祀社《ぶんししゃ》として長いこと寺の境内にも仮殿があり、神仏分離令によって新しく建立したのが、今すずのいる元町の厳島神社だ。

羽衣町の方は昔からの通り名で「横濱弁天」、こちらは「元町厳島神社」と、何の疑問もなく呼び習わしてきたが、土地の者でなければどちらも「厳島神社」だ。ましてや、向こうの方が本社であり、すずや喜代の家からも近い。

モーリスさんは厳島神社と聞いて、横濱弁天の方へ行ってしまったのかもしれない。

ここから羽衣町まで呼びに行くとなると、すずの足ではどんなに急いでも三十分はかかる。今から呼びに行っても間に合うはずもなく、視線を転じた先には石段をゆっくり上ってくる人影があった。渥美だ。

相変わらずの洋服は、糊《のり》のきいたシャツに、上等のスーツと革靴《かわぐつ》、ボウラーハットにステッキと口髭《くちひげ》までそろった洒落《しゃれ》っぷりで、すずはやはり感覚的に好きになれなかった。その感覚的な嫌悪《けんお》に理由をつけたくて、姿勢が悪いとか、よく見れば足が短いとか、外見の欠点をあれこれ上げてみたが、結局の所「うさんくさい」の一語に尽きた。気取った物腰の裏に、粗野《そや》で凶暴《きょうぼう》な性質が隠れているのではないかと、そんな所まで勘《かん》ぐってしまう。

渥美は人気のない昼下がりの境内を不審げに見回し、やがてすずに目を留めた。

「……おすずちゃん？」

こうなったら一人でやるしかないと腹をくくり、すずは一歩前に踏み出した。

「ここへ来てほしいと文を書いたのはわたしです。正直に名乗ったら出てきていただけないかと思って、お喜代ちゃんの名を使いました」

渥美はゆっくり目を瞬《しばた》いた。

「なんのために？」

「昨日は水曜日でした。お喜代ちゃんが、あなたとここで逢う日です。お喜代ちゃんが来たか来なかったか、何時くらいにここを離れたか、何でもいいから知りたいんです」

渥美は軽く肩をすくめた。いかにも西洋かぶれの仕草だった。

「僕も心配してるんだ。まだ帰ってないんだろう？　島虎から脅されていると、お喜代ちゃんが言っていた。警察は何してる？　島虎は金銭の要求はしてこないのか？」

それには応《こた》えず、すずは続けた。

「……そもそも、どうして伊勢佐木町を縄張《なわば》りにしている島虎一家が、関内《かんない》の茅原屋さんを脅し始めたんです？　渥美さんがお喜代ちゃんのお父さんに勧めた阿片入りの牛乳が原因ですよね？　それを飲んだ人が亡くなって」

「そんなことまで知ってるのか。だけどあの牛乳は違法じゃないし――」

「許可なく阿片を売った茅原屋さんは罪に問われます。ましてそれが原因で人が亡くなるなんて」

「あんなことになるとは思わなかったんだ」

「本当に亡くなってるんですか？」すずはすかさず畳《たた》みかけた。

「茅原屋さんから牛乳を買っていた銀座の奥様は、渥美さんの紹介だと聞きました。だけど、本当にその奥様は銀座の洋菓子屋さんなんですか？　そのかたと渥美さんがそう言ってるだけで、本当の所は分からないでしょう？」

「君は、僕がどこかの女と組んで茅原屋さんを陥《おとしい》れようとしてるって言いたいのか？　何のために？」

「島虎と結託《けったく》してるから」

すずはずっと抱《いだ》いていた疑惑を言い放った。

「茅原屋さんの評判が落ちるように仕向けて、島虎一家に脅させて、お金をとろうって寸法なんだわ」

「言いがかりもそこまでいくと滑稽《こっけい》だな」

微塵《みじん》も動揺《どうよう》を見せずに、渥美はステッキを突きつけた。

「言いがかりじゃありません。あなたは牛乳を売るつもりなんて初めからなかった。商《あきな》いとして取引するだけの分量がないでしょう。だってもう、カーティス商会さんは牛乳を扱ってないんですから!」

「――――」

「牛乳やバターがないってことは、当然キャラメル作りをしている銀座の洋菓子屋さんとの取引もないはず。それに東京では、日本人相手のキャラメルなんてないんです。じゃあ、あなたが茅原屋さんに紹介した奥様は、一体何者なんです?」

そこで渥美の頬《ほお》がわずかだが引きつった。そのようにすずには見えた。

「だったらどうしてお喜代ちゃんは消えたんだ? たいそうな芝居までして茅原屋から金をせしめる計画なら、拐《かどわ》かす必要はない」

「それは、茅原屋さんがなかなかお金を出さないから、島虎が業《ごう》を煮やして……」

今度はすずの方が口ごもる番だった。実際、警察も同じように考えている。

「島虎はそうかもしれない。でも僕にはそこまでする理由はない。お喜代ちゃんからどう聞いているか知らないが、僕たちは――」

「……ところで、どうして知ってるんですか?」

「何を?」

「茅原屋さんは、お喜代ちゃんが行方不明だってことを、わたしの家と数軒の仲良しさん以外、警察にしか話していないんです。昨日の今日で、どうしてあなたが知ってるんですか?」

渥美の顔色が、今度ははっきりと変わった。

「あなたはどこでお喜代ちゃんがいなくなったことを知ったんですか?」

すずは一歩も引かないつもりで渥美の視線を受け続けた。薬師堂の辺りで、参拝客の笑い声がする。

渥美はやがて小さな溜息《ためいき》をつくと、両手を上げる西洋風の仕草で降参を示した。

「そこまで疑われてしまっては仕方がない。本当のことを言おう。……ただし、誰にも話さないと約束できるか?」

「内容によります」

すずは拳《こぶし》を握った。事態が新たな方向へ転がっていこうとしているのが、渥美の重たい目つきで判《わか》った。幼くも見える丸い目が、完全に据《す》わっていた。

「お喜代ちゃんは、僕がとある場所に匿《かくま》っている」

思いがけない告白に、すずは瞠目《どうもく》した。「何ですって?」

「事件は島虎とは無関係だ。——いや、これを島虎が利用してひと騒ぎ起こすかもしれないが、とにかくお喜代ちゃんは拐《かど》かされたわけじゃない。今は僕の知人の家にいる」

「どうして、急にそんなこと……?」

「一昨夜、お喜代ちゃんがお父さんに僕たちのことを話してしまったらしい。年明けのお見合いが嫌だと断ったら、お父さんに厳しく責められて、とうとう喋ってしまったんだ。それで、昨日やっとのことで家を抜け出してきたお喜代ちゃんに泣きながら相談されて、とっさに知人に預けることにしたんだ」

「隠したって、どうなるわけでもないじゃない」

むしろ大騒ぎになった。小父《おじ》さんは今頃、心配で気も狂わんばかりだろう。

「もちろん承知している。一晩たってお喜代ちゃんも落ち着いたようだから、これから一緒に茅原屋さんへ行こうと思ってる。それで、そうだな――」

そこで渥美は軽く唇を舐《な》めた。

「君はお喜代ちゃんの心友《しんゆう》なんだろう？　だったら君の顔を見れば安心するかもしれない。良かったら、一緒に来てくれないかな」

「お喜代ちゃんに会えるの？」

眉《まゆ》をひそめて、すずは尋ねた。「どこにいるの？」

「このすぐそばだ。歩いて数分もかからない」

思案した。渥美を完全に信用したわけではないが、嘘とも言い切れない。何より、喜代に会えるという一言が、すずの心を動かした。今は真っ昼間だし、この辺りは人家や店が密集している。滅多なことは起こるまい。

「わかりました。案内してください」

すずが頷《うなず》くと、渥美は口元だけ緩《ゆる》めた。「そうか、よかった」

境内を後にし、いったん元町通りに出た。色とりどりの看板と人波を抜け、増徳院の瓦屋根を背にしてまっすぐ進む。こんな近くに喜代がいたのが、意外に感じられた。

「ところで」すずは先行く渥美に話しかけた。

「水菓子売りのお鶴《つる》さん、ご存知ですよね」

「誰だって？」

「アメリカ三番の前で、水菓子を売っていたお鶴さんです。親しいと聞きました。元町薬師の縁日にも、一緒に行かれたんでしょう？」

「ああ、あの娘はただの顔見知りだ。親しいってほどじゃない。縁日には頼まれて付き合っただけだ」

連日の晴天で空気が乾き、風が吹くたび土ぼこりが舞う。すずは袖《そで》で顔を隠すように歩きながら問いを重ねた。

「じゃあ、矢場の……那須屋《なすや》のお豊《とよ》さんはご存知ですか？」

それには答えず、ふいに渥美は脇道《わきみち》へそれた。

通り沿いの店の裏手にひしめく、潰《つぶ》れかけた平屋の長屋へ入っていく。周囲を取り囲む瓦葺《かわらぶ》きの二階家や蔵《くら》、物干し台にはためく洗濯物の底で、はがれかけた柿葺《こけらぶ》き屋根と腰高障子《こしだかしょうじ》が、突然の風にみしみしと鳴った。

渥美はそのうちの一番端の戸を、ためらいもせず開けた。

「さあ、入って」

調度らしいもののほとんどない板敷の六畳間に、煙草盆《たばこぼん》を前にして老婆《ろうば》が座っていた。丸まった肩の間に埋《うず》もれた白髪頭《しらがあたま》は茫々《ぼうぼう》と乱れ、茶色く乾いた肌に走る幾重《いくえ》もの皺《しわ》の奥で、白く濁《にご》った半眼と沈んだ下顎《したあご》がからくり仕掛けのようにぎこちなく動いた。

光の少ない室内は全体が埃《ほこり》っぽく、竈《かまど》と流しの隅はどことなく黴《かび》くさい。垂れ下がったしわくちゃの手ぬぐい、破れたうちわ、錆《さ》びた包丁が、土間の湿った壁にかかっている。

すずが入ると、背後で戸が閉められた。光に慣れた目が、突然の暗さにとまどう。

「何だい」老婆はくたびれた着物からのぞく枯れ枝のような手で、ぞんざいに煙管《きせる》をつまみ上げながら言った。

「ここはガキを扱う所だ。でかくなったのに用はないよ」

「ほんの数時間置かせてくれ。手間は取らせねえから」

渥美の口調ががらりと変わっていた。

「やれやれ、またかい。親父《おやじ》が親父なら、息子もとんだろくでなしだねえ」

「あんたはいいよな。ここへ連れ込まれるガキは、みんな親の意思で来るんだから。楽でいいよ」

老婆と渥美のやり取りに、すずは血の気が失せた。この辺りに小児売買の周旋業者《しゆうせんぎようしや》がいると噂《うわさ》は聞いていた。この不況下、貧しい親が子供を養子に出し、養育料目当てに子供を貰《もら》い受けた養父母が、今度は周旋業者を介して清国人《しんこくじん》の人買いに売り飛ばすのだ。

だがすずにとってその存在は河童《かつぱ》や天狗《てんぐ》と同じくらい現実味がなく、遅くまで遊んでいる子供を怖がらせるための方便に過ぎないと信じていた。

「なあおすずちゃんよ、頼むからちょろちょろしないでくれ、目障《めざわ》りなんだよ。阿片入りの牛乳を調べてどうするつもりだった？　痛い目に遭《あ》えば少しはおとなしくなると思ったのに、頼んだ奴《やつ》が間抜けすぎた。わざわざ縁日の日なんて選ぶから、たかだか娘一人襲うのに失敗するんだ……」

「あ、あなたが！」

渥美は喜代やすずと待ち合わせたあの日、やはり百段階段の団子屋へ裏側から回り、密《ひそ》かにすずたちの話を立ち聞きしていたに違いない。それであの赤ら顔の悪漢に頼んですずを襲わせたのだ。

危険を感じて踵《きびす》を返したすずの目の前に、渥美の胸があった。

「おまけに黄《ホワン》の方にまで出張っていくとはな。あいつから聞いたぜ。当人の目の前でべらべら喋ったお前が悪い。これも自業自得《じごうじとく》だ」

みぞおちの辺りに何やら強い衝撃《しょうげき》があったと思ったら、ぐるりと世界が回った。

ああ、劉さんが追っていた悪党は、従業員の黄だったのだ。

頭の片隅でもう一人のすずが囁《ささや》き、そうしてあの時関帝廟でなぜああも劉さんが険しい顔で制したのかを理解したが、その確信を最後に世界は暗転し、そのままどこかへ倒れ込んだ。

2

『娘を返して欲しくば　本日六時　手代に一萬《まん》五千圓《えん》を持たせ　彼我《ひが》公園にて待て』

初めて金銭を要求する文《ふみ》が茅原屋に届いたのは、その日の正午過ぎだったという。

町会所の柵《さく》にもたれかかって煙管をふかしていた才蔵《さいぞう》にそのことを伝えてきたのは、もはや仕事も手につかず管轄外《かんかつがい》の居留地を駆けずり回っている恒次だった。角袖を首もとで縛《しば》ってマント風にし、この寒さだと言うのに滝のような汗をかいている。喜代が消えたことも知らなかった才蔵は、煙管を取り落とさんばかりに仰天《ぎょうてん》した。

「何だ？　いつからそんなことになった？」

「島虎だ、島虎の仕業《しわざ》に違いねえよぉ！　だから脅されてた時点で、俺に任せりゃよかったのに」

すずの奴がとっとと言わねえから、と恒次は地団太を踏む。

「那須屋のお豊だってやっぱり島虎が殺《や》ったのかもしれねえ。あいつら一端《いっぱし》の侠客《きょうかく》ぶったって、もとはただの破落戸《ごろつき》集団だ、カッとなりゃあ何だってやりかねねえんだから。大将、どうしよう、茅原屋への腹いせに、お喜代も矢場女に仕立てる気じゃあ……！」

「阿呆《あほ》か。そんなことしたらすぐにバレるじゃねえか。いくらならず者の集まりだって、そこまで浅慮《せんりょ》じゃねえだろう」

「浅慮だからお喜代を拐かしたんだろッ！」

「大体、一萬五千なんて欲張りすぎじゃねえか？　お雇い外国人の年俸《ねんぽう》だってそんなにならねえ。三菱《みつびし》みてえな富豪じゃあるまいし、ハイそうですかと簡単にそろえられる額じゃねえだろう。それも正午過ぎに文が来たんじゃ、六時まで五時間ちょっとだぜ？」

才蔵の稼《かせ》ぎは、平均して月三、四圓ほどだ。年にしたら五十圓にも満たず、正直一萬五千がどれほどの大金か想像もつかない。恐らくその一割だけでも、父親の車屋を再興するにはじゅうぶんだろう。才蔵は一瞬途方もない夢想を巡らせ、唾《つば》をまき散らしてわめく恒次の顔にふうっと煙を吹きつけた。「何すんだよぅ！」恒次が咳《せ》き込んで怒鳴った。

「落ち着けよ。差出人《さしだしにん》は書いてねえんだろ？　だったらまだ島虎だって決まったわけじゃねえ。短時間で高額を要求してくるのも腑《ふ》に落ちねえし、受け取り場所が彼我公園てのも妙だ。囲まれたら逃げらんねえぜ。何考えてんだ？」

「そんなこたぁどうでもいい！　とにかく島虎だったら島虎なんだ！」

度を失った恒次は、その後も「島虎だ！」と連呼した。そうやってたやすく揺《ゆ》らぐ辺りが恒次の腰抜けたる所以《ゆえん》だったが、どうやら警察の捜査自体もそういう方向らしい。ほかに考えようがないので、島虎でなければ困るといった所か。

警察は動機のでっち上げが得意だ。大方、脅しに屈しない茅原屋に業《ごう》を煮やした島虎が、とうとう強硬手段に出たという筋書きにするつもりだろう。とにかく捕まえてしまえば、あとはどうとでも吐かせられると考えているのだ。ついでにお豊殺しも認めてくれれば万々歳。建前はどうあれ、いまだ拷問《ごうもん》がまかり通っているのが天下の警察だ。

町会所の時計が、ゴーンと鳴って三時を告げた。すでに陽《ひ》は西の空へ傾《かたむ》きつつある。才蔵は煙管の灰を梶棒《かじぼう》に叩《たた》きつけて落とし、勢いよく立ち上がった。

「どっちにしたって穏《おだ》やかじゃねえな。手ぇ貸すぜ。すずが何か知ってるかもしれねえ。浦島屋には行ったか？」

「行ったけども留守だった。今日俺と会う約束してたのに、アメリカ人と根岸の遊歩道だとよ。あいつ、清国人に飽《あ》きて、とうとう洋妾《ラシャメン》にでもなったかぁ？」

すずへの侮辱《ぶじょく》に、才蔵は肘鉄《ひじてつ》をくらわした。その後、「何か変だ」と感じ、すぐに「すずは嘘をついている」と直感的に気づいた。喜代が消えて大変な時に、のこのこ遊びに出かけるわけがない。

「あいつ、何考えてんだ」

喧嘩《けんか》別《わか》れしたとはいえ、自分に何の相談もないことが腹立たしい。乱暴に梶棒を握ったら、手のひらに引っかかるような感じを覚えた。数日前からどことなく車輪の具合が悪い。毎日修理しようと思いつつ、時間が取れずにだましだまし使っているが、途中で立ち往生するのが一番困る。路上に置いたまま長いこと場を離れるわけにはいかないからだ。父親が死んで車を持ち逃げされたことが、ずっと尾を引いている。だから家の中以外は、まさに一心同体だ。

猪鹿蝶《いのしかちょう》の車体をなだめすかし、本町通りをはずれて歩を速めた時だった。

ひょろ長い影が追いかけてきたと思ったら、才蔵はいきなり胸ぐらをつかまれた。何やら早口の英語でわめきたててくる。あまりの剣幕に、脇にいた恒次までたじろいだ。

「大将、何だその異人？」

「へ、ヘルプ・ハー！」

「どうしたモリスケ、すずと一緒だったんじゃねえのか？　それより何だその、死ぬほど無粋《ぶすい》な首巻きは」

薄桃色の〝モッフラァ〟を巻いたモーリスは、頬も鼻の頭も真っ赤にして、「別の方」とか「ワタシの、フカク」とか、ところどころ意味不明の日本語を交えながらまくしたててくる。

「スピィク、スロリ！」

ゆっくり話せ、と才蔵が張り倒したら、前髪の乱れも気にせず「ヘルプ、すずサン！」と一息に言った。

「すずがどうした」

湧《わ》き上がってくる不安を、才蔵は苦い唾と一緒に呑《の》み込んだ。道路の端っこに車を寄せ、先を急ぎたい恒次を抑えてモーリスの話を聞く。

すずは喜代の行方をはっきりさせるために、カーティス商会で番頭をしている渥美という男に会うのだと言ったらしい。家族にはモーリスと根岸の遊歩道へ行くと嘘をついて出かけることにしたのだそうだ。

「アツミは、ミスタ・リウが見てた賭博《ギャンブル》の店にも行ってます。ですから、すずサンはとてもアツミを気にしています」

才蔵は以上の情報を辛抱強《しんぼうづよ》く聞き出し、モーリスが元町厳島神社でなく横濱弁天の方へ行ってしまったというくだりで、金髪の頭を叩《はた》いた。

「で、正午に渥美と待ち合わせて、まだ戻って来ねえと？」

「そうですネ」前髪を乱したまま、こっくりとモーリスが頷く。

「すずのことだ。そいつと会った後にどこかで買い食いでもして暇《ひま》つぶしてんじゃねえのか。まだいい、遊歩道から帰れる時間じゃねえから」

才蔵は言いつつ、先ほどと同じ理由で自分の考えを否定する。喜代が大変な時に、買い食いをするすずではない。

「ノー、アツミもカーティス商会にいません」

「わざわざ確かめに行ったのか？　大体、何だってそこまで渥美にこだわるんだよ」

「怪しいの人だから。すずサンの友達のお家《うち》に、商売のためアヘンのミルク売りました。そのために、シマトラお金欲しいと言いました。でも、アツミがミルク売る、おかしい。カーティス商会はもう、ミルク扱いません。カーティスさん、彼の国に帰りました。今は番頭《バント》サンのアツミだけ」

「な、何だそりゃッ？　聞いてねえよ！」

憤慨《ふんがい》する恒次を横目に、才蔵は考え込んだ。考えるのは苦手だったが、車輪も不調になった今、立ち止まって原因を探る必要があると感じた。

渥美が牛乳を売った。島虎が茅原屋に目をつけた。脅しを始めてしばらくしたら、喜代がいなくなった。警察は島虎に張り付き、一方で何者からとも分からない金銭要求の文が届いた。犯人は島虎で決まり――。

「――島虎は囮《おとり》じゃねえのかな？」

思いつきが声に出た。言ってから才蔵自身も驚いたが、あながち的外れな推測でもなさそうに思えた。

「そ、そりゃどういう意味だよ大将？」

「つまりよ、世間様を欺《あざむ》くために、本物の悪党が偽《にせ》の悪者をこしらえたんじゃねえかってことだ。島虎は、踊らされてるだけじゃねえのかって話よ。そうなると、最初に島虎へ茅原屋のネタを持ち込んだ奴が怪しいぜ。ひょっとすると渥美自身かもしれねえ」

「だけど、確かめるすべがねえぞ？」

才蔵は無言で顎をさすり、やがて低く声を絞《しぼ》り出した。

「こうなりゃ、島虎に直接聞いてみるしかねえな」

とたんに恒次の目と鼻の穴が最大限に開いた。火山でも爆発したかのごとき鼻息だった。

「何考えてんだよぅ、一人で奴らんとこねじ込むつもりか？　いくら大将の腕が立つっても、命がいくつあっても足りねえや。たとえうまく聞き出せたって、狭い町ん中だ。後でハマじゅうの車夫洗って報復されちまうよ」

「俺は何も力ずくで解決しようとは思っちゃいねえよ。腹割って、筋通して、取引する」

「無理だよ、鼻であしらわれるだけだぁ」

「恒次よう、お前〝折り鶴事件〟の捜査で朝から晩まで島虎を見張ってたな？　ってことは、当然奴らの暮らしぶりも詳しく知ってるよな？」

「ねえ、大将ってば」恒次は昔よく見せた半泣き寸前の顔で才蔵を引き留めにかかった。

「今頃宅《ヤサ》も矢場も警察が張りついてらぁ。のこのこ行ってみな、要《い》らぬ嫌疑をかけられるよぉ！」

おろおろする恒次をよそに、才蔵はモーリスへ顎をしゃくった。

「待ってな米国人、いろいろ探ってくらあ。すずと喜代の行方はそっからだ」

「ワタシも、もう一度カーティス商会調べます。もしすずサン帰ってきましたら、すぐサイゾーに報《しら》せます」

どちらからともなく頷《うなず》き合って、二人はそれぞれ逆方向に歩き始めた。


二時間後、才蔵は伊勢佐木町の端にある湯屋にいた。

中はそこそこ混んでいる。気持ちよく喉《のど》を震わせる湯浄瑠璃《ゆじょうるり》、孫に背中を擦《こす》らせている老人、ぬか袋で熱心に洗い上げる色白の若者、雑談に興じる中年たち、散らばった小桶《こおけ》、蒸気に煙《けむ》る壁の広告。

目当ての男たちは、五時近くなってようやくやって来た。脱いだ衣を手早く棚《たな》にぶち込み、それぞれ洗い場で桶を使い始める。

頭の上の手ぬぐいをはずし、才蔵は湯から上がった。普段は烏《からす》の行水だったが、顔を真っ赤にして一時間も待ったのだ。

素っ裸でいれば、肩で風を切って歩く強面《こわもて》の才蔵が、よもやしがない人力車夫だとは気づかない。一般客と微妙に距離を置く男たちにためらいもなく歩み寄り、「ちょいとすみません」と声をかけた。

「そちら、島虎一家の代貸《だいがし》とお見受けしますが」

途端、背中に彫られた観音菩薩《かんのんぼさつ》がぴくりと動き、頰のそげた中年男が才蔵を振り仰いだ。取り巻きの若い衆もいっせいに怪訝《けげん》な顔つきになる。「誰だ、てめえ」

「わけあって名乗れねえんで」

才蔵は左頰の傷を引きつらせ、不敵に笑った。

島虎の代貸・甚五郎《じんごろう》は、毎日五時に若い衆を連れて近所の湯屋へ行く。そう恒次から聞きつけ、待ち伏せていたのだ。

「じつは、どうしてもお耳に入れたいことがありましてね」

「何言ってやがんでえ、こんな所で」

若い衆がぬうっと立ち上がって才蔵を取り囲んだ。みな才蔵ほどの若さだ。何人かの客がそそくさと脱衣場へ逃げていく。

「見ねえ顔だが、用があるならきちんと服を着て出直しな」

「紋付《もんつ》き袴《はかま》でお邪魔したくっても、そちらさんとこには野良犬《のらいぬ》みてえに警察がうろついてるじゃありませんか」

「何だとお？」

赤銅色《しゃくどういろ》の小太りが詰め寄った。「戯言《たわごと》抜かすと承知しねえぞ、こら」

「だったら裸で帰ってみな。刑事《デカ》が肉に群がるぜ」

「てめえ、この若造！」

いきなり殴りかかってきた拳を躱《かわ》し、その反動を利用して相手に体当たりした。次の男を小桶の角でぶち叩き、三人目の顔を手ぬぐいで張り飛ばして腹を蹴《け》る。ひっくり返った男に棚の上の留桶《とめおけ》を雨あられと落とし、もう一人を水風呂に放《ほう》り投げ、つかみかかってきた小男に頭突きをくらわした。

「お、お客さん」番台が上擦《うわず》った悲鳴を上げる。

「せっかく人が丁寧に忠告してやろうってえのに、」

一番の兄貴格を引きずり、才蔵は頭をつかんで湯船に沈めた。

「あんまりな態度じゃねえか」

五まで数えて湯から引き上げる。後ろから止めに入った弟分を片手でのし、もう片方の手でまた五まで。三度繰り返したら、「勘弁、勘弁！」と泣きが入った。

「それくらいにしてくんな！」

洗い場で甚五郎の声が飛び、才蔵は咳き込む若い衆を置いて代貸のもとへ戻った。甚五郎は手ぬぐいを肩にかけ、じつに迷惑そうに才蔵を見上げてくる。

「兄さん、派手にやってくれたな。いってえ何の用だ」

「ただの忠告ですよ。今日の六時、茅原屋から金を受け取る手はずになってるんじゃありませんか？　よした方がいい。そいつは罠《わな》ですぜ」

「何ぃ？　どういうことだ？」

「そちらはどう聞いてるか知りませんが、今じゃ島虎一家は茅原屋の娘を拐かした張本人になってるんで。金なんぞのこのこ取りに行ったら、それこそ警察の思うつぼで犯人にされちまいますよ」

驚く甚五郎の反応を見て才蔵は確信した。島虎は喜代を拐《かどわ》かしていない。

「お前の話、どうして信じられる?」

「そいつは信じてもらうしかねえ。ためしに若い者《もん》に宅の周りか彼我《ひが》公園を一巡《ひとめぐ》りさせてご覧なさい。ふてぶてしい野郎どもが、そこかしこに潜《ひそ》んでますぜ」

「お前がデカじゃねえって、どうして判る?」

「俺にも矜持《きょうじ》ってもんがありまさぁ。人の尻《ケツ》追い回すのは趣味じゃねえ。だからこうして直接お目にかかってる」

「いい根性してるな」

甚五郎は唇を歪《ゆが》めて薄笑いを浮かべた。「――いいだろう」独り言のように呟《つぶや》いて、湯船に向かう。噛みつきそうに睨《にら》んでくる若い衆を横目に、才蔵も渋々隣に浸《つ》かった。もう一生分風呂に入ってしまった気がする。

「で、何が望みだ」

「望み?」

「回りっくどいやり取りはなしだ。こんな話を持ってくるからには、お前の方でも何か望みがあるんだろうが」

「さすがに話が早《はえ》ぇや……」

片手で顔をざぶりと撫《な》で、才蔵は切り出した。

「そちらに今回の話を持って行った人間が知りてえんです。もしや、渥美って野郎じゃありませんか？」

「いいや、そんな奴は知らねえ」

「じゃあどんな……」

「あれは人じゃねえ。亡霊だ」

わけが分からず見返した才蔵に、甚五郎はへへへと肩を揺すって笑った。

「月の初めだったかな、十六年前に死んだはずの女がうちに来たんだよ」

「女？」

「ああ、あんたは若いから知らんだろうが、港崎《みよざき》で評判の新造だった。豚屋《ぶたや》火事で焼け死んだはずが、ひょっこり現れやがった。あの目鼻立ちは、簡単に忘れられるもんじゃねえ。確かにとうはたってたが、小娘の時よりずっといい女になってるって、親分がそりゃあ喜んでよ。一、二度、姉女《あねじょ》郎《ろう》と一緒に顔を合わせたことがあったとかで……」

「本物なんですか。人違いってことも……」

「間違いねえ。昔、その新造に入れあげた旦那《だんな》が無理心中しようと刃物を突きつけた。その古傷が女の首に残ってたんだ」

「首の傷……」

「で、女が言うんだ。居留地の茅原屋って薬種問屋が、売った薬で死人を出したってな。脅せばいい金になる、手はずは全部整えておくからってな」

「女はなんでまたそんなことを言い出したんで？」

「そいつが面白いとこよ。昔自分を売り飛ばした女衒《ぜげん》の源治《げんじ》の息子が、今じゃ西洋紳士気取りで横濱にいる。でもって、茅原屋の一人娘といい仲らしい。何とかそいつに復讐《ふくしゅう》してえってな。まったく、世の中何が起こるか分からねえ」

自分を騙《だま》して女郎にした男の息子が、偶然目の前に現れた。悔《くや》しくってならない。どうか親分さんの御力《おちから》を借りたい――。袖を嚙んで頼まれて、島虎の親分は心を動かしたのだと言う。

「それで、実際茅原屋に行ってみりゃあ言った通りだ。こいつはいいと、口止め料に千圓ばかり強請《ゆす》ってみたが、なかなかウンと言わねえ。それが今日、急に払うと報せが来て……」

「一人娘がいなくなって、茅原屋が要求された額は一萬五千でさぁ。警察は島虎一家が犯人だと決めつけて、金を取りに来た所を一網打尽《いちもうだじん》にする気ですぜ」

「何だと？」甚五郎が目を剝《む》いた。「あ、あの女《アマ》、ふざけやがって！」

怒りに震えて立ち上がった甚五郎より早く、才蔵は湯船を飛び出した。

「それじゃあ、俺はここいらで失礼します」

「待ちな兄さん。その話、親分にも詳しく聞かせてくれねえか」

「すいません、俺も命が惜しいんで」

追って来ようとする若い衆に桶を投げつけ、ろくに拭きもせず股引《ももひき》だけ着けると、才蔵は風のように湯屋を後にした。五時を回って陽はとっぷりと暮れ、濡《ぬ》れたままの髪や剝き出しの腕に北風がびゅうびゅうと吹きつけた。

甚五郎たちに姿を見られない辺りまで、点々と明かりの灯《とも》る街を駆ける。紺無地《こんむじ》の法被《はっぴ》一枚に体は激しく震え、その間も頭は答を求めて目まぐるしく回転し続けた。

亡霊が出ただと？　じゃあ今までどこにいた？　なぜこの絶妙な時機に姿を現した？

島虎は女が持ち込んだ話を真に受け、茅原屋から金を受け取ろうとしていた。

女衒の息子が喜代と云々《うんぬん》なんて話は知らないが、それが渥美のことだとすると、女と渥美は間違いなく結託《けったく》している。恐らく島虎を嚙ませたのは、警察の目をそらすためだ。万一島虎の潔白が証明されても、時間稼ぎにはなる。

待てよ、ともう一歩踏み込んで考える。

渥美は劉鴻志《りゆうこうし》が見張っていた賭場《とば》に出入りしていたという。阿片入りの牛乳を売っていた渥美と、阿片の流れを追っている劉鴻志に接点はないのか。黄《ホワン》とかいう海和堂《かいわどう》の従業員は、そこにどう関わってくるのか。

最悪の筋書きは、渥美と黄が仲間で、劉鴻志がそれを追っている場合だ。

モーリスの慌てようが、今になって才蔵を動揺させた。すずの不在がにわかに重大な意味を帯びてくる。すずが喜代や劉鴻志のためにあれこれ調べ出したら、渥美からも黄からも目をつけられるに決まってる。

これからどこに行くべきか、才蔵は焦《あせ》る頭で必死に考えを巡らせた。カーティス商会か、海和堂か。大体、なぜ喜代はさらわれたのか。身代金目的でもない。脅しでも強請《ゆすり》でも恨《うら》みでもない。喜代を拐《かどわ》かす必要がどこにあるのか——。

「ええい、畜生、一体どうなってやがんだ！」

どうか帰っていてくれと祈るように向かった浦島屋に、やはりすずの姿はなかった。常連客の笑い声が、通りにまで響いている。大事にならないよう、さりげなく立ち去ろうとした時、裏手から小柄な影が走って来た。店の灯りに、すずによく似た色白の頰がぼんやり浮かび上がる。

「吉乃ちゃん」

「ねえ、何かあったの？　お姉ちゃんと遊歩道に行ってるはずなのに、さっきモーリスさんも一人で来たよ。初めて喋っちゃった」

「何か言ってなかったか？」

「支離滅裂《しりめつれつ》な日本語だったけど、急を要する事が起こったみたい。とにかく才蔵が来たらこれを渡してくれって」

紙片を渡された。開くと、かなり慌てたような走り書きだった。

「馬鹿野郎、英語の言伝《ことづて》なんて読めるわけねえじゃねえかッ！」

半濡れのざんぎり頭を搔《か》きむしって、才蔵はわめいた。よほど気が動転していたのか、簡単な英語を話す才蔵なら読むこともできると考えたのか、とにかくモーリスの間抜けは一刻を争う事態でとんでもない失態を犯《おか》したのだった。

「あの野郎、どこだ、奴はどこに行ったんだッ」

「〝先に向かうので、後から来い。〟えっと、場所は……」

「ヘッ……」隣の吉乃を見下ろした。黒目がちのつぶらな瞳《ひとみ》を瞬《しばた》かせ、黙々と紙切れを覗《のぞ》き込んで言伝を読み上げている。

「〝詳しくは合流してから話す〟って」

「……吉乃ちゃん、英語読めんのか」

「うん、山手の女学校行ってる友達に習ったの。お姉ちゃんには内緒だよ」

見上げる顔は無表情だったが、黒目がちの丸い目が得意げに光っていた。

3

最初に聞こえたのは、轟々《ごうごう》と鳴る風の音だった。

暗闇《くらやみ》の中、硬い地べたに寝転がっていたすずは、一瞬わけがわからず混乱し、慌てて起き上がろうとして失敗した。気づけば後ろ手に縛《しば》られており、寒さと不自然な体勢でこわばった肩の付け根がひどく痛んだ。

まずは落ち着け、と自分に言い聞かせる。深呼吸を一つ、二つ。それから目と耳と鼻を総動員して、改めて状況を探った。

上部にある窓がうっすらと明るく、板壁の狭い室内にいるらしいと判る。徐々に目が慣れてくると、雑然と置かれた物の輪郭もおぼろげに見えてきた。スキかクワか、とにかく柄《え》の長い農具のようなもの。西洋の食卓《テーブル》のようなもの。大小の桶、籠《かご》、壺《つぼ》。箒《ほうき》、洋燈《ランプ》、梯子《はしご》、壊れた車輪――。壁にも床にも、とにかく種々雑多な道具が、所狭しと置かれている。滅多に人が立ち入らないのか、どこも土ぼこりの臭《にお》いがした。

どうやら納屋《なや》らしいと分かったものの、どこの納屋かは見当もつかない。元町の裏長屋でないことだけは確かだ。風のにおいも音も、心なしか街とは違う。気を失っている間にどこへ連れて来られたのか、不安がますます色濃くなった。

身をよじって体を起こし、わずかな期待をこめて手首を動かしてみたが、きつく縛られていてびくともしない。とにかく縄をほどこうと適当な道具を探してみても、役に立ちそうな刃物がそうそう都合よく見つかるはずもなかった。

すずは焦りながら狭い室内を見回した。

柱に縄がかかっている。もしやと思い、裏側に頭をもぐりこませて必死に払い落としてみると、やはり古釘《ふるくぎ》が打ち付けてあった。そばにあった桶を足で移動させ、ひっくり返しておっかなびっくり乗る。その時自分が裸足《はだし》だと気づいたのだが、かまっている暇はなかった。

どうにか立ち上がると、これも思った通り、うまく手の位置に釘が当たった。縄の結び目を探りながら釘の頭に引っかけ、緩む場所がないか試す。

手のひらの側面を何か所も切り、腕を痺《しび》れさせて四苦八苦すること数分。結び目の同じ箇所を引っかけ続けていると、ブツブツッと短い音がし、縒《よ》ってある縄の半分ほどが切れた。それに勇気づけられ、きつい体勢のまま夢中で手首を動かしていたら、次の瞬間、ふいに肩と腕の力が抜けた。取れた、と思う間もなく、急に自由になった上半身がぐらつき、すずは均衡《きんこう》を崩《くず》して桶から転がり落ちた。手をついた所で、干し草に触《ふ》れる。藁《わら》だった。ひっくり返した時に桶からこぼれたものか、足元いっぱいに散乱している。指先で確かめると、どれもみな普通より短い。牛馬に与える飼《かい》葉《ば》かもしれない、と気づいた。

再び外で強い風が吹き、納屋全体がぎしぎし鳴る。すずは着物の衿《えり》と裾《すそ》を直し、藁くずを叩《はた》いて立ち上がった。扉《とびら》を押したり引いたりしてみたが、鍵《かぎ》がかかっていた。ためらう時間さえなく、意を決して桶を窓の下まで持っていく。たいした高さではないが、それでも乗り越えるとなると勇気がいった。

どこに誰がいるとも知れないので、大風が吹くのに合わせて建てつけの悪い窓を開けた。体を水平にし、思い切って乗り越える。納屋の裏側は板塀《いたべい》になっており、その向こうは鬱蒼《うっそう》と茂《しげ》った木立だった。葉は少ないものの、風が通り抜けるたび獣《けもの》のように林がうめく。

すずは慎重に納屋の前面に回り、眼前に広がった冷たい解放感を、胸いっぱいに吸い込んだ。

ほのかな月明かりが、敷地の全体を照らしていた。

広い放牧地を囲むようにして、牛舎や作業小屋など数軒の建物が整然と並んでいる。

カーティス商会の牧場だわ——とすずは心の中で驚嘆《きょうたん》の吐息を漏《も》らした。乳製品を扱っているのだから、当然牧場があるという事実を今まで失念していた。

横に細長い牛舎には、観音開きの扉が全部で四つ。屋根は大きく高く、それぞれの扉の上に明かり取りか何かの窓がある。肝心《かんじん》の牛はいないようだが、独特の獣じみた臭いがかすかに漂ってきた。

明かりは二か所、敷地の反対側に見える作業小屋と、すずが出てきた納屋の隣にある住居から漏《も》れている。どちらに向かうか迷ったが、まずは近い方から探ってみることにした。渥美の目的は分からないが、大事な「人質《ひとじち》」を作業小屋へぞんざいに放り込んでおくことはないだろうと考えたからだった。

表に回ると身を隠す場所がないので、月明かりと足の裏の感触を頼《たよ》りに、板塀に沿って裏から近づく。建物は丸太を器用に組み上げた西洋風の二階家で、入り口は牧場の正面を向き、それぞれの壁にいくつか窓がある。カァテンのかかっていない窓に、身をかがめて近寄った。

そっと中を覗《のぞ》き込む。調度のない殺風景な部屋の真ん中で、テーブルに洋燈《ランプ》と清国《しんこく》の酒壺を乗せ、向かい合った渥美と黄《ホワン》が杯を片手に話し込んでいた。

すずは自分のうかつさを呪《のろ》いたくなった。劉さんは黄を追っており、黄は渥美と結託《けったく》していた。だから渥美のいる場所にいつも劉さんが現れたのだ。

耳を澄ますと、内容が切れ切れに聞こえてくる。片腕を椅子《いす》の背に回し、崩れた姿勢で渥美が言った。

「これが巧《うま》くいったら、俺はひとまず上海《シャンハイ》にずらかる。今度の件でずいぶん無理もした。しばらく向こうで静かにしてるさ」

「カーティス、そのうちここ売る。どうするか」

「また頃合《ころあ》いを見て日本へ戻って来てから、新しい手を考える。それまでは、おとなしくしておいた方がいい。お前はまだしばらく海和堂にいるんだろ？　あの劉とかいう清国人がずいぶん嗅《か》ぎまわってたようだが、大丈夫なのか？　この牧場のことだって――」

黄は杯を一気に呷《あお》り、薄笑いを浮かべた。

「あいつ、ここが阿片の出所と知っても、どうにもならない。英国人の牧場に手を出す、外事の問題までなるよ。南京町で商いうまくやりたいなら、そこまでしない」

すずは一言も聞き漏らすまいと、窓に張りついた。「出所」というのが正確に何を意味するのかまだ分からないが、劉さんがカーティス商会を知っていたのは、恐らく鳥打帽《とりうちぼう》をかぶった日本人の情報屋に、この牧場をつき止めさせていたからだ。

だが劉さんの前には、南京町で生きる人間が当然すべき保身と外事の壁が立ちはだかっている。

「それにあの男、本当のこと何も分かってない。俺の仕事、阿片がすべてと思ってる。おまけに、あの賭場で阿片捌《さば》いてると勘違いしてるね。お豊が持ってた鶴《つる》の紙も、単にお豊の親父が賭場で手に入れたものと思ってる」

「ずっとそう思わせておけよ」

渥美が高笑いを上げ、黄も唇をゆがめて肩を揺すった。悪事が阿片にとどまらないことが、二人の口ぶりから察せられた。

「あの男、詰めが甘い。縁日の時もあいつ俺を尾《つ》けてた、俺どうやってお前と合流しようか考えてたら、あいつ、娘の方助けに行った。おかげであいつ、俺の仕事分からずじまい」

「そりゃあ怪我《けが》の功名だ。日にちと場所が重なったのは偶然だったんだが、襲わせた甲斐《かい》があったな」

黄の痩《や》せた横顔を見たすずは、元町薬師の縁日で劉さんの先を行く清国人の後ろ姿を思い出した。あれが黄だったに違いない。

その時の劉さんの葛藤《かっとう》を想像して、苦い思いが胸に満ちた。

もう一杯酒を勧《すす》める渥美に、黄は杯の上に手をかぶせて断った。

「ところで、納屋にいるの娘どうする？」

「それはあいつが決めるだろう」

まだほかにも誰かいるのだ、とすずが警戒を強めた時、ふいに渥美が窓の方を向いたので、慌ててしゃがんだ。見つかったかと気が気でなかったが、何事もなく会話が続いたので、ほっと安堵《あんど》する。

「この颪、舟出せるか？」

「今日中に荷を載《の》せないと間に合わない。ときどき颪が収まるから、様子を見て行こう」

渥美が立ち上がり、どこかへ歩いて行った。家の広さから考えて、最低でも二部屋はある。そちらの方に喜代がいるのかもしれない。

すずは建物の壁に手をつけ、身を低くしたまま移動した。ちょうど先ほどと反対側に当たる窓には、黒っぽい厚地のカァテンがひかれている。隙間《すきま》からわずかに部屋の中がうかがえ、もっとよく見ようと額を窓硝子《まどガラス》に押しつけた。

部屋を隔《へだ》てる戸口から漏れた明かりのそばに、座り込んだ黒い頭が一つ、二つ、三つ、四つ。髪形を見れば、全員似たような年頃の娘だと分かった。ほかに見える範囲では、部屋の端にもう一人、男性らしい影がある。

予想外の人数に、心臓が波うった。渥美につかまっているのは、喜代だけではないのだろうか。窓の外からあれこれ角度を変え、顔を確かめようと虚《むな》しく試みる。せめて窓が開いたらいいのだが、と背伸びをした時だった。

突然、背後から肩に手が置かれた。仰天して振り返ると、目の前に渥美がいる。悲鳴を上げるより早く乾いた音がして、顔全体にがつんと衝撃《しょうげき》が走った。尻《しり》もちをついてからようやく、頬を叩《はた》かれたのだと気づく。男に叩かれた恐怖とくらくらする痛みで、図らずもまず先に涙が溢《あふ》れ出た。

「畜生、どいつもこいつもうろちょろしやがって、まったく嫌になる」

すずの腕をつかみ、渥美が乱暴に引き起こして悪態をついた。一体誰がどいつもなのか、混乱したすずには思いもつかない。お白州《しらす》に引き出される罪人のごとく、されるがままに連れていかれた。

「入れ」

家の中は短い廊下《ろうか》を挟んで二部屋に分かれており、真ん中に細い上り階段がある。土足でそのまま入るためか、床じゅう泥だらけだった。

「こしゃくね、そいつ逃げたか」

廊下へ顔を突き出した黄が、面倒そうにぼやいた。

「おとなしくしてりゃあいいものを」

渥美に背を突き飛ばされ、すずは暗い部屋へつんのめった。すぐさま、隅っこにいた娘が小さく叫ぶ。「おすずちゃん!」

「お喜代ちゃん……!」

慣れ親しんだ友の声を聞き、気が緩んだすずは再び泣き出しそうになった。だが後ろ手に縛られた喜代の姿に、ぐっと奥歯をかみしめて涙をこらえる。喜代の方がずっと怖い思いをしているに違いないからだ。

怪我はないかと喜代に尋ねようとした時、もう一つ別の影が寄ってきた。

「すずサン、ダイジョブですか?」

「モ、モーリスさん?」

深刻な事態だというのに、素《す》っ頓狂《とんきょう》な裏声が出てしまった。

「どうしてここにモーリスさんがいるの?」

「すみません、ワタシ、ここへ来てすずサン探しましたけれど、失敗しました。アツミ、ワタシをすぐ見つけました」

隣室のわずかな明かりを受けた金色の眉毛《まゆげ》は、これ以上下がりようがないほどの八の字だった。

渥美か誰かの襟締《ネッキタイ》で、両の手首を前側で縛られている。すずのあげた薄桃色の首巻きをつけたまま、哀《あわ》れになるくらいがっくりと肩を落としていた。

ほかに三人の娘たちが、怯《おび》えた様子で隅っこに固まっている。年齢は同じほどでも、身なりは喜代よりずっと質素だった。こちらも全員後ろ手に縛られている。薄々感づいてはいたが、こうして渥美と黄のもう一つの悪事を目の当たりにすると、言うべき言葉が見つからなかった。

渥美はすずを縛るための縄を探し回り、見つけられずに外へ出て行く。代わりに、洋燈《ランプ》を持って黄がこちらの部屋にやって来た。光の輪が大きくなり、天井の隅の蜘蛛《くも》の巣や埃だらけのカーテンとともに、初めてお互いの顔がしっかりと浮かび上がった。

「気をつけて、あいつはニンジャみたい、手と足がとても速く動きます」

ささやいたモーリスさんの顔をよくよく見てみたら、右目の回りが赤くなっていた。首巻きもすずの処理が甘かったせいか、あちこちほつれている。いろいろと申し訳なくなった。

黄は入り口に座り込み、嗅《か》ぎ煙草《たばこ》を始めた。硝子の小瓶から出した煙草を親指の付け根に少量置いて、スン！　とひと吸い。南京町の清国人がこうしているのを初めて見た時は驚いたが、清国では天子様から庶民にいたるまでみんな嗜《たしな》んでいるものらしい。

「あなたたちが娘さんを拐《かどわ》かしてたのね。矢場のお豊さんも、水菓子売りのお鶴さんも、みんな騙《だま》して連れてきたのね」

問い詰めたすずには答えず、黄はまた煙草を吸いこんだ。

「雇い主の劉さんを裏切るなんて卑劣《ひれつ》だわ」

「俺の雇い主はあいつじゃない。祖父《じじい》でもない」

その時、頭上で物音がした。二階を誰かが歩き回っている。やがて、ことり、ことり、と足音が一歩ずつ階段を下り始め、肩越しに見上げた黄が弾《はじ》かれたように立ち上がった。

「――さっきから、何をばたばた騒いでるの？」

遮《さえぎ》られた壁の向こうで、予想していたより数段高い声がし、続いて戸口に現れた女の姿に、すずは息を呑んだ。

「あら、これはこれは。お互い、いい友達を持ってるわねえ」

喜代が身をこわばらせてすずの後ろへ下がった。

「銀座の洋菓子屋の奥様よ。どうしてあんな恰好《かっこう》……」

すずは口を半開きにしたまま、喜代とは別の驚きをもって女を見つめた。

黒を基調とした光沢感のある細身の上衣。波と鳥花を裾模様にあしらった、足首まである裙子《スカアト》。首もとを隠す高い衿《えり》の上に載っているのは、卵形をした陶器のような肌。両耳で揺れる、銀の耳飾り。

「緑綺《リユウチイ》さん……」

海和堂の妾《めかけ》は、初めて会った時と変わらない艶《つや》やかな笑みを浮かべていた。筆で描いたような流線型の目鼻立ちが、かえって鎌《かま》の鋭さに似た凄《すご》みを湛《たた》えている。

清国人なのに足が小さくない女。日本人なのに眉剃《まゆそ》りもお歯黒もしていない女。

同一人物だったのだ――。

「どうしたの、二人とも。幽霊に会ったような顔をして」

提《さ》げてきた黒い角灯《ランタン》を置いて腕を組んだ女に、すずは尋ね返した。

「……あなたは一体誰？」

南京町で暮らす日本人の妾は少なくない。その数およそ七百人。家事や雑用の仕事もあって、正式に雇われているのだという。開港初期こそ欧米人に囲われる方が高額で人気が高かったものの、不景気に伴ってお手当は減る一方、妾を捨てて帰国する異人が増えたため、最近では金払いがよく情も濃い清国人の方がいいらしい。

だから目の前の女が日本人でも何ら不思議はなかったが、本人は上海から来たと言っていた。日本人か、清国人か、そのどちらでもないのか、外見からも、物言いからも、恰好からも判断できなかった。

「これはおかしなことを聞く子ねえ。わたしはわたし」

刺繍《ししゅう》の入った黒い布靴でゆっくりと部屋を歩き回り、身を寄せ合って震えている三人の娘たちへ、緑綺はすまなそうに声をかけた。

「もう少し我慢してちょうだいね。そうしたら、船に乗せてあげるから」

すずはその時、喜代を含めた娘たちの帯締めに、みな赤い鶴が挟まっていることに気づいた。

「あなたたちが乗るのは、上海行きの船。船員には話をつけてあるから、乗り込む時にその赤い鶴を見せて。それが密航者の目印。みんなちゃんとあるわね？」

緑綺はすすり泣く娘たちの前でひらひらと指を動かし、その後すずとモーリスさんの間で縮こまっている喜代に向き直った。

「器量よしの娘はたくさんいるの。だけど良家のお嬢様はなかなか手に入らない。上海の好事家《こうずか》がどうしてもって頼むものだから、一芝居打ったのよ」

「島虎一家がうちを強請《ゆす》ってきたのも、あなたの仕業なの……？」

「危ない橋を渡るには、囮《おとり》になってくれる悪党を作らなきゃいけないでしょう。あそこの親分とは前に顔を合わせたことがあったから、昔のよしみで一枚嚙ませることにしたの。そのためにまず茅原屋の評判を落とす必要があったのよ。今頃、のこのこ金を受け取りに行って、脅しと拐《かどわ》かしの罪で警察に捕まっているかもねえ」

緑綺は肩を震わす喜代の顔を覗き込み、慰《なぐさ》めるように腕をさすった。嘘をつき、人を騙すことに何の罪悪も感じない女の、虚飾に満ちた優しさだった。

「お店の評判まで台無しにしてしまったけど、許してちょうだいね。全部渥美の筋立てなの。まったく回りっくどいったらないわねえ」

渥美の名が出た途端、喜代はどこかに否定の言葉を探して、すがるように緑綺を見た。

「あの人も、初めからずっと、そのつもりだったの……？」

「あいつは女衒《ぜげん》の息子だからねえ、女を見る目は父親譲り。かくいうわたしも、あいつの親父に拐かされたんだから。あんたも悪い奴に引っかかったと思って諦《あきら》めてちょうだい。だけど男なんて、多少の差はあれみんな似たようなものよ」

世界中の男を代表したモーリスさんが「オー、ノー」とうめき、泣き出した喜代はいっそう縮こまってよろよろと後ずさった。すずは喜代の両肩を支え、ついぞ知らなかった怒りを胸に緑綺を睨みつけた。何より、喜代の純粋で真摯《しんし》な気持ちを踏みにじった渥美と、その気持ちを蔑《さげす》むように扱う緑綺が許せなかった。

「大丈夫、妓楼《ぎろう》に売ろうっていうんじゃない。お喜代さん、あんたは特別。きっと可愛《かわい》がってもらえる。心配しなくても、上海までは大好きな渥美が一緒についていくから。だけど、逃げようとしたらもっと悲惨《ひさん》になるよ。この間もね、往生際《おうじょうぎわ》の悪い娘が、小舟の上で逃げ出そうとしたの。そんなことしなければ、命だけはあったのに」

「それって、那須屋のお豊さんのこと？」

色をなして詰め寄ったすずにも、緑綺は支那茶《しなちゃ》を勧《すす》めるのと同じさりげなさで、美しい容貌《かんばせ》のまま残酷にほほ笑んだ。

「渥美と黄が連絡《つなぎ》で使ってる賭場に、ちょうどいい年頃の娘がいる男がいたもんだから、渥美がせっせと矢場に通って落としたのよ。娘たちの失踪《しっそう》がそろそろ町でも噂《うわさ》になり出した頃だったし、慎重にやれって言ったのに」

「女の人を異国に売るなんて！」

「売る？」緑綺の切れ長の双眸《そうぼう》が、大きく見開かれた。

「馬鹿を言いなさんな。それじゃたいした金にならないじゃないの。上玉《じょうだま》にしたって、たかだか六百圓かそこらの端金《はしたがね》。苦労してかっさらって来るんだから、ただ売ったって割りに合わないでしょう。異国に一から店を作って、そこで働かせるのよ」

声にならない悲鳴が娘たちの間に漏れた。

「これからの時代、日本人はどんどん異国で商いをする。だからその土地土地に女郎屋を出せば、失敗するはずがない。大体どこでも、四、五千圓あればそれなりの店が建つ。調達料だの運び賃だのを差し引いたって、十人もさらってくれれば簡単に女郎屋が営めるってわけ。阿片の密売で貯《た》め込んだお金もあるしねえ」

「よくもそんなひどいことを」

「そう思うなら、この国にお言い。この国のどこに、偽善以外の善意があるって言うの」

顔は笑っていたが、口調は突くような烈《はげ》しさだった。

「国の奴らは喉から手が出るほど外貨が欲しくて、こういう醜業《しゅうぎょう》を黙認してるの。中には、密《ひそ》かに娼妓《しょうぎ》の出稼ぎを奨励《しょうれい》している高官さえいる。文明開化だ富国強兵だと近代人ぶったって、しょせんは前時代と同じ、人間の中身なんてこれっぽっちも変わりゃしないのよ」

「でもあなたがこんなことするなんて」

緑綺は虚《きょ》を突かれたように目を丸くし、肩を揺すって腹の底からの笑い声を上げた。

「これは面白いこと。わたしがこんなことをしたら変かしら？　どうして？　わたしが清国人のお妾さんとして何不自由なく暮らしているから？　それとも、売られる女の悲惨さをよく知っているから？　――甘っちょろいことを言うんじゃないの」

聞き分けのない子供を叱《しか》るように、緑綺はすずに目線を合わせた。

「爺《じい》さんはよくしてくれるよ。わたしが陰で何をしてるかなんて何も知らないで、ただ不仲の孫にばかり目を光らせてる。でも残念ながら、爺さんはこの先何十年も生きられるわけじゃない。そうしたら、わたしはどうなると思う？　あの孫はわたしを死ぬほど嫌っているから、祖父が死ねば全力で追い出しにかかる。そうなったら、わたしは行く所がないでしょう。だからどうしてもお金が要るの」

世の中に放り出された女が生きのびるには金が要る。それは離縁を経験した姉の小夜の実感でもあったが、だからといってほかの女の人生を犠牲《ぎせい》にする正当な理由になるはずもなかった。そうして事もなげに言う緑綺の口ぶりには、自分自身それを正当だとは信じていない冷めきったものがあり、それでいてためらわずに実行してしまう女の非情が、すずにはひどく恐ろしかった。

劉さんがいなくては駄目だ、と突然すずは思った。

あの告天子《ヒバリ》の鳴き声だけが響く、さして広くはない静かな海和堂で、ほんのわずかな衣《きぬ》ずれの音にも耳を傾けたであろう劉さんは、きっとこの恐ろしい女の性根に気づいている。何も知らない祖父は妾に味方し、従業員までその手先とあれば、劉さんはこの先もずっと張り詰めた毎日を送らねばならない。その凍えきった光景を終わらせるには、今ここ《ここ》に劉さんがいなければ駄目なのだ。

「おい、今なら風が収まってる。そろそろ行こう」

縄を手に現れた渥美が、黄と緑綺に顎をしゃくった。

「黄と行きな。わたしはここに残るよ」

「舟まで一緒に行くと言ったのはお前だろう」

「気が変わったんだ。さっさとおし」

「この異人はどうする……」

「いちいち人に聞くんじゃないよ。舟に乗せたら、あとは撃つなり刺すなりして捨てればいいでしょう。ただしこの間みたいに売り物を死なせたあげく、浜へ打ちあげるようなヘマだけはしないでちょうだい」

この一味の頂点に立っているのは、疑いもなく緑綺だった。渥美は緑綺に縄を手渡すと、黄とともに娘たちをせき立てた。いつの間にやってきたのか、屈強な日本人の男が二人、部屋の外で待ち構えている。一人は堀川ですずを襲った赤ら顔の男だった。

口々に悲鳴が上がり、すずの脇でもまた喜代が強引に引っ立てられた。止めに入ったモーリスさんが、黄にしたたか殴られる。

「おすずちゃん！」

悲痛な叫びを残して喜代は部屋から消え、後を追おうとしたすずは緑綺の手で一行から引き離された。モーリスさんも黄が連れていってしまう。またしても独りに戻る恐怖に襲われ、すずは無我夢中で叫んだ。

「お喜代ちゃん！　モーリスさん！」

「ダイジョブ、必ず、安心して！」

ほつれた首巻きをいじりながら、モーリスさんは振り向き振り向き「ダイジョブ」を繰り返し、そのつど黄に突き飛ばされてはよろよろ視界から消える。娘の泣き声と悲鳴が男たちの怒声にとって代わり、やがては裏手の方に遠ざかっていく。

その音に気を取られた緑綺のわずかな隙《すき》をつき、すずは体当たりをした。よろめいた緑綺の腕を振りほどき、裸足で猛然と玄関へ駆ける。劉さんの黒い長袍《チャンパオ》姿を思い浮かべながら、扉の取っ手に取りついた。劉さん！

衿を引かれた。戸口に指をかけて抵抗したが、力任せに引き離され階段の方へ突き飛ばされる。先ほどいた部屋の窓へとっさに逃げたすずを、緑綺は動きやすい裙子《スカート》をひるがえし、いともたやすく捕まえた。「劉さん！」助けを呼んだら、代わりに短い嘲笑《ちょうしょう》と張り手一つが返ってきた。

「放して！」

緑綺は暴れるすずを壁へ押さえつけ、手早く手首に縄を巻いていく。ずいぶん慣れた動きだった。

「すずさん。名前に似て、ころころした可愛い声を出すのねえ。あんたがあの人にあげた根付《ねつけ》も、そんな音がするよ。だけどわたしの名もね、松風のように嫋々《じょうじょう》と鳴るの」

すぐ背後にある緑綺の体は、皮肉にも劉さんと同じ香《こう》の匂《にお》いがした。

緑綺は右手ですずを押さえ込んだまま、左手で壁に文字を書き、「この緑綺はね、」と歌うように唱えた。

「清国の言葉で、見事な琴という意味」

「だから……」紅《あか》い鶴と阿片の包み紙に描かれた印の意味が、ようやく分かった。星を結んで出来上がったあの形は、西洋の「琴」だ。だからあの印は、緑綺の商標だったのだ。

「親がつけた名は琴と言ったけれど、港崎《みよざき》で琴野《ことの》と呼ばれていた方が長かったかしらねえ。でもそれさえ遠い昔」

港崎の琴野——。どこかで聞いた名に、記憶をたどったすずは絶句した。豚屋火事が起こる前、身《み》重《おも》の母を置いて、商い仲間と港崎遊郭へ向かった父の話。お大尽《だいじん》が一目見たさにこぞって通う、評判の新造。

「白翁楼《はくおうろう》の琴野……!」

「あら、若いのによく知ってること。お父《と》さんにでも聞いた?」

すずの衿をぐいとつかみ、緑綺——琴野は後ろから覗き込むように顔を近づけてきた。

「豚屋火事は居留地を焼き尽くした。店の女たちは大勢死んだけれど、わたしは運よく港崎を逃げ出した。炎と煙に巻かれた街が、たとえ地獄みたいに真っ赤に染まっていても、その時ばかりは自由だったわねえ」

すずは女の手と壁との間で何とか打ち勝とうともがいてみたが、喉から出るのはかすれたうめき声ばかりだった。

「だけど、星回りってのは変えられないものね。焼け跡じゃあ人買いが跋扈《ばっこ》した。孤児や身寄りのない女はそういう連中にさらわれたり、お金欲しさにみずから身売りしたり、わたしもさっそく食うに困って、男の言うまま船に乗ったの。神戸と長崎で同じくらいの人数が乗ってきて、みんなそれぞれ清国や南方へ送られた。わたしは上海で、十年近く過ごしたかしら?」

そうして琴野は劉さんのお祖父《じい》さんに落籍《ひか》れ、緑綺として横濱へ戻ってきた。一度は逃げ出したはずの同じ街へ、まるで定めに導かれるように帰ってきた。二度と戻ることはないと思っていた故郷の土を踏んだ時、琴野の胸をよぎったのは郷愁だったか諦めだったか。

縛り終えたすずの体を、琴野はぐるりと回して自分に向けた。

「男ってのは単純だから、誰に気があるかなんてのはすぐ分かってしまう。だけどね、どうしてその女に気があるのかは、理解に苦しむ時がある。それぐらい、つまらない女に引っかかるのよ。大して美人でもない、何ができるわけでもない、取り立てて家柄がいいわけでもない、あんたみたいなぽやっとした娘のどこがいいのかと思っていたけど……」

すずの丸みをおびた顎をつかみ、琴野は言った。

「ようやく分かった。人間は無いものねだりをする生き物だから。この、感情に任せてよく動く顔も、無条件に相手を信用する人のよさも、あの男には好ましくて仕方がない。自分の境遇を雑に扱う分だけ、あんたを大事にするんだよ」

圧倒的な美貌《びぼう》と悪意とが、ぶ厚い年月と経験の差を刃《やいば》にして容赦《ようしゃ》なくすずに襲いかかってくる。

豚屋火事ですべてを失った女を前に、豚屋火事後の新たな横濱で育ったすずの幸福な暮らしは、何かひどく脆弱《ぜいじゃく》で益体《やくたい》もないものに思えた。

「一つ忠告してあげる。あれはあんたが思っているような男じゃない。本性は底意地の悪い、冷酷な男さ。あれの爺様にそっくりだよ」

「わたしは、わたしの知ってる劉さんを信じますから。自分の目で見て、聞いて、感じたものを信じますから」

「あんたは、信じるに足るほどあの男のことを知らないでしょう」

潤《うる》みを帯びた嘲笑が、再び赤い口の端に上った。

「知らなくたって判《わか》ることはあります……」

「あの男はその気になれば平気で人を殺せるよ」

「嘘ばっかり」

「嘘をつく必要がある？」

半分だけ影になった顔がすずの瞳を覗き込み、同時にひんやりとした手のひらが首に触れた。

「こんなふうに」両手ですずの首を覆い、琴野が言った。

「あの男は人の首に手をかけたことがある。確かに相手を殺すつもりで、渾身《こんしん》の力をこめて、だけどあのきれいな顔のまんまで、人の首をしめたことがある。——それでもまだ、愚かな幻《まぼろし》を追うつもり？」

何一つ言い返せずに、すずは唇をわななかせた。それは六年前の雨の晩に劉さんがお祖父さんを激怒させた理由がおぼろげに見えたからだったが、何より琴野の揺るぎない艶《あで》やかな目つきが一番悲しかった。琴野が華やかに笑えば笑うほど、家屋を押し包む夜の闇が深さと厚みを増していく。

けれどもなぜだかその幻影は、漆黒《しっこく》よりもなお濃密な、底知れぬ無明《むみょう》の赤い闇なのだった。

「可哀想《かわいそう》に、あんたに罪はないよ。罪がないから余計に気に食わない。初めはほかの娘と一緒に海の向こうへやろうと思ったけど、やっぱりよすことにしたわ。それじゃあの人がお前の末路を見られないものね」

「どうしてそこまで……」

ようやくそれだけ返した。一時おさまっていた風が再び茫々《ぼうぼう》とくぐもった音で鳴り始め、琴野は暗い窓に映る自分の姿を見ながら、遠い目をして呟いた。

「わたしにはね、一つ見たいものがあるの」

4

ちぎれ飛ぶ雲の合間に、あと二、三日すれば満月になるふっくらした月がのぞいた。

横濱港の周囲は砂浜を有する昔ながらの漁村だが、本牧《ほんもく》から根岸の間は黄土色の断崖《だんがい》がのびており、幕末に来航したペルリが「蜜柑色の崖《マンダリン・ブラフ》」と名付けて以来、港へ接近する外国船の目印になっている。高さ五丈《じょう》(約十五メートル)にも及ぶ切り立った岩壁は、湾に出入りする白帆《しらほ》と水平線を臨み、雑駁《ざっぱく》とした松林に風の吹き渡る、野性味あふれる景勝地なのだった。

カーティス商会の牧場は、汀《みぎわ》に凹凸《おうとつ》の海岸線を刻む、そうした崖の丘陵上にあった。聞こえてくるのは黒々とした枝を揺らす風の音ばかり、辺りに人家はない。

才蔵と恒次は牧場を取り囲む斜面に張り付き、柵の中の様子をうかがっていた。

「どうやら、もう使われてねえってのは本当らしいな」

「潮風をまともにくらった牛の乳なら、きっと塩辛《しおから》かったろうなぁ」

恒次が言った。一里（約四キロ）ほどの道を休まず駆け抜けてきたせいか、まだ息が上がっている。普段走り慣れている才蔵も、車がないとかえって調子が出ずに、どことなく筋肉が疲弊《ひへい》している感じだった。

「でぇ大将、例の米国人はどこにいる？」

「ここにいるはずなんだが……」

モーリスはカーティス商会を調べているうち、所有する牧場が怪しいと睨んだらしい。確かに、これだけ静かで広ければ、隠れ処《かくが》にもってこいだ。

肥《ふと》った月の光量と、家屋のぼんやりした火灯りが視界を助けた。広い放牧地を正面にして、横長の牛舎が奥に一つ。向かって左に作業小屋。右には納屋と二階建ての簡易住居。明かりは二か所、作業小屋と簡易住居から漏れているが、より明るいのは作業小屋の方だ。すずと喜代は恐らくどちらかにいるのだろうが、目を凝らしてもモーリスらしき人影はない。

「でも、あの米国人が言ってることは確かなのかな？」

「間違いねえよ」

「ただの当てずっぽうってことはねえのかな？」

「あれからカーティス商会行って、何か確証つかんだんだろ。会ってみりゃあ分からあ」

「異人嫌いの大将が、やけにあいつだけは信用するねぃ」

「けッ、それとこれとは話が別でぇ」

日本語が喋れると豪語する欧米人の多くは、ほとんど意味不明な波止場語《ピジン》しか話せない。ところが、モーリスのしゃべる日本語の正確さたるやどうだ。

全部すずが教えた。いや、本人は教えたなんて思っちゃいない。分かろうが分かるまいが、人力車に乗って横濱を巡ってはああだこうだと、飽きもせず毎日毎日話しかけているうちに、モーリスは自然と日本語を覚えてしまった。それも、わずか数か月でだ。

「それよりどうしよう？　お喜代はどこかなぁ？」

「俺は左回り、お前は右回りで行こう」

「い、いや、敵にぶつかったら多勢に無勢だ。ここは一緒に回った方が無難だって」

「しょうがねえな。大体、無勢《いい》になったのは誰のせいだ。お前が仲間の巡査を集めそこなったからだろ。人望がねえわ、そのせいで出発が遅れるわ、まったくの無駄骨じゃねえか」

「言うなよ大将ぉ、俺は巡査っても制服じゃねえんだもの。刑事《デカ》ってのは要するに、奉行所《ぶぎょうしょ》が使う目明かしみてえなもんなんだから。つるんでちゃ始まらねえ。一匹狼《いっぴきおおかみ》なの」

「今までさんざん天下の公僕を気取っておいて、今さら一匹狼かよ」

作業小屋の辺りまで、斜面を横に進んだ。

「行くぞ」

才蔵は脚絆《きゃはん》の紐《ひも》を締め直し、恒次はペッと手のひらに唾《つば》を吐いて髪を撫でつけた。いよいよ柵を越えて敷地内に入る。腰を屈めて小走りに、作業小屋近くの繁《しげ》みへと回った。先ほどまで吹いていた風はやんでおり、ちょうど雲の切れた所で月が輝いている。

小屋の裏手はなぜか高い柵で仕切られており、出入りする木戸にも南京錠《なんきんじょう》がかかっていた。この裏手に何かある、と才蔵の直感が告げた。

「よっしゃ、俺は作業小屋を探るから、お前はまずあの塀の向こうを調べな」

「がってんだ」

頷いた恒次が、小屋の裏に立てかけてある梯子へ走った。年下の才蔵が指示を出すのはいつものことだ。〝富士見の決闘〟で敗れて以来、どれほど恒次が内心で反発しようと、自然にそういう役割になった。今になっても少年期の癖が抜けず、根が小心なこともあって、つい才蔵に従ってしまう恒次だった。

才蔵はそれを見届けてから、明かりの漏れる小窓へ向かった。作業小屋は牧場の正面が妻側《つまがわ》で、そこに小さな窓があいている。思ったより屋根の近くにあり、梯子を恒次に使わせるべきではなかったと後悔しながら、才蔵は手近にあった桶を台にして窓のふちに手をかけると、腕の力だけで体を持ち上げゆっくりと中を覗き込んだ。

細長い作業台に向かい合って、縞柄《しまがら》の袷《あわせ》を着込んだ日本人の男が二人、百目ろうそくの明かりの下で何やら作業に没頭していた。台上には、液体や粉末の入った硝子製の器や陶器製の乳鉢、匙《さじ》や箸《はし》の類が少々。あたかも西洋の〝科学〟の実験で饅頭《まんじゅう》を作るといった具合で、一人目の男は、得体のしれない球状の塊《かたまり》をまな板の上でつぶし、それを粉だの油だの灰だのと一緒に練り合わせている。二人目の男は、床に並んだいくつかの七輪で煮詰めた後の練り物を、細かくちぎっては一つずつ紅い紙に包んでいる。

鍋《なべ》から立ち上った湯気が、才蔵の反対側の窓に抜けていく。窓のない壁際は一面の棚になっており、その上には木箱が並んでいた。作業を終えた一人目の男が、木箱の中から球をいくつか取り出して、また同じ作業に戻った。

そこまで見物してさすがに腕が疲れたので、いったん地面に足を着けた。男たちが何を作っているのかは分からなかったが、いずれにせよろくなものではなさそうだ。

大将、大将、と恒次が裏手から呼んだのは、ちょうどその時だった。馬鹿野郎気づかれるじゃねえか、と文句を言うつもりで駆け寄ったが、周りに気を配る余裕もないのか、梯子に上った恒次は一心に塀の向こうを眺めている。

「ちょっと、上って見てくれよ」

振り向きもせず手招くので、しぶしぶ上った。太っちょ恒次と無理やり並んだので、狭い梯子がさらに不安定になる。

「何の畑だ、こりゃあ」

才蔵は月明かりに目をすがめた。高い塀の中はちょっとした広さの畑になっており、葉の間から突き出た茎《くき》が、敷地と雑木林までのわずかな平地を埋めている。幾本《いくほん》もの細い茎が夜空に靡《なび》いている様はどこか妖《あや》しく、心臓の裏がぞわぞわするような一種異様な光景だった。

「大将、こいつは秋に播《ま》いた罌粟《けし》だぜ。奴らは、ここで阿片を作ってるんだ」

「阿片？　印度《インド》辺りで作るもんじゃねぇのか？」

「日本でも認可を受けた農家が栽培してんだ。薬用にする国内産阿片をな。でもさ、こいつはどう見ても違法だぜ。確かに自前でこしらえりゃあ、危険を冒《おか》して密輸するよりよっぽど楽だし、何より金がかからねえけども、いやこりゃ、すげえ」

「だけどこれっぽっちの畑じゃあ、量が足りねえだろう？」

「南京町で売りつける分には、この広さでじゅうぶんだ。横濱に密輸される阿片は水際で止められるから、中毒者は入手に必死だ。法外な値段でも買い手はつく」

「最近出回ってる阿片の出所はここか……」

ふと、小屋の中の作業を思い出した。阿片がどんな形状で売買されるのか知らなかったが、もしかするとあれは阿片を加工していたのではないか。

「恒次、男が二人、小屋の中で何か作ってる」

才蔵がかいつまんで説明すると、恒次は大きく頷いた。

「そりゃ阿片に間違いねえ。春に罌粟の実から阿片を採って、夏の日差しで乾かして、秋口から冬にかけてその生阿片を〝商品〟に変える。煙膏《えんこう》って練り物に加工して、小口《こぐち》で売るんだ」

「てえした悪党どもだ」

顎をさすって畑を見下ろしながら才蔵は考えた。十中八九、渥美と黄は結託している。南京町で動くには、必要な相棒《あいぼう》だろう。では、妓楼上がりの女は、そこにどう関わってくるのか。

そこまで考えが及《およ》んだ所で、唐突に海和堂の妾の顔が脳裏をよぎり、よもやあの女が元港崎《みよざき》の新造ではないのかと才蔵は思った。

あの女は、劉鴻志の祖父《じい》さんが上海の妓楼から落籍《ひい》てきた清国人だという。だがもし港崎の新造が、豚屋火事の後何らかの理由で大陸に渡り、清国人を装って横濱に帰ってきたのだとしたら？

南京町に潜んでいれば昔なじみに出くわすことも少ないし、清国の服は衿が高くて首の傷も見えない。

今まで行き場のなかった推測の欠片《かけら》が、才蔵の頭の中で次々にはまっていく。

ならば劉鴻志は、自分の身内である妾と黄が阿片を密売しているのに気づいて、密かに調べ始めたのだろう。人を使って尾行させれば、出所がカーティス商会の牧場だという所までは簡単に突き止められたかもしれない。だが、そこまでだ。英国人の牧場では、どうあっても下手な真似《まね》はできない。

「こうしちゃいられねえ。恒次、行こうぜ」

勢い込んで下りようとした才蔵と、すでに下段に足をのばしていた恒次がぶつかった。「うわッ」均衡《きんこう》を崩し、太っちょの体が後方に反る。重さと勢いで梯子《はしご》が外側に傾《かし》ぎ、恒次が悲鳴を上げて落っこち、才蔵は八尺（約二百四十二センチ）あまりの高さから飛び降りて、当の梯子は作業小屋の屋根に音を立ててぶち当たった。「誰だッ！」途端に中から怒声が上がる。

「馬鹿ッ、お前のせいで見つかっちまったじゃねえか」

恒次の尻っぺたを蹴《け》りながら、才蔵は素早く梯子をつかんで表に回った。中から飛び出てきた男に梯子を振り回す。「御用《ごよう》だ、神妙にしなッ！」

もう一人が戸口に現れ、すかさず駆け出したところに梯子を投げた。横木に体が挟まり、男が無様にすっ転ぶ。遅れて恒次が回り込んできた。

「恒次、助っ人呼ばれちゃ面倒だ、こいつらを小屋から出すな！」

言い終わらないうちに、最初の男に突き飛ばされて壁にぶつかった。一瞬呼吸が止まり、間髪《かんはつ》いれずに男が殴りかかってきた。四十前後で小柄だが、いかにも人足《にんそく》生活が長そうな屈強な体つきだった。

もつれ合ったまま小屋の中へなだれ込む。視界のすみで、恒次がもう一人の男にしがみついている。相手は痩せぎすの色黒だ。

腕で顔をかばっていたら、あいた腹を殴られ作業台に押し倒された。とっさにそばにあった麦粉の袋をつかんで人足男の顔にぶちまける。粉まみれになった男がのけぞり、才蔵は仕返しとばかりに腹へ蹴り込んだ。衿首《えりくび》をつかみ、男の体で台上の器具や生阿片の塊《かたまり》を薙《な》ぎ払う。陶器と硝子が砕《くだ》け散り、勢いあまって台の端まで転がった人足男が、もみ合う恒次と痩せぎす男にぶつかった。痩せぎすが七輪の上に倒れて悲鳴を上げる。背中が燃え始め、恒次が水がめに放り込む。後ろから恒次に飛びかかった人足男を、才蔵は恒次ごと蹴倒した。

木箱に絡《から》まった縄を引っ張り出し、体重をのせて人足男を押さえ込む。藁くずを叩《はた》いて立ち上がった恒次が、ずぶ濡れの痩せぎすを捕まえてぶつくさ文句を言った。

「ちぇ、俺一人だって倒せたのに」

「てめえら、何者だ」

うつぶせになったまま、首をねじって人足男が問う。

「誰だっていい。それより、てめえらがさらってきた女たちがいるだろ。どこだ。何が狙《ねら》いだ」

「さあな……」

不敵に嗤《わら》う人足男を、才蔵は踏んづけた。「やい、素直に吐きやがれ」

「俺たちは煙膏《えんこう》作りを任されてるだけで、あっちのことは知らねんだ」

柱に縛り付けられた痩せぎすが敷地の反対側を顎でしゃくった。

「ほお、そうかよ」

才蔵は作業台の上の紙包みを取り、煙膏を出して踏みにじった。ああッと痩せぎすがうめく。二つ目を取って、また床に落とす。恒次は証拠として持っていくのか、生阿片と小口の煙膏をせっせと懐《ふところ》に入れ出した。

「おらどうした。一口いくらだ？　早くしねえと、金がどんどん消えてなくなるぜ」

「大将、ここは海が近《ちけ》ぇ」恒次がおもむろに言った。

「生阿片を石灰《せっかい》と塩水に漬《つ》けたら一発で駄目になる」

「そりゃいいや。箱ごと荷車で運び出そう」

「ま、待て！」棚に歩き出した才蔵と恒次を、人足男が止めた。

「向こうは別の商いだ。阿片で儲《もう》けた金をあっちの資金にあててる」

「別の商いってのは何だ」

「海外に女郎屋を造る……。さらってきた女たちは、崖の下から小舟で運んで、話をつけてある外国船に今夜中に乗船させる」

「なッ、何ぃ？」

恒次が裏声で叫び、全身の血が抜けたように真っ青になった。才蔵は口を引き結び、腕を組んで思案した。すずと喜代を無事に取り戻して、少なくとも渥美と黄の二人をぶちのめすにしては、人数がこころもとない。普段の乱闘とは違い、けして負けられないのだ。

第一、米国人はどこに行きやがった？

才蔵の不安を気取《けど》ったか、痩せぎすがせせら笑う。

「どれだけ喧嘩《けんか》が強《つえ》ぇか知らねえが、あの顔痣《かおあざ》の清国人に勝てると思ったら大間違いだぜ。人間技とは思えない、清国の武術をかじってるからな。港でくすぶってたのを、海和堂の妾が拾ったんだ」

「大将、どうする？」すっかり弱腰になった恒次が尋ねてくる。

「とりあえず乗り込むにあたって、武器を頂戴《ちょうだい》していこうぜ」

才蔵は小屋の中を漁《あさ》り、薪割《まきわ》り用の斧《おの》にした。恒次はさんざん迷ったあげく、扉のつっかえ棒と麻縄《あさなわ》を選ぶ。「行こう」

戸を開けると再び風が吹き始めており、作業小屋の対面の明かりは消えていた。

「いねえよ、一足遅かった。連れていかれたんだ、どうしよう」

恒次が情けない鼻声を出し、才蔵と牧場を交互に見やった。

「落ち着け、ぴいぴい騒ぐんじゃねえ。さっきまでは点《つ》いてたんだ。追いかければ間に合う。念のため裏から回ろう」

作業小屋から牛舎の裏手に回り、納屋、二階家と密かに移動する。窓を覗いたが、やはりもぬけの殻《から》だった。辺りを探ってみれば、塀の途切れた先は林に続いている。方角から考えると、林の向こうは海だ。

「崖の下で舟に乗せるんだろ？　だったらこっちだ」

用心しつつ、木立に足を踏み入れた。悪党どもの火灯りが見えないかと目を凝らしてみたが、一寸先は藪《やぶ》の中、両脇から覆いかぶさってくる草に阻《はば》まれて視界が開けない。やみくもに歩くうち、次第に焦ってきた。

踏み固められた小道は、予想外にあちこちへ伸びている。勘だけを頼りに進んできたが、どちらも海の方へ向かう二股《ふたまた》の分岐点《ぶんきてん》で、お手上げになった。ぐずぐずしている時間はない。こうしているうちにも、舟が出てしまうかもしれない。

「どっちだ、一体どっちに行った？」

頻繁《ひんぱん》に使う道なのか、両方に足跡がある。分かれて探す手も考えたが、それでは少ない戦力がもっと心もとなくなる。どうしよう、どうしようと慌てる恒次の声がますます才蔵を焦らせ、左右の道を睨みつけて頭を掻きむしった。

その時雲が切れ、青い月が完全に顔を出した。

光を受けた何かが、前方に白く浮かぶ。才蔵は目を見開き、左の道に行こうとしていた恒次を引き留めた。「右だ」

訝《いぶか》しむ恒次を従え、才蔵はためらいのない足取りで草の間を進んだ。タンポポの綿毛のようなものが、行く手の藪の隙間にねじ込んである。それが風の影響を受けにくい場所に点々と続いているのを見た時、期待は確信に変わった。

才蔵らが追ってくるのを見越し、モーリスが密かに薄桃色の首巻きをむしって目印にしたのだ。

そこから道は下り始め、土と草ばかりだった足元に、ごつごつした岩が混ざってきた。段差が増えて足場が悪くなり、急ぐ心とは裏腹に歩調が遅くなる。

ふと、人の気配を感じて才蔵は振り返った。背後の藪で何かが動いたように思ったが、折り重なった雑草の間は黒一色、葉擦《はず》れの音以外は何も聞こえない。

木々や竹の乱立する山肌をどれほど下ったろうか。やがて海に面した断崖の合間に出た。波打ち際の岩場に複数の人影を認め、才蔵と恒次は斜面の藪に隠れて様子をうかがった。木の葉のような、という形容がぴったりの小舟が一艘《いっそう》、揺れの少ない岩陰に浮かんでいる。さらに海へ眼《め》をやれば、すでに娘たちを乗せた舟がこぎ出していた。

「やべえ、行っちまったよぉ」恒次が呻《うめ》いた。

角灯《ランタン》が灯《とも》る舟には、渥美と思《おぼ》しき洋装の男と、尻ばしょりの漕ぎ手、それに四人の娘たち。岩場には黄と提灯《ちょうちん》を持った日本人と、もう一人洋装の人影。予想より数が多い。背格好と身ごなしから、舟の上に喜代を見つけたが、すずらしき娘が見当たらなかった。もっとよく見ようと才蔵が腰を浮かせた時、黄が洋装の男をぐいと前へ押し出した。

モリスケじゃねえか。

危うく出かかった声を、才蔵はごくりと呑みこんだ。阿呆《あほ》か。てめえまで捕まってどうする。

やきもきする才蔵の眼下で、黄はモーリスを岩場にひざまずかせると、金髪の頭をつかんでいきなり海中に沈めた。モーリスは暴れに暴れたが、腕を縛られているからか黄の力が強いのか、いっこうに顔を上げられない。

このままじゃあ溺死《できし》する。

時機を計る余裕もなく、才蔵は覚悟を決めた。「恒次、突撃だ」

斧を手にすっくと立ち上がり、才蔵は獣が獲物《えもの》に飛びかかるように藪の陰から躍《おど》り出た。

突然の闖入者《ちんにゅうしゃ》に驚き慌てた男が、とっさに立ちふさがる。体ごとぶつかって瞬時に倒し、才蔵は黄に突進した。めったやたらに斧を振り回し、黄が飛びすさったところでモーリスを引き上げる。

体を折り曲げて激しく咳き込んだモーリスが、切れ切れに言った。

「サイゾー、遅いです」

「やかましい、てめえを助けに来たんじゃねえ！」

返答したことで、動きが一瞬遅れた。信じられない速さで間合いに入ってきた黄が、才蔵の顔面に手のひらを叩きこんだ。軽く体が吹っ飛び、背面から岩場に落ちた。手から斧が離れ、回転しながら岩場を滑《すべ》る。すぐに立ち上がったのもつかの間、またすぐ倒された。殴られるたび筋肉が反発し、体のあちこちで怒りが弾ける。

一方、恒次はわき目も振らず冬の海に飛び込んだ。「恒次さん！」喜代の叫びを追うように無我夢中で泳ぐ。漕ぎ手が水面を覗き込んで追っ払おうとしたが、恒次は舟の後ろにぴったり身をつけ、狙いを定めて石を放った。見事額に命中、漕ぎ手が背中から海に落ちた。恒次は同時に反対側から伸びあがり、縄をぐるぐるに巻き付けたつっかえ棒を舟中に放り込んでかませた。すぐさま近くの岩場に上がり、力いっぱい縄を引く。

渾身の力で引っ張られた舟が、ぐんぐん岸へ戻ってくる。裾をたくし上げ、娘たちが我先に岩場へ飛び移る。最後に逃げた喜代を、逆上した渥美が捕まえた。慌てて縄を放した恒次が渥美に飛びかかり、波打ち際でもみ合った。

おもむろに才蔵の落とした斧を拾ったモーリスが、その隙に小舟に飛び乗った。腕を振り上げ、舟の底に叩きつける。荒れた夜の闇に、木板の割れる鈍《にぶ》い音が響いた。後はつっかえ棒を割れ目に差し込み、梃子《てこ》の要領ではがすように壊していく。

そうか、その手があった。

舟そのものを壊せば、娘たちを運べない。才蔵はモーリスのとっさの機転に感心したが、状況がはなはだしく不利なことに変わりはなかった。

ずぶ濡れで動きの鈍くなった恒次はあっさり渥美に組み伏せられ、止めに入った喜代も簡単に払《はら》われて尻もちをついた。二艘目にかかり始めたモーリスは泳いできた先ほどの漕ぎ手に海中へ引っ張り込まれ、牧場の方へ逃げ始めた三人の娘は立ちふさがった男にあえなく押し戻された。

頬に黄の足の甲が当たり、才蔵は何度目かで地面に転がった。続けざま踏みつけられる。次々に拳や蹴りを繰り出す黄を相手に、倒れるのも時間の問題だった。

拳ほどもある石を手にして、恒次を押さえ込んだ渥美が叫んだ。

「黄！　女以外は全員殺《や》れ！」

才蔵は体を丸めて衝撃に耐えながら、口中に広がる血の味を呑みこんだ。喧嘩に巻き込まれて死んだ父親の姿が頭を過《よ》ぎる。車屋をつぶした無念も晴らせず、すずの幸せも守れず、こんな所でくたばってたまるか。畜生、畜生、畜生――。

「畜生！」才蔵は怒鳴りながら、黄の足にかじりついた。一瞬の隙をついて身を起こし、相撲《すもう》の要領で腰に抱きつく。組みついたまま勢いをつけて押し、盛り上がった岩に黄を叩きつけた。背中に黄の肘を受ける。一度、二度。三度目で体が反転し、固い岩の衝撃が全身に走る。間髪いれず黄の拳が顎に入り、才蔵はとうとうのけぞった。

その時ふいに、林がざわめいた。葉擦れとは違う、熱をともなった複数のざわめきだった。黄が動きを止める。

突如《とつじょ》、三角の笠《かさ》をかぶった男たち四人が、意味不明の怒声を口々にわめきたてて茂《しげ》みから飛び出してきた。足首まである長い衣と三つ編みの髪が、飛んだり跳《は》ねたりびらびら揺れる。渥美が「げえッ」と蛙《かえる》のつぶれたような声で叫んだ。

「清国の役人が、なんでだ」

先ほど才蔵が林の中で感じた気配は、この集団だったらしい。英国人の牧場で清国の人間が企《くわだ》てていた一連の事態を収拾するため、ついに領事館側が動いたのだ。

突然現れた助っ人に、現場はたちまち大混乱に陥《おちい》った。悪党どもは凍《こお》りつき、娘たちは右往左往し、黄は悪態をついて才蔵から離れていく。そこへ役人がいっせいに躍りかかる。

いきなり始まった大捕り物《おおとりもの》に、恒次は唾《つば》をまき散らして罵《ののし》った。

「冗談じゃねぇ、縄張り違いだ。こんなとこまで出張ってきやがって、手柄を持ってこうってのか！　くそぅ、どっかの垂れ込み野郎が、役人を引き連れてきやがったんだ！」

才蔵はその瞬間に恒次の語った「垂れ込み野郎」の正体を悟ったが、当の本人の姿は見えなかった。恒次は憎き仇《かたき》とばかりに、渥美へ躍りかかっていく。

乱闘の間を縫《ぬ》い、才蔵は海から上がってぶるぶる震えているモーリスに詰め寄った。

「ところですずはどこ行った？　一緒じゃねえのか」

「すずサンは、悪いの女が……」

「わたしを助けてくれようとして、つかまっちゃったの」

足場の悪い所をよろめきながら逃げてきた喜代が、横から必死に口を挟んだ。

「まだ清国の女の人と一緒にいるの。お願い才蔵、おすずちゃんを助けてあげて」

モーリスが辺りを見回し、「ミスタ・リウは？」と尋ねた。

「ワタシ、カーティス商会の前でミスタ・リウに会いました。アツミ探しに来てたみたい。すずサンいなくなったの話をしましたら、ここかもしれないと言いました。でも、ミスタ・リウいませんね」

なるほど、奴はモーリスを一足先に向かわせて、自分はこの役人を連れてきたのだ。

「分かった、待っとけ。すずを探してくらあ」

行先は何となく判《わか》った。牧場の二階家の明かりは完全に消えており、二股の道のもう一方にも足跡が残っていた。女はすずを連れて、左の道へ行ったのだ。

才蔵は駆け出した。清国の役人が背後で何か言ったが、かまわなかった。

すずが娘たちと一緒でないということは、別の目的があるということだ。

雲が再び月を隠し始める。

何だかとてつもなく厭《いや》な予感がした。

南京町で生きる者が仲間の悪事を公《おおやけ》に垂れ込む行為は、一歩間違えれば自家の評判と面子《メンツ》と信用とを失うことになる。ましてや首謀者《しゅぼうしゃ》が文字通りの身内であれば、役人の介入は自殺行為に等しい。これ以上長引かせて事態を悪化させないための冷静な判断か、標的を追い詰めなくては気が済まない生来の気質の問題か、あるいは、店を潰《つぶ》してでも妾を破滅させたい感情の独り勝ちか。

いずれにせよ、劉鴻志は捨て身だ。

5

海上に上った月が、荒くうねる海に無数の光を散らしていた。

琴野が吊《つ》るす角灯《ランタン》の明かりが、草の間に白く伸びた山道を進んでいく。女の細腕とは思えない強い力で衿《えり》をつかまれ、すずはよろめきながら後に続いた。どこへ行くのか、何をしようとしているのか、体中を染めた不安は夜道より暗い。

風が吹きすさび、雑木の間の暗闇が四方にしなって低く喚《わめ》いた。

「――清国人が、なぜ正月に爆竹を鳴らすか知ってる？」

唐突に琴野が話しかけてきた。

「昔むかし、かの国には〝年《ニエン》〟という名の恐ろしい化け物がいた。いつもは山奥に住んでいるが、毎年寒さが厳しくなる頃、餌《えさ》を求めて人里に下りてくる。そいつが通り過ぎた所は、何もかも食い荒らされて草一本残らない。だから人々は毎年、〝年〟が来るのをひどく恐れた……」

ところがある年のこと。山から下りてきた〝年〟が村を襲おうとした時、牧童がたまたま鞭《むち》を鳴らした。パンパンパン。〝年〟はその音に仰天して逃げ出した。以来、人々は新年がやって来るたび、鞭の音に似た爆竹を鳴らして災《わざわ》いを避けるようになった。

「それがどうだろう。日本はそんな年神をありがたく迎えるって言うんだからおかしなもの。大陸が厄《やく》として追い出した年神は、流れ流れてこの島国に辿《たど》り着くんだねえ」

すずを引きずるようにして連れ歩きながら、琴野はどこか愉快《ゆかい》そうに話し続けた。一歩一歩進むたび、女の赤い唇から白い息が漏れた。

「しょせん、流れた先が唯一の居場所。だったらそこで巧くやる方法を考えるしかない。この国が自由になったなんて、都合のいい嘘だよ。全部建前さ。新たな年を迎えるたび、時代はどんどん暗くなる。自分たちが災いを招いたことに気づかないふりをして、この国は浮かれ騒ぎを繰り返すのよ」

ふいに眼前が開け、冷え切った頬に海風がぶつかった。雲が流れ月が顔を出し、角灯が照らすまでもなく崖の先端に出たのだと知れた。遮《さえぎ》るもののない一面の海に目を凝《こ》らせば、無数の三角波が立っている。光にぎらついた波頭は、さながら槍《やり》の穂先《ほさき》のように刺々《とげとげ》しく揺れ動いていた。

「あいにくの風だけど、景色としては悪くないでしょう？」

琴野はすずを地面にひざまずかせると、うつぶせに倒して足で踏みつけた。崖近くの松の枝に縄を引っかけ、荷をくくるような素早い手つきで片端を輪にし、再び引き起こしたすずの首へ無造作にかけた。広い大海を見ながら吊るされるのだとすずは思った。

今目の前に黒々と横たわり、鋭い波頭を怒《いか》らせて喘《あえ》ぐように上下する横濱の海は、すずの見知った海ではなかった。潮干《しおひ》狩りや海鼠《なまこ》漁をする生活の海でも、新たな西洋の文物をもたらす開化の海でもなかった。それは二度と故郷へ還《かえ》れない女たちを運び、大陸から追い出された〝年〟が吹き寄せられ、この先日本の男たちが続々と進出していくことを予言した琴野の海だった。

「怖いの？　どうして泣くの？」

問われて初めて、すずは自分が涙を流していることに気づいたのだが、それはどうやら、切実な死の恐怖のためばかりではなかった。喜代たちを異国へ売ろうとし、劉さんを窮地《きゅうち》に立たせ、今またすず自身を手にかけようとしている相手を前にして、そうした具体的な残酷さとは別種の、どうにもままならない悲しさを感じた。

ごう、と空が渦《うず》を巻き、木がざわめき、そそり立つ崖が波を押し戻す。細く列《つら》なった雲が月にかかり、龍《りゅう》のようにうねりながら流れ飛んでいく。

殺伐《さつばつ》とした海の哭《な》き声《ごえ》が、道理が通らぬすべてのものに対する悲しさを煽《あお》った。そこですずはまた確信に満ちた女の赤い唇を見、何よりも華やかなあの色は、何よりも暗い色を重ねてできあがっているのだと知った。

「大丈夫よ、生きていくのに比べれば、苦しいのはちょっとの間だけ。世間様もこの時ばかりは同情してくれる。あの男だって、あんたの骸《むくろ》を抱いて泣くかもしれないよ。可哀想《かわいそう》に、可哀想に……」

縄の反対端を琴野が引っ張り、すずの顎がぐいと持ち上がった。必死で体を左右に振っても体重をかけても、縄は無情に上がっていく。喉元《のどもと》が圧迫され、息が詰まった。

劉さん。手の施《ほどこ》しようがないもの悲しさと逃げ場のない恐ろしさに耐えかねて、すずは心の中で助けを求めた。

ほかの誰でもない、劉さんでなければ駄目だった。この事件に決着をつけられるのは、劉さん以外にいないとすずは信じていた。

ぎゅっと目をつぶる。かかとが浮いた。劉さん。心の中で必死に呼んだ。呼べば必ず来てくれる。必ず助けてくれる。

この数か月、劉さんの行動一つ一つが、すずの日常に確実な変化と刺激をもたらした。浅慮《せんりょ》が招いた災難から守ってもらいもした。だから自分にとって特別な人ならば、たとえ一方的であっても特別な力が働く気がした。琴野が突きつける現実に対して、すず自身の信じる幻にすがるしかなかった。

劉さん、劉さん、劉さん――。

「――やめろ」

だからその声が聞こえた時も、すずは固く目をつぶっていた。足が今にも浮き上がる寸前、魂が身体《からだ》から引きちぎられるより早く、闇をつくような冷たい声が唐突《とうとつ》に時間を止めたのだった。

「あら、まるではかったようねえ」

琴野の返答に、すずは初めて我に返った。振り返った先に、まぎれもない本物の人影があった。強い海風が、宵闇《よいやみ》に溶けいった長袍《チャンパオ》の裾を煽《あお》るようにはためかせる。すずは目を見開き、首に巻きついた縄のせいだけではない息苦しさにめまいを覚えながら、本当に現れた男のきれいな顔を必死で見つめた。

琴野は縄を手繰《たぐ》る手を止め、つまらなそうに尋ねた。どこかで劉さんの登場を待っていたような口ぶりだった。

「この娘《こ》をここに連れてきたこと……どうして分かったの?」

「いなくなったと人から聞いた。役人も一緒に連れてきた。阿片畑の話もしてある」

琴野は一瞬頬を引きつらせ、短く笑った。

「たかが阿片を作って売ったってだけの話でしょう。阿片を吸わせる煙館の店主に卸《おろ》して、欲しい人間に売るの。誰も損なんかしてないでしょう。それを、目くじら立てて告げ口して、ずいぶん陰険だこと」

「どのみち言《い》い逃《のが》れはできない。——これは阿片より悪い」

「役人なんて介入《かいにゅう》させたら、家も商いもめちゃくちゃになる。あんたがこんな娘のためにそこまで大きな犠牲を払うとはねえ。わたしが甘かったよ」

すずの巾着袋《きんちゃくぶくろ》を取り戻すために奔走《ほんそう》してくれた劉さんが、あの時犯人の若者に言ったことを思い出す。「御父上の信用と評判を落とす覚悟が、あなたにありますか」。その言葉通り、今夜役人と一緒になにがしかの覚悟を引《ひ》っ提《さ》げて来た劉さんの、必要以上に清々《せいせい》とした黒い姿に、すずはその時ふと不吉《ふきつ》な予感を覚えた。

引っ張っていた縄の力がなくなり、すずはそのまま地面にしゃがみ込んだ。

琴野の低い嘲笑《ちょうしょう》が風にひるがえり、大股で近寄ってきた劉さんに、「来るんじゃない」と鋭い制止が飛んだ。よろけながら逃げ出そうとしたすずは、すかさず琴野につかまれ、そのまま崖のきわまで引きずられた。「やめて！」

「その人を放せ」

「近づけば落とすよ」

すずの体に右足を乗せ、琴野は劉さんに言った。

「わたしをどうこうしようっていうの？　店の評判が落ちて妾までどうにかなったら、あの爺さんは憤死《ふんし》するよ。それとも、それがあんたの狙いかしらねえ？　なついて餌をもらうふりをして、飼い主の腕ごと食いちぎるのがあんただ。爺さんが前に言ったことがあるよ。あんたは爺さんの大事なものを最も酷《ひど》いやり方で奪い取るのが得意だって。可愛がってた蟋蟀《こおろぎ》も、そうやってやられたって」

自分の子供時代とは決定的に異なった劉さんの過去が、先ほどからすずを襲い続けているもの悲しさの上にまた一つ積み重なった。そうして反論もせず立ちつくしている現実の劉さんは、すずの願いに応じて現れたわけではないのだと、漠然《ばくぜん》と感じた。

「暮らしには不自由していないはずだ。何が不満だ」

「爺さんが風邪《かぜ》をこじらせてくたばりかけたことがあったでしょう。その時気づいたの。爺さんが死んだら、わたしはあんたと一緒に残されるんだって。それが嫌で商いを始めたの。ちょうどその辺りで、多少縁のある男と再会したこともあってねえ。金があれば、自由になれる。そうでしょう？」

このまま事態がおとなしく収束するはずもなく、何かひどい結末が忍び寄って来る気配に、すずは縄をほどこうと必死に腕を動かした。琴野の足に力が入る。

「それにしたって、いろいろ嗅《か》ぎ回ってるのは知っていたけど、どうして目をつけたの」

「家の中で、印のついた真新しい紅紙《べにがみ》を見つけた。後になって、最近町に出回っている阿片の包み紙だと知った。それで気になって調べ始めて、黄《ホワン》を追った」

「たったそれだけのことで、わたしの仕業《しわざ》だと決めつけなくてもいいじゃないの。町で起こっているすべての悪事を、わたしに押し付けるつもり？」

「六年前、義母《はは》に薬を飲ませて死なせたのも、うちへ嫁ぐ娘を婚礼前に暴漢に襲わせたのも、みんなお前だ」

息を呑んで動きを止めたすずの耳に、茫々《ぼうぼう》と鳴る海風と琴野の声がかぶさった。

「馬鹿ねえ、証拠《しょうこ》がなければお話にならない。六年前も言ったでしょう、そう思うんなら、わたしを殺してでも吐かせてごらんて。それで、あんたはどうした？　今度も同じようにする？　幸い、今は爺さんの目もない。見つかって怒りを買う心配もない。わたしがしてきたことと、あの時あんたがしたことの何が違うっていうの」

六年前、雨だれの音が響く海和堂の暗い室内で、琴野を問い詰めながらその首に手をかけた劉さんは、きっと今と同じ底光りのする目つきをしていたに違いない。焦りの混じり始めたすずの悲しさは、不吉な予感をさらに膨《ふく》れ上がらせて、どくどくと全身を巡《めぐ》っていく。

劉さんは布靴で音もなく踏み出し、すずを一瞥《いちべつ》して言った。

「その人を放せ」

「こっちは商いとは別」琴野はいっそう足に体重を乗せてきた。

「この娘は六年前の続きだからねえ」

「一体何のつもりだ」

「苛《いら》ついたんだよ」

それまで歌うようだった琴野の声の調子が、刺すように強くなった。

「いつもあんた一人だけ、あんまり清々《せいせい》としてきれいなもんだから、どうしたらその面《つら》が醜《みにく》くなるか、試してみたくなったんだ。花にとまった胡蝶《こちょう》が、本当に生きているのか碧玉《へきぎょく》でできているのかなんて、潰《つぶ》してみなけりゃ判らない。醜《みにく》くつぶれて初めて、現《うつつ》のものと知れるんだろう」

真っ正面に青い月を浴び、切れ上がったまなじりを怒りに染めた劉さんは、言葉もなく食い入るように琴野を見ていた。

「だから大事なものを取り上げてみたのに、あんたは何も変わらなかった。他人の死も自分の殺意も、あんたにとっちゃあ玉《ぎょく》みたいにきれいな魂の夢のうちだった。それがどれだけ妬《ねた》ましかったか、どれだけ屈辱《くつじょく》だったか、どれだけ憎らしかったか、分かる？　わたしはいつだって、醜いものに囲まれて生きてきたっていうのに」

琴野の右足がわずかに位置を変えた。蹴られれば、すずは簡単に崖下へ落とされる。劉さん、と叫びたくても、体が強張《こわば》って声が出なかった。夜を震《ふる》わす潮騒《しおさい》が、すぐ真下で聞こえた。

「だけど今度こそ大丈夫。わたしの勝ちだよ。とうとうあんたの、その取り澄ましたきれいな面《つら》の皮を剝《は》いでやれる。やっと見られる。きっとひどい顔だよ。わたしがよく知ってる、欲に歪《ゆが》んだ凡《ぼん》庸《よう》な男どもの顔だ。こんなくだらない小娘に入れあげて、ざまあないねえ……」

違う。違うのだ。何がどう違うかはっきり自覚できないまま、すずは再び痛烈な寂寥感《せきりようかん》に打ちのめされ、一歩遅れてその理由に気づいた。

劉さんは琴野を見ていた。琴野が冷酷だと評する凍《こご》えた眼差《まなざ》しで、琴野だけを見ていた。琴野もまた劉さんを見ていた。金銭の絡《から》む現実的な欲望を語る時よりなお烈《はげ》しく、劉さんだけを見ていた。それぞれの視線に込められたものの真偽《しんぎ》も、正否も、善悪も定《さだ》かではなかったが、すずの胸を突き刺したのは、劉さんと琴野が数年にわたって互いだけを見続けてきたという決定的な事実一つだった。そうして、好いたら終《しま》いだと嘯《うそぶ》いた劉さんの絶望も、一心に醜《みにく》さを求めた琴野の執心《しゆうしん》も、轟々《ごうごう》と鳴る同じ混沌《こんとん》の波間に堕《お》ちているのだと悟った。

閉ざされた居留地の屋根の下で、人知れず醸《かも》されたいびつな感情は、結局どんな芳香を放っていたのか。六年前、自分を殺してみろと挑発した女は何を確かめ、その挑発《ちようはつ》を甘んじて受け入れた男は何を終わらせようとしたのか。二人がともに「憎悪《ぞうお》」と名付けたものの正体は、実のところ何だったのか。

どれもこれも本心であり言い訳であり、原因であり結果であり、例えば琴野が娘たちを売買する目的が、ただ本当に金銭を得たいためだけなのか、あるいは劉さんのきれいな顔の延長線上にある妄執《もうしゆう》のなれの果てなのか、現実の勘定か浮世の夢か、そんなことは当人さえも分からないのだ。

ただすずが言えるのは、この二人が七年前に出逢《であ》ったことこそすべての発端《ほつたん》であり、同時に今回の事件の顚末《てんまつ》でもあり、環状《かんじょう》になった始まりと終わりの縄にどちらかが縊《くび》られるまで、けして断ち切れる繋がりではないということだけだった。

「この娘は、あんたが持てなかったものを全部持ってる。でも諦めた方がいい。絶対にあんたの手には入らない。あんただけが望み通り幸福になるなんて、考えただけで腹が立つよ」

「お前は清国に戻される。もう二度と会うこともない」

「本気でそう思ってるの？　あんたはわたしのことを何も知らない。わたしは帰ってきただけ。七年前、あんたの祖父さんがわたしを上海からこの国に連れ戻したの。——わたしは日本の女だよ」

今や行く場所も帰る場所もない女は、暗い波のうねりを背にして勝ち誇ったように嗤《わら》い、海の彼方《かなた》に故郷を捨てた劉さんは、そこで初めて動揺を見せた。

「あんたが蛇《へび》の頭なら、わたしはその尾だよ。嚙みついたって本体は同じ。どちらも逃げられない」

眉を寄せて目をそらした劉さんは、その時ふと何かに気づいたようにひとところの虚空《こくう》を見つめて放心したかと思うと、次に地面に横たわるすずの姿をたっぷりと数秒視界に収めた。そうしてから、ゆっくりと一歩を踏み出す。その何気ない静かな足運びが、もはや取り返しのつかない一線を踏み越える行為に思え、すずは琴野の足の下でもがいた。

「劉さん、駄目です！」

縛られた手首を夢中で動かす。ここで劉さんを止めなければ、もう二度と手の届かない向こう側へ行ってしまうと感じた。

その漠然と嗅《か》ぎ取った境界の向こう側が何を意味するのか、すずにははっきりとは分からない。

ただそれは少なくとも、小指一本で交わした百年の約束を守り続ける誠実さとは正反対の、蟋蟀を殺した少年時代から時おり垣間見せる《かいまみ》情け容赦ない「冷たさ」であり、劉さん自身が抗い《あらが》続けた琴野と同じ匂いの性情に違いなかった。

「劉さん！」

すずは引き留めるように名を呼んだが、再び琴野に視線を戻した劉さんは、すでに腹を決めた人間だけが見せる、凄《すさ》まじいほど落ち着き払った顔に変わっていた。

「その人を返してくれ」

静かな声だったが、風にかき消されない玲瓏《れいろう》とした強い声だった。

「まだ言うの」

「代わりに別のものをやる」

言うなり、劉さんは何物にも乱されない足取りで向かってきた。どちらへ転んでも不吉な予感に、すずは本能的に身をよじった。「駄目！」

琴野の足がすずを蹴った。それと前後して、劉さんが見つめていた闇の溜《た》まりから何かが飛び出した。勢いをつけて転がったすずの体は間一髪のところで誰かの腕に引っかかり、わずかな衝撃で急速に草地へ引き戻される。一、二度地面を転がった時、早くも正体がわかった。才蔵。

その間に、黒く長い劉さんの影が琴野に迫っていた。

「終わりだ、緑綺《リュウチイ》」

それから後は、すべてが水の中の出来事のように緩慢《かんまん》に映った。琴野の腕をつかんだ劉さんが、断崖へ一目散に向かっていく。そのためらいのない非情な動きは、黒々と逆巻く水底へ琴野を突き落とすようにも、ともに真っ赤な地獄の淵《ふち》へ落ちていくようにも見え、才蔵の腕を振りほどいて無我夢中で起き上がったすずは、叫びながら二人の間に無理やり体を割り込ませた。嗤《わら》った女の白い手がすずを引き寄せ、男の腕が強引に抱き返し、もつれ合い、重みを乗せるように地面へ倒れ込んだ。

「劉さん、お願いです、お願いですから」

「殺してやる」切羽詰まった焦がれるような呟きだった。

「いけません、いけません」

起き上がろうとする黒い胸に額を押しつけ、必死に懇願《こんがん》した。

「ここにいてください」

劉さんは自分自身の世界からすずを切り離そうとしている。身の破滅と引き換えにしたその救い方は、けしてともに寄り添う道ではなかった。すずは、夜霧を裂く汽笛《きてき》や重たげに駆動《くどう》する陸蒸気《おかじょうき》が自分の生活を構成する一部となっているように、劉さんには同じ場所で同じ空気を呼吸する何かでいてほしかった。たとえ劉さんの魂が何に惹《ひ》かれ何処《どこ》を見続けようと、けして引き返せない向こう側へ行ってほしくはなかった。そうしていつか叶《かな》うことなら、流れ流れる〝年《ニエン》〟さえも受け入れて、このすべてがない交《ま》ぜになった港町に、明るい春を呼んでみたかった。

「どこにも行かないで」

好いたのだから、仕方がない。

海風が木々をなぶり、月が雲に隠れて辺りが一瞬暗くなった。その時才蔵の「あッ」という短い叫びを聞き、劉さんの鼓動が荒々しく波打ったのを感じた。すずは縛られたまま顔を埋《うず》めるようにして劉さんにかじりつき、ただひたすら「行かないで」と繰り返した。

劉さんの顔は見られなかった。どうしても見られなかった。もしも今ここで、きれいな顔の下に潜んだ別の顔を認めてしまったら、劉さんのすべてを琴野に持っていかれると思った。自分の知る劉さんをこの場所に留《とど》めておくことだけが、今のすずにできうる唯一の抵抗でもあった。

——救《すさ》いようもないねえ。

吹き荒ぶ風の紛《まぎ》れにそんな声が聞こえたが、再び振り向いた時、女の姿はどこにもなかった。

終章
Epilogue

薄青く晴れ渡った空に、爆竹が弾《はじ》けた。

盛大な破裂音《はれつおん》は、一年の気苦労で凝《こ》り固まった体中をしっちゃかめっちゃかにかき乱し、罪過も悲哀《ひあい》もこの際とばかりに吹っ飛んで、解放された心は景気よく縦横無尽《じゅうおうむじん》に跳《は》ね踊る。清国《しんこく》の正月のめでたさは、容赦《ようしゃ》がない。赤と金に彩《いろど》られた喧噪《けんそう》が、山塊《さんかい》のような財福を招来するのだ。

眩《まぶ》しい雪に覆《おお》われた南京町《なんきんまち》は、新年を祝う喜びで沸《わ》き返っていた。

規則正しい銅鑼《シンバル》が直接脳みそを叩《たた》き、全身が甲高《かんだか》い金属音に浸《ひた》されれば、華国の赤い奔流《ほんりゅう》に巻き込まれて正体を失う。日本のそれとは似ても似つかぬ毛長の獅子《しし》が、愛嬌《あいきょう》のあるまん丸い眼《め》をぱちぱちさせて通りを飛び回る。祝福を求める店主たちが、こちらへ来いと大声を張り上げ、獅子は上へ下へと激しく身をくねらせて店先へ突進する。爆竹に似た拍手が鼓膜《こまく》を震《ふる》わせた。

すずは海和堂《かいわどう》の前でめいっぱい背伸びをし、一生懸命人込みから頭を突き出して見物していた。傍《かたわ》らに劉《りゅう》さんがいる。才蔵《さいぞう》もモーリスさんも、喜代《きよ》も恒次《つねじ》もいる。そればかりではない。白い沿道を埋《う》め尽《つ》くすのは、国も年齢も性別もまちまちの、ただこの場に居合わせた人の群れ。ごちゃごちゃで、何でもあって、区別がない。波間に漂《ただよ》う、美味《おい》しい混沌《こんとん》。ここ横濱《よこはま》は、そういう場所だ。

寫眞機《しゃしんき》をかまえて、モーリスさんのお父さんが押し合いへし合いする群衆の背後に陣取っている。邪魔《じゃま》だと罵《ののし》られてもどこ吹く風。港町に集まり散じる人々の一瞬を、温かみのある角度で切り取っている。

弁髪の少年が晴天の下で洋傘《ようがさ》を振り回し、欧米人の男が耳の遠い父親の耳もとで何事かを怒鳴り、

「どきゃぁがれ！」と人力車夫が立ち往生。空隙《くうげき》をついてまた爆竹。濛々《もうもう》と立ち昇る煙。驚《おどろ》いた犬が吠《ほ》え、赤ん坊が泣き出し、鳴り響く銅鑼《どら》だの太鼓だのに汽笛《きてき》が応《こた》える。誰《だれ》もが騒ぎに負けじと大声を出し、それがまた騒ぎになる。

人いきれと騒擾《そうじょう》に酔《よ》って、すずがちょっと息をついた時だった。

「――つんてんらいら」

よく通る静かな声が降った。

「え？」

隣を見上げて聞き返すと、人垣《ひとがき》から頭一つ分抜きんでている劉さんが、前を見たまま柔《やわ》らかに笑って繰り返した。

「春天来了《チュンティエンライラ》。――春が来ましたね」

すずは瞬《まばた》きを繰り返し、お祭騒ぎに目を戻し、もう一度劉さんを見上げて頷《うなず》いた。

そうだ、実際のところ新しい春がやって来るというのは、冬を堪《た》え忍《しの》んだ枝葉が古びた一年の殻《から》を破って空へ空へと伸びていくことなのだ。春になれば何度でも何度でも花は咲く。新年を祝う気持ちは、この先にあるかもしれない光を迎えることなのだ。

異なる文化が衝突《しょうとつ》し、混じり合い、溶け合い、この街はこれからどんどん変わっていくのだろう。世界は血と硝煙《しょうえん》のにおいがする。きっと綺麗事《きれいごと》ばかりでは済まされない。悪意の質も意味も複雑になり、混沌ならぬ無秩序《むちつじょ》と無節操が支配して、暗い暗い世の中へ突き進んでいくかもしれない。否《いな》、実際この街は開港からこの方、ずっと明るいふりをしていただけかもしれない。

けれども冬至を迎えた太陽が、光に溢《あふ》れた新たな春を待ちわびてどんどん明るさを伸ばしていくように、混沌の中から生まれる希望もあるはずだ。

落地生根《らくちせいこん》。

種は落ちた場所に根を生やす。春になって芽を出し、いつしか青々とした葉を茂《しげ》らせる大樹になる。同じ場所で生きていく。行き着いた土地で生きていく。何かの終わりは何かの始まりで、また連綿と続いていくものだ。

喜代は上総《かずさ》の商家との縁談が正式にまとまり、四月には祝言《しゅうげん》を挙げる。同じく姉の小夜《さよ》は番頭の佐助と一緒に浦島屋《うらしまや》を継《つ》ぐと決めて、家の者全員を驚かせた。流れ流れて漂うように見えても、人はきっとその場所で自分なりの花を咲かせるのだろう。

美しい琴《こと》の名をした人は、ゆらりゆらりと揺蕩《たゆた》う波間に紛《まぎ》れたか、杳《よう》として見つからない。あの夜、角灯《ランタン》を掲《かか》げてすずの無事を確かめた劉さんは、いくぶん青ざめてはいたものの、やっぱり見慣れたきれいな顔で、「帰りましょう」と言った。劉さんの帰る場所が、すずや才蔵と同じなのだと知っただけで、今はじゅうぶんだと思っている。けれども、最後に琴野《ことの》へ向けた劉さんの顔を、やがては自分も見たくなるのだろうと、そんな予感もしている。結局のところ、琴野が劉さんに求めた醜《みにく》さは、すずが望む劉さんの笑い顔と根本では同じもののような気がしたからだ。

「ところで清国人」

才蔵が腕を組み、前を見たまま唸《うな》るように割って入った。

「全部解決したなんて思うな。俺《おれ》はてめえを認めちゃいねえ。戦いはまだ始まったばっかりだぜ」

何の戦いか分からなかったが、それでも劉さんは切れ長の目を眩しそうに細めて「好《ハオ》（いいですよ）」と笑った。逆向きになった兎《うさぎ》の根付が、上着の釦止《ボタン》めにぶら下がって揺《ゆ》れている。

「こいつ、余裕しゃくしゃくしゃくって面《つら》してやがる」

「ワタシも、しゃくしゃく、混ぜてください」

「やかましい米国人、てめえはお呼びじゃねえんだよ」

清国の正月を見物しにいらっしゃい、という劉さんの誘いに乗っておきながら、その相手の店先で喧嘩《けんか》をふっかけるのは、いかにも才蔵らしい。それでも何だかんだと付き合っているのは、才蔵なりの前進なのだとすずは思う。

本国へ送還された黄《ホワン》に代わり、新しく雇い入れたという海和堂の若い従業員が、すずと喜代に椅《い》子《す》を運んできてくれた。

「ドーゾ、ドーゾ、ここ乗る、よく見える」

もの問いたげな劉さんの視線を受けて、若者はにこにこ笑う。

「老太爺《ラオタイイエ》の言いつけです、ドーゾ」

劉さんはわずかに目を見開き、ゆっくりと二階を振り仰いだ。つられてすずが見上げると、見覚えのある痩《や》せた老人の姿がすっと奥に引っ込んだ。

父の治兵衛《じへえ》や陳《ちん》の旦那《だんな》の口を通して、海和堂の噂《うわさ》がすずの耳にも入って来る。阿片《あへん》の栽培と密売のかどで警察の手入れがあったとか、貿易商という立場で人身売買の仲介をしていたとか、本当のような嘘《うそ》のような噂へさらに尾ひれがついて、芳《かん》しく《ば》ない評判が町じゅうに広まっている。取引を中止する商人もいたが、治兵衛はもう少しだけ様子を見てみると決心した。

劉さんが犠牲《ぎせい》にした信用と面子《メンツ》は、これから劉さん自身が時間をかけて取り戻していかなければならない。あの事件に関して、劉さんがお祖父《じい》さんにどんな話をしたのか、目をかけていた妾《めかけ》の悪事を、もともとそりの合わなかった孫から聞かされたお祖父さんがどんな風に受け取ったのか、すずはもちろん知るべくもない。

それでも少しずつ、ほんの少しずつ、昨日はなかった芽が今日になって土から顔を出すように物事は変わっていく。

「ドーゾ、ドーゾ！」

若者の熱心な勧《すす》めで、恒次が喜代にかいがいしく手を貸す。喜代の縁談でしばらく落ち込んでいたものの、渥美《あつみ》を捕らえて茅原屋《ちはらや》に感謝してもらったことが、今は何よりの勲章《くんしょう》らしい。喜代がせかした。「おすずちゃんも、早く」

二人で椅子に上ったら、視野がぐっと広がった。

「わあ、すごい」

軒先《のきさき》の旗が翻《ひるがえ》り、赤い提灯《ちょうちん》が揺れ、群衆が波うった。

膨《ふく》らんだ喜びと、溜《た》めに溜め込んだ力とが、爆竹とともにいっせいに弾《はじ》け飛ぶ。やかましいナと悪態をつきながら、他人《ひと》の国の正月に繰り出す見物人の顔は、どれもみな高揚感《こうようかん》で真っ赤になっている。

清国領事館の方からまた新たな行列がやってきて、割れんばかりの拍手喝采《かっさい》が湧《わ》き起こる。

「好！」「好！」

視界を埋《うず》める金色の紙吹雪《かみふぶき》の中、絢爛豪華《けんらんごうか》な龍《りゅう》が飛び交い獅子が舞い、浮かれ騒ぐ人々に一年の幸福を急《せ》き立《た》てた。

咲けよ栄えよ、春が来た、と。

【主要参考文献】

・『阿片の中国史』譚璐美　新潮社　２００５
・『オールド上海阿片事情』山田豪一　編著　亜紀書房　１９９５
・『社会百方面』乾坤一布衣　１８９７　国立国会図書館デジタルコレクション
・『なぜ、横浜中華街に人が集まるのか』林兼正　祥伝社　２０１０
・『百味繚乱』大島徳弥　ミセス編集部　１９７０
・『明治百話』（上）（下）篠田鉱造　岩波書店　１９９６
・『横浜今昔散歩』原島広至　中経出版　２０１１
・『横浜市史』（第三巻下）横浜市史編集室　編　１９６３
・『横浜中華街』田中健之　中央公論新社　２００９
・『横浜繁昌記』（復刻版）横浜郷土研究会　編　１９９７
・「小児人身売買と海外醜業婦の実態」吉見周子
『郷土神奈川　22号』神奈川県立文化資料館　１９８８所収
・「横浜居留地の清国人の様相と社会的地位」佐々木恵子
神奈川大学大学院外国語学研究科サイトより

ほか

第八回
角川春樹小説賞

第八回角川春樹小説賞発表

大賞『横濱つんてんらいら』橘沙羅

【第八回角川春樹小説賞選考過程】

第八回角川春樹小説賞は、二〇一四年十一月二十五日に締め切られ、計三八二作品の応募がありました。最終候補作には左記の三作品が残り、二〇一六年五月二十日（金）に最終選考会が行われました。北方謙三、今野敏、角川春樹の三名の選考委員により、受賞作が決定しました。

【最終候補作】

『横濱つんてんらいら』　橘沙羅
『開拓戸籍』　藤 奈子
『ロンリー・プラネット』　雄太郎

ここで飛躍してもらおう

選評◎北方謙三氏

「開拓戸籍」は、戸籍を題材としたために、小説として広がらず、机上のものになってしまった。蝦夷共和国による動乱を描くにしても、計画性のない安易なものを、劇的なものだと誤解しているところがあるように思う。人の気持ちがダイナミックに動くためには、ほかに必要なものがあるだろう。それは北海道の自然であり、開拓の厳しさである。それが描かれていなかった。戸籍をつくる苦労だけでは、頭で考えただけの世界になってしまう。価値観が動揺した時代に、ただ言われたことを守り通そうとする人物たちに、リアリティが感じられなかった。

「ロンリー・プラネット」は、舞台となる施設の不気味さや凄みがあまり伝わってこず、小説的に弱い。人間関係にしても、一方的に支える、守るといった関係性になってしまうのは、配慮が足りないのではないか。屋上での燻製作りの場面では、燻製作りの入門書にありそうな描写が続くが、そうした基本から発展して自分のやり方を見つけていく、その部分が描かれていない。資料を読んだだけでは小説の描写は生まれない。細部の描写は達者だが、達者になど、ならなくてもいい。物語の根本に太く貫き通すものがなければ、小説は陳腐になる。この作品にはイメージを立ち上げるための基礎である構成力が欠けている。しっかりとした構成があれば、細部が稚拙であろうと、小説の力が出る。それは細部をうまく統一しないと出てこないものだ。どんな世界を描くのか、全体的な視野を持って設定し、構築してほしい。次に期待する。

「横濱つんてんらいら」の一番の原動力は、横浜を舞台にしたことだ。舞台となる場所や時代を選ぶ嗅覚があることは、新人作家にとって大きな要素である。この著者は、小説家に一番必要なものを持っている。稚拙な部分もあるものの、いかがわしい街の雰囲気や、漂ってくる生活の匂いなどが、説明でなくきちんと描かれており、そのなかでキャラクターが生きている。そこを評価した。きちんと描写を積み重ねて、読ませる力がある。未完成ではあるが、様々な可能性を秘めた作家だ。ここで飛躍してもらおう。

言葉に対するこだわり

選評◎今野　敏氏

「開拓戸籍」の著者が、開拓が始まった当時の北海道の戸籍に目をつけたのは秀逸だ。しかもその戸籍を手掛かりに殺人事件を解いていくというのは、なかなかの発想である。だが物語に現実味がなかった。たとえば長州から連れてこられた遊女が、北海道で客を一人も取らないでいられるはずはない。また榎本武揚を擁する蝦夷共和国側が、開拓使庁舎を占拠するだけの小さな運動しかやっていないことも不自然だ。末張という男が主人公の危機を救う場面は、一度でいい。何度も危機があってそのたびに登場するのは、やり過ぎだろう。それから、文中に間違った日本語が頻出するのが気になった。発想はいいが、まだ物語にできていない。惜しい作品だ。

「ロンリー・プラネット」は、文章は上手いのだが、場面ごとの小さなブロックが並んだような印象だ。小説を書くには、そのブロックを積み上げていかなくてはならない。その筆力が感じられなかった。テーマにも広がりがなく、何を書きたいのか分からない。淡々と描かれる日常の裏側に、何かざわついたものがあるという、思わせぶりな気配はよく出ている。ただし、その「何か」が、嘱託殺人でよいのだろうか。ラストに二人の行く末が描き切れていなく、物足りなかった。

「横濱つんてんらいら」は、キャラクターが非常にいい。主人公や劉といった少女漫画的なキャラクターを使って、小説として成立させている。特に劉は、圧倒的に少女が憧れる存在だろう。現代が舞台であればありふれたミステリーになるところを、明治の横浜を舞台にすることによって、目新しく見せた点もいい。たとえば、「二人がともに憎悪と名づけたものの正体は、実のところ何だったんだろう」という一文。言葉に対するこだわりがきちんと感じられて、人間関係の描写に深みがある。この男女の関係性も読ませる。車引きの才蔵が外国人を嫌う理由や、牛乳にまぜたアヘンを小道具とするところなど、細部もいい。何より、候補作の中で、本人が楽しんで書いている雰囲気が一番伝わってきた。シリーズ化を期待する。

明治の横濱の匂い漂う受賞作

選評◎角川春樹氏

「開拓戸籍」の著者は、応募する前にきちんと自分の原稿に目を通してみて欲しい。誤字が多く、選考の対象になる努力をしていないように感じた。また戸籍だけでこの物語を成立させるのには、無理がある。榎本武揚の奪還についても、本人の意思を無視して動乱を起こすこと、そしてたった一枚の紙の降伏勧告でそれが崩壊することに、違和感があった。たとえばこれが榎本の指令で起こされた動乱ということであれば、もっと現実味が出ただろう。

「ロンリー・プラネット」は、タイトルの通り小さな世界を確立している。筆力はあるが、結末も含めて予定調和であるし、納得できない点が多かった。三千人が住んでいるマンションで、殺人事件が連続する。それを警察が調べに来ず、マスコミも取り上げないという状況は、まずあり得ないだろう。未来を舞台にした作品だがSFではなく、といって警察小説でもない。生活の描写が現代と変わらず、近未来小説としても物足りない。殺人者の正体についても、途中でわかってしまう。この施設の描写にもっと説得力や緊張感が欲しかった。

明治の横浜を舞台とした「横濱つんてんらいら」には、その時代の匂いがあった。主人公の少女のキャラクターが非常にわかりやすいのに対して、中国人の劉という男のキャラクターが弱いなど、不満もあるが、時代設定もいいし場所の設定もいい。ストーリーにも、最後まで読ませる力があった。迷わず本作を推した。

著者略歴

橘沙羅（たちばな・さら）
1982年横浜生まれ。大学卒業後、アルバイトをしながら執筆。2006年ハーレクイン・ショート・ラブストーリーコンテスト大賞受賞。2009年『駒、玉のちりとなり』、2010年『天駆ける皇子』（ともに講談社）刊行。『横濱つんてんらいら』で第八回角川春樹小説賞を受賞。

Kadokawa Haruki Corporation

橘《たちばな》 沙《さ》羅《ら》

横《よこ》濱《はま》つんてんらいら

*

2016年10月8日第一刷発行

発行者 角川春樹
発行所 株式会社 角川春樹事務所
〒102-0074 東京都千代田区九段南2-1-30 イタリア文化会館ビル
電話03-3263-5881（営業） 03-3263-5247（編集）
印刷・製本 中央精版印刷株式会社

ISBN978-4-7584-1296-4 C0093
http://www.kadokawaharuki.co.jp/